U0710846

青少年成长必读丛书

童 年

ДЕТСТВО

〔苏〕马克西姆·高尔基 / 著

郭家申 / 译

成长必读
名译足本
阅读经典 获益一生

高尔基童年经历的再现

立足素质教育，致力于提高青少年的科学文化素养和培养人文情怀，使青少年智商、情商手拉手、齐发展。

选择决定成长　阅读成就人生

山东人民出版社

全国百佳图书出版单位　国家一级出版社

图书在版编目（ＣＩＰ）数据

童年 ／（苏）马克西姆·高尔基著 ；郭家申译 . ——
济南 ：山东人民出版社，2014.5（2016.5 重印）

（青少年成长必读丛书）

ISBN 978-7-209-08180-1

Ⅰ . ①童… Ⅱ . ①马… ②郭… Ⅲ . ①长篇小说－苏
联 Ⅳ . ① I512.45

中国版本图书馆 CIP 数据核字（2014）第 034317 号

责任编辑：王　路　刘锦平

童年

〔苏〕马克西姆·高尔基　著　郭家申　译

山东出版传媒股份有限公司
山东人民出版社出版发行
社　　址：济南市经九路胜利大街 39 号　邮　编：250001
网　址：http://www.sd-book.com.cn
发行部：(0531) 82098027　82098028
新华书店经销
山东新华印务有限责任公司

规　格　16 开（170mm × 240mm）
印　张　14.5
字　数　221 千
版　次　2014 年 5 月第 1 版
印　次　2016 年 5 月第 3 次
ISBN　978-7-209-08180-1
定　价　20.00 元

如有质量问题，请与印刷厂调换。(0531) 82079112

读书——无可替代的人生体验

读书是在别人思想的帮助下，建立起自己的思想。这是鲁巴金非常著名的一句话。

关于阅读，作为这个信息流通近乎爆炸的时代的一分子，大家必然都能了解阅读对我们生存的重要性。尤其对于成长中的青少年来说，阅读更是头等大事。青少年时期是极其重要的一个人生阶段，正处在世界观、人生观、价值观形成的关键时期，其身心健康、道德修养、文化素养、综合素质都有赖于知识的滋养和浸润，而阅读是青少年增长知识、开拓眼界和陶冶情操的有效途径。理想的书籍是智慧的钥匙，它能带给青少年对这个复杂的世界的一个全新的思维方式，教会他们以多个独特的视角去看待这个多元化的世界。人的影响短暂而微弱，书的影响则广泛而深远。阅读从本质上不只是知识的简单积累，更重要的是它增益了读者的心灵，丰富了读者的语言韵律，充实了读者的精神世界，不断地提高青少年读者对于语文方面的综合驾驭能力，包括欣赏不同的作品和锻炼自己的写作水平。

书的质量良莠不齐，正如人有益友也有损友。一本好书不啻为一位优秀的人生导师，对青少年的健康成长起着积极的引导作用；反之，一本充满糟粕的不良书籍无异于一剂毒害心灵的毒药，对青少年的成长将造成负面影响。只有选择那些经时间沉淀的、公认的好书，才能对读者的思想和心灵产生深刻而有益的影响，因此，作为人类共同精神财富的、古今中外的名著就成为青少年读者的首选。

因此，我们编写了这套《青少年成长必读丛书》，致力于为广大青少年读者提供一块洁净的阅读圣域。这套丛书既符合素养教育需求下语文学习的各项要求，又兼顾了不同年龄、不同爱好的学生的阅读需求，扩展了他们的课外阅读范围。本套丛书分为中、外两大部分，我们从浩如烟海的图书中甄选出那些对青少年成长特别有价值的名篇佳作，在还原原汁原味的阅读本身的基础上兼顾了实用性和全面性这两大特色。本套丛书与同类图书相比有以下显著特征：

1. 高水准的翻译。这套丛书所收录的外国名著系列中，所有的名著都是忠实于原文的翻译，翻译者本身都是我国国内非常具有权威性的专家、学者和老师，译文极其贴合原著的精神和行文风格，忠实于原著内容。

2. 有针对性的作品收录。我们在广泛调查、大量翻阅工具书的基础上确定书目，从古今中外四个方向上，全面地收集了各个国家最具代表性的文学作品，呈现了不同时期的不同文化风貌，新老中外文学作品融贯联合，形成了一个更新、更全的阅读体系。

3. 严谨细致的注释。本系列中，尤其以中国名著系列最为显著，其中很多晦涩难懂或者引经据典的地方，都添加了精准的注释，使全书呈现出学术性和艺术性完美结合的特征，更好地帮助学生理解原文主旨。

在本套丛书中，我们并没有多加一些华丽的导读和问题思考等板块，衷心希望呈现给青少年读者的不仅仅是轻松的课外阅读，更是最本色的"安静"名著，保持住原著最经典、最永恒的地方，真的能让他们静下心来，思考这些名著所承载的更深层次的涵义，从而提高青少年读者的文学修养和艺术品位。希望我们对于书籍最本质的呈现，能带给读者们纯正的阅读感受，为青少年建立自己丰富而坚实的文学和精神世界，做出尺缕的贡献。

丛书编委会
2014 年 4 月

一

高尔基（1868—1936）的自传三部曲《童年》《在人间》《我的大学》，可以说是俄国文学史上一部难能可贵的纪实性系列小说，它真实详尽地记述了作者二十岁以前的坎坷经历，点点滴滴，连缀成篇，读来平实无华，感人至深。但就三部曲所蕴含的丰富思想和广阔艺术视野而言，它又不是一般传统意义上的自传体作品所涵盖得了的。作者在描述自己的生活的同时，鲜明地描绘出了俄国人民生活中整个一个时代和这个时代人的生活特点。

这种体裁的作品在俄国文学中并不鲜见，C.T. 阿克萨科夫、Л.Н. 托尔斯泰等先辈作家都曾经写过。但一般地说，他们的作品社会视野都比较狭窄，叙事往往只围绕主人公一个人展开，而且描写的对象也大都限于贵族。

高尔基的着眼点则不同，他几乎包揽了旧俄国的各个阶层，尤其是他所熟悉的"底层"人民，首先是写他自己，写他在各方面都格格不入的外公家的生活，写他离家出走，在外面流浪、打工，与人们的种种磕碰与切身感受。

阿列克谢的童年生活是短暂的，外婆死后，破了产的外公将他逐出家门。他投身社会，来到所谓"人间"。作家详细而生动地向我们勾勒出还是个孩子的阿列克谢的生活历程：先是在鞋店里打杂，后来又在亲戚家的制图作坊里当学徒，在轮船上帮厨；再后来又开始"攻读"自己的所谓"大学"：参加喀山地下革命小组活动，阅读地下读物，和所谓"生活导师们"进行交往，甚至还认识了俄国早期马克思主义者费多谢耶夫。"人间"的生活让阿列克谢从一个稚气未消的孩子慢慢成熟起来，逐渐形成了自己的世界观。

界定和分析一部自传体作品，恐怕首先应该着眼于两个方面：一是要看作品的基本生活素材来源，二是要看作者本人写作的主观思想出发点和作品所达到的客观效应。

阿克萨科夫生长在俄国农奴制下的贵族世家，他笔下的童年生活脱不开他自己的历史环境，他的记述充满着对贵族生活的留恋与痴迷，他对自己童年时仆人们如何侍候他、呵护他，讲起来是津津乐道，不厌其烦，字里行间无不透出对一去不复返的往昔的怀念。

列夫·托尔斯泰写自己的自传三部曲的时候，正是 19 世纪 50 年代，当时他已经是 20 多岁的人了，思想已经成熟，他对自己因出身贵族在社会中所享有的特权地位已经相当不满，而且在其自传三部曲中对一切妨碍个性发展和精神自由的贵族旧礼教已多有批判。但他也只是批判批判而已。毕竟他和阿克萨科夫都出身贵族，其立场虽有明显的不同，但这种不同也只是相对而言。他们回想起"幸福的童年"时心里仍不免乐滋滋的。虽然托尔斯泰后来对贵族阶级的态度有了很大的变化，十九世纪末他甚至说："我现在感到极大的痛苦，因为我想起了我过去过的卑鄙的生活，这些回忆使我于心不安，使我很难再这样生活下去。"毋庸讳言，托尔斯泰也说过自己的童年是"美好的"，那只不过是他和自己后来涉足贵族生活圈子后的"放荡生活"相比较而言，他对自己过去的贵族生活方式，应该说，还是持严厉批判态度的。

高尔基的情况就完全不同了。他的童年是不堪回首的。童年在他的记忆中只是"野蛮的俄国生活中的种种劣迹"。因此，他写三部曲时的思想起点就比较高，他把自己对过去的回忆是当作劳苦大众在争取自由幸福生活的斗争时的切身体会和教训来写的。他想表明，他之所以反对沙皇统治，反对地主资产阶级及俄国的社会、经济、道德制度，完全是现实生活本身所提出的要求，是历史发展之必然。他来自社会底层，生活在他们中间，长期和人民同生活，共呼吸，这也正是劳动者一直视高尔基为自己人，一直喜爱他的根本原因所在。

高尔基生活和成长的年代，正是俄国思想活跃、群英荟萃的时代。各种思想家、理论家层出不穷，都在磨砺以须，为当时的俄国把脉，开药方，有甚嚣尘上的斯拉夫派理论和咄咄逼人的西欧派观点，也有边宣传边实践的民粹主义和已经在迅速传播的马克思主义。1861 年，沙皇政府为了缓和社会矛盾，继续维持其反动统治，被迫宣布放弃农奴制，实行改革，名义上给农民以"自由"，实际上从他们身上搜刮了巨额的"赎金",同时抢走了他们原先耕作的大批良田,使他们的生活愈加贫困。但资本主义在俄国的迅速发展,资本家的压榨剥削,进一步激起了劳动者的反抗;农民起义,工人罢工,社会矛盾激化;沙皇政府加强了镇压。民粹派希望动员农民,对抗沙皇统治,发起"到民间去"的活动。随着资本主义在俄国的发展,工人阶级日益壮大,马克思主义在俄国传播,70年代俄国就出现了一些"工人协会";1883年普列汉诺夫在国外组建了俄国第一个社会民主党组织《劳动解放社》,宣传马克思主义,反对民粹主义。高尔基在《我的大学》中生动描写了1888年大伙在秘密阅读普列汉诺夫1884年发表的《我们的意见分歧》一书的情形。

其实,高尔基自传三部曲的基本思路,也正在于表现作者的思想成长乃至最后走上革命道路的心灵历程。这也就不难理解为什么高尔基在三部曲中要打破一般自传体作品的传统概念,不把人物描写局限在某一个特定的社会阶层,而是在不同程度上着眼于俄国社会的各个层面了。在世界文学发展史上,应该说,高尔基的自传三部曲翻开了崭新的一页。实际上,它不仅是作者20岁前的生活传记,也是俄罗斯人民在一定历史发展条件下的生活纪实,其意义绝对非同寻常。

二

高尔基是1893年萌发写作自传三部曲的构思的,当时起的名字是《使我心灵蒙受创伤的事实和思绪》,但由于事情的耽误,也许是因为考虑得还不够成熟,写了几个片段便搁下了。10多年后,当高尔基重又构思这部作品的时候,物换星移,时过境迁,情况已经完全不同了。

1907年,高尔基去伦敦参加俄国社会民主工党第五次代表大会时,又见到了列宁。两年未见,这次相遇双方分外高兴,无奈会议日程太紧,无暇坐下来长谈。列宁答应高尔基,等大会结束后,他一定去卡普里[1]看望他。列宁兑现了自己的承诺。他们一起出海钓鱼,参观博物馆,两人海阔天空,无所不谈。高尔基回忆起自己的童年,父亲、外公、外婆,伏尔加河和自己的流浪生活……

[1] 意大利第勒尼安海一岛屿,疗养胜地,1906—1913年高尔基在此居住。列宁1908和1910年两度来此探望高尔基。

童
年

列宁兴致勃勃地听着，末了对高尔基说："您应该把这些全写下来，老朋友，应该写！这一切都是非常有益的，非常有益……"高尔基回答说："我一定写……总有一天会写的。"[1]

可是，当这一天终于到来的时候，高尔基已经是欧洲著名的无产阶级作家了，20年的文学实践与革命活动，特别是和列宁的交往和所受的影响，在三部曲的创作中都有不同侧面和不同程度的反映。

《童年》是1913年创作的，于同年下半年和1914年初在《俄罗斯言论报》上发表。尽管它的宣传意味很重，但它还是非常真实地描绘了三四十年代所发生的事情，深切著明，时代性很强。《童年》中有这样一段话："一想到野蛮的俄国生活中这些令人感到压抑的种种劣迹，有时我会反问自己：这些事值得去谈吗？但每次我都满怀信心地对自己回答说：值得！因为这就是活生生的丑恶的现实，至今也还没有消亡。这种现实必须从根本上加以认识，以便把它从人们的记忆和心灵中，从我们整个痛苦与可耻的生活中连根拔除。……尽管这种丑行令人反感，使我们倍感压抑，使许许多多心灵美好的人感到难以生活下去，但俄罗斯人的心灵毕竟还是健康和年轻的，他们正在消除，而且将来一定能够消除这种丑恶行径。……一种光明的、健康的、富有创造性的力量，正在顺利地成长起来，人们善良的本性在增长，它唤起了我们恢复人类美好生活的永不泯灭的希望"。

这里谈到了旧俄国现实的两个方面：一是同什么进行斗争，而且要战胜它；二是在斗争中依靠什么。整个作品都建立在新旧两种事物的相互对比和矛盾冲突上。19世纪70年代，俄国落后的旧势力还是非常强大的，而代表新生力量的城市下层的小私有者还只是处在萌发阶段。但难能可贵的是，高尔基敏锐地看到了他们，并描写了他们跟旧势力艰苦的，但是大有希望的斗争。这也是高尔基不同于许多同时代作家的高明之处。

在高尔基童年的生活中，呈现在他面前的现实是截然不同两副面孔——在父母身边的生活和在外公家的生活。后来，这种分裂的生活现实在高尔基的心目中变得越来越强烈，越互不相容，最典型的代表人物莫过于外公和外婆两个人了。

高尔基刚到外公家的时候就说："无论大人还是小孩——我都不喜欢，我

---

[1] 见列宁：《论文学与艺术》（二）第904页，人民文学出版社，1960年。

觉得我走在他们中间是个局外人，不知为什么，甚至连外婆也失去了光彩，跟我疏远了。我特别不喜欢的是外公，从他身上我一下子就感觉到了敌意，于是我格外地注意他，有一种畏惧的好奇心"。的确，是外公第一个鞭打小阿廖沙的，而且打后还说这都是为了他好，还说他自己挨过的打比他多多了，没有那些打骂就不会有他今天事业的成就。苦难的生活磨炼了他。三十年媳妇熬成婆，外公练就了一副六亲不认的铁石心肠，他认为人生在世，无时不在四面受敌，人与人只能以邻为壑，党同伐异，不可能成为真正的朋友。这就是外公的人生哲学。但外婆在阿廖沙的眼中就不同了。他说："我一想到外婆，一切苦恼与委屈都离我而去，化为乌有，一切都变得比较有趣、比较愉快了；人们也变得更加可亲、可爱了……"。

外公和外婆性格迥异，他们各自的上帝也大相径庭。在外婆心目中，上帝是大慈大悲，通情达理，宽以待人，和蔼可亲的，她视上帝为知己，有什么心事都向他倾诉。实际上，这个上帝的原型就是她自己——真诚老实，仁爱慈祥。高尔基将人民身上的一切优秀品德都体现在她身上了。而外公心目中的上帝就不同了，他凶狠残酷，心胸狭窄，有强烈的报复心，显然带有外公自身的一些特点。"外公跟我讲上帝的威力无所不在时，他总是，而且首先是强调这种威力的严酷性：比如有些人造了孽——后来被洪水淹死了，又有些人造了孽——后来活活被烧死了，他们的城市也被毁于一旦；还有，上帝常用饥荒和瘟疫来惩戒世人，他历来都是悬挂在大地上方的一把宝剑，是惩罚罪人的鞭子"。他认为，既然上帝都是这样，为了发财致富，刻毒残暴一点儿也就算不了什么了，他连对几十年患难与共的结发妻子都毫不讲情义，老了老了竟狠心将她一脚踢开。这种丧心病狂的自私和吝啬，完全是他作为小私有主的贪婪心理的真实写照。一旦遭到破产的厄运，他会变得六亲不认，因为他自己就有过这种受人盘剥与被看不起的惨痛经历。世道如此，理所当然，要怪只能怪上帝了。可上帝又错在哪里呢？是人剥削人的社会制度使然。但是宗教毕竟还是有它自己的作用。在童年高尔基的心目中，外婆与外公是善与恶的两个象征，小茨冈在内心素质上更接近于外婆，但他时时处处受制于外公，而这一点最后终于毁了他，被活活砸死在沉重的十字架下。

除外公一家人外，童年的高尔基还认识许多在外面过流浪生活的人，其中就有长期为外公卖命，最后因双目失明被踢出门外，只能沿街乞讨的格里戈里师傅，在幼小的高尔基看来，外面的日子比家里更加贫困和严酷。但是他们家房客"好事儿"却有些与众不同，家里人都视他为"异类"，认为他是个"怪人"，不喜欢他，担心他把高尔基带坏了，因此决心把他赶走。事实证明，他对高尔基确实产生了一定的影响。书中有一句话正说明了这一点："您瞧，我形单影只，孤身一人，没有任何亲友！""好事儿"的这句话，深深打动了年幼的高尔基，使他产生了共鸣。

阿廖沙·彼什科夫一踏进外公的家，就感到和他们格格不入，这种感觉与日俱增，最后忍无可忍，只能一走了之，去寻找另外的世界。

三

1916年，高尔基将《在人间》全文发表在《编年史》杂志上，故事从1878年末一直写到1884年，正是作者10到16岁青春年少的时候。但这时高尔基面对的却不是学习和憧憬，他必须想尽办法，自谋生路，应付命运的挑战。为了填饱肚子，他不得不出去找活干，与各种各样的人打交道，这使他有机会近距离地接触他们，了解和体验他们的生活，所以，《在人间》向我们揭示的不光是作者新的所见所闻，而且还告诉我们他这个涉世未深的小伙子的所思所想与切身感受。这个时段他所接触的人大致还是他外公家的人，但他已经能够分辨出他们每个人的特性和共同之点了。首先是外公和几个舅舅，然后是他们家的亲戚，他们一个个都极端的自私，心胸狭隘，无事生非，互相没有一点儿亲情可言，成天像冤家对头一样，不停地吵闹打斗，不知情者还以为他们间有什么大不了的事情似的，其实都是一些鸡毛蒜皮的生活琐事，皆因为他们饱食终日，无所事事，日子过得太无聊了，好像不闹点纠纷，时间就没法儿打发。在高尔基的笔下，这种现象已经成为一种社会常态，是小市民生活的应有之义，他写道："东家一家人生活在一个怪圈内，一天到晚成天就是做饭、吃饭、生病、睡觉，周而复始，没完没了；他们谈论罪恶和死亡，非常怕死；他们像磨盘上的谷粒，挤来滚去，随时都准备着被碾得粉碎"。他们感觉到生活之无聊，而且也感到很不耐烦，但他们的"反抗"充其量也只是小市民式的，闹点家庭纠纷，宣泄一下而已。因为在他们的心目中，家庭就是一切。外面的世界，包括他们的亲戚朋友，和他们都格格不入。高尔基写道："要是有一位圣者来到这里——东家一家人也会想方设法地教训他，按照自己的方式改造他。他们这样做，完全是因为他们闲得发慌，寂寞难耐。如果他们不对别人指手画脚，大喊大叫，讽刺挖苦，那么他们便不再会说话，变成哑巴，自己连自己都看不见了。为了体现自身的存在，不管怎么着，必须得对别人有一个态度。东家一家人对身边的人，除了教训与指责，不会有别的态度。如果你按照他们的样子去生活、思考和感觉，那他们同样会说得你一无是处。他们就是这样的人"。他们无时无刻不在尔虞我诈，算计别人，编造流言，散布不和，"我知道，他们这样做并不是出于恶意，而是由于寂寞难耐，但这并不能使我感到好受一些。为编造这些污言秽语，他们像猪一样在垃圾堆里乱拱一气，同时心满意足地哼哼着，把他们认为与己无关的、不理解的、滑稽可笑的美的东西使劲抹黑，将其弄得污秽不堪"。再不就是牢骚满腹，怨天尤人，抱怨自己生不逢时，英雄无用武之地，而从不在自己身上找找自己生活边缘化的真正原因——自私、懦弱、缺乏自尊。他们只关心自己鼻子尖下的一点利益，认为那就是自己生活的最高理想，因而他们的生活无异于原地踏步，日复一日，总是老样子。"我记得，生活毕竟是变得越来越乏味和严酷了，正如我天天所看到的，无论是生活方式，还是各种关系，永远都是不可动摇、一成不变的。除了眼前每天不可避免要出现的一切，根本不可能想到会有什么改善"。

阿廖沙讨厌这种生活，而且千方百计地加以反抗，但当时他还是个孩子，力量有限，方法也不多，只觉得老板家的规矩"十分可恶"，能够"破一破才好"。随着年龄的增长，他的这种感觉越来越强烈，而这时俄国社会的政治生态已发生了变化，马克思主义的影响已经超过民粹派的思想，《在人间》描写的正是 1879—1884 这 5 年时间。这期间高尔基对书发生了浓厚的兴趣，他如饥似渴地阅读一切能够找到的书籍，《在人间》里有大量篇幅都是描写读书的感受的。作者想从书中寻找对生活的答案，但是，他没有找到，许多问题仍不甚了了。"好事儿"虽好，但他孤军奋战，与别人格格不入，必然成不了大器。高尔基写道："书向我展示一种不同的生活——一种充满强烈情感和欲望的生活，它能激发人们去建立功勋，也能驱使他们去作奸犯科。我发现，我周围的那些人们——他们既没有能力去建立功勋，也没有能力去作奸犯科；他们袖手一旁，他们的生活和书中所描写的生活保持着距离，而且令人难以理解的是：他们生活的志趣究竟何在？我不愿过这样的日子……这一点我很清楚——我不愿意……"阿廖沙找不到和自己志同道合的人。不过书毕竟还是给他带来了莫大的安慰和鼓励，特别是俄国作家的书；他说："我已经读过阿克萨科夫的《家

庭纪事》和杰出的俄罗斯叙事诗《林中》，读过不同凡响的《猎人笔记》和格
列比奥恩卡和索洛古勃的几本书，还有韦涅维季诺夫、奥陀耶夫斯基和丘特切
夫的诗歌。这些作品洗涤了我的心灵，驱散了贫苦现实笼罩在我心头的阴影；
我感受到了什么叫作好书，也懂得了它们对我的必要性。这些书在我心中牢牢
树立起一种坚定的信念：我在世界上并不孤单，因此我不会完蛋的！"他在圣
像作坊里仿佛看到了他想寻找的人，因为他们既有自己的信念，也有自己的行
事原则，"我读过的书教导我要尊重那些为达到自己目标而顽强奋斗的人们，
要珍视那种坚韧不拔、不屈不挠的精神"。但是他错了，错就错在他只是根据
书上的抽象概念来判断他们。而现实生活表明，这些人的信仰和原则早已陈旧
过时，他把他们当作自己追求"不同生活"道路上的知音，完全是一种历史的
误会，因为"他们靠着对昔日的回忆和自己对痛苦与压迫的病态的挚爱，抱残
守缺，死死固守在已经僵化了的真理的墓地旁边，但是，如果有人夺去他们历
经苦难的可能，他们会感到非常空虚，他们会像风和日丽的浮云一样，消失得
无影无踪"。不过要真的明白这一点，还需要现实生活的实践和磨炼，还需要
更多的时间检验，而且读的书是否有益，还要看它们是不是言之有理，是否符
合俄国的国情。这并不是说读书无用，相反，它能够引人深思，开阔视野，帮
助你探讨生活的意义，反对不合理的生活秩序。轮船上的厨师斯穆雷就是一个
很喜欢读书的人，他总想从书中寻求人生的答案。他对高尔基的影响很大，养
成了后者毕生酷爱读书的习惯。但高尔基和他不同，高尔基注意到了书和现实
的联系，他发现当时有人酷爱读书，而有的人根本不感兴趣，甚至一看见书，
就噤若寒蝉，回避唯恐不及。这使高尔基明白了书的巨大威力，不然神甫怎么
一再盘问他读过禁书没有呢？他很想知道究竟什么是禁书，最后他终于弄明白
了：原来是莱蒙托夫的长诗《恶魔》。这说明，一切对现存制度表示不满的书
都是禁书。现实生活告诉高尔基，社会中有两种人：一种人崇尚美好，向往未
来；另一种人则饱食终日，安于现状，生怕有人打乱他们舒适安逸的日子，他
认为好书是争取美好未来的强大思想武器。人们一旦接受它，就会将它付诸实
施，变为物质力量。他发现身边许多人对自己的生活境遇感到不满都是一致的。
比如，圣像作坊里的工人，他们确实对现实不满，也向往美好的未来，但是他
们不知道何时以及用什么方法才能够达到这美好的一天。他们不明白"未来"
就是"当前"的发展，因而对当下现实很少关心。"对于他们来说，彼尔姆就
在西伯利亚；他们不相信西伯利亚是在乌拉尔以东"。

在高尔基的思想成长过程中，最关键，也是最困难的一点，就是如何处理好理想和现实的关系，因为高尔基从小就崇尚理想，外婆给他讲过的故事，以及他后来遇到的诸如"好事儿"和玛尔戈王后等，他们身上那种卓尔不群的风范气质，都使他感到肃然起敬，心驰神往，但实际又如何呢？不过想想而已，说到底，是一种自我蒙骗。阿廖沙觉得彼尔姆轮船上那个司炉工雅科夫虽然没有"好事儿"那么优秀，但他讲的故事却使阿廖沙想起了善良的外婆。雅科夫究竟好在什么地方？不好在什么地方？好的地方是他富有个性，见多识广，爱劳动，不贪婪，心地善良，有自信心；不好的地方是他对人对事特别冷漠，一切都无所谓。书中是这样描写的："他讲了很多故事，我认真仔细地听，都好好地记住，但我不记得有哪一个是令人高兴的故事。他讲的比书里写的显得更平静——在书中，我常能感受到作家的情感，他的愤怒、喜悦、忧伤和嘲讽。司炉师傅则不然，他不嘲笑，不谴责，对什么都不生气，也不流露出明显的高兴；他说话时就像一个面对法官的无动于衷的证人，就像一个对被告、原告、法官一样漠不关心的陌生人……这种冷漠的态度使我越来越感到反感，激起了我对雅科夫的愤懑之情"。

高尔基对圣像作坊的工人师傅们也很不满意，说他们"想过好日子的愿望，不起任何作用，作坊里的生活，画工师傅相互之间的关系，毫无改变，依然故我"。对于这些工人，《在人间》里有这样一段描述："当我把自己的所见所闻讲给他们听时，他们都不大相信我的话，但他们却喜欢听那些吓人的童话和情节曲折的故事，就连那些上了岁数的人，也觉得编的故事比真人真事听起来还过瘾。我看得很清楚，故事越离奇，越不可思议，幻想、虚构成分越多，人们就越爱听。一般说来，他们对现实的生活不感兴趣，大家都在幻想未来，不愿正视眼前的贫困和丑恶现象"。甚至对外婆的看法和以前也不同了，说她"在谈到灵魂——爱情、美丽、喜悦的秘密所在时，总是非常小心谨慎；……雅科夫·舒莫夫谈起灵魂时也跟外婆一样，非常小心谨慎，三言两语，而且不太愿意谈"。他对外婆那种逆来顺受、只知道忍耐的态度感到愤愤不平。他说："每次见到外婆，我从思想上对她的心灵越来越感到钦佩，但是，我已经感觉到，她的美好的心灵被各种童话故事所遮住了，她无法看到、也不能理解严酷现实的诸多现象和我的种种忧患，她根本不理解我的激动和不安"。

这时（80年代初），高尔基的思想带有某种双重性：一方面，他比只知道抽象向往过好日子的落后群众的思想要高出一头；另外一方面，他自己的认识也还不甚了了。但是他从小就善于观察生活，能够明辨是非，分得出善恶与好坏。这也是他和那些看不到一点儿光明的愚昧群众的不同之处，但这点区别还不足以克服他在思想成长过程中出现的历史和社会障碍。他认为，"只有一个人的忍耐，其对外部环境力量的逆来顺受，才是对他的最严重的摧残"。

这种矛盾的心理正是反映了年轻高尔基所处时代的矛盾。当时俄国资本主义正在迅速发展，工人阶级的力量也正在形成之中；俄国社会思想界，通过《劳动解放社》[1]，特别是普列汉诺夫的著作，对马克思主义理论的认识有了明显的提高，但缺憾是尚未和俄国工人运动结合起来，是列宁后来完成了将二者结合起来的伟大使命。不过这已经是 90 年代中期的事了，比《在人间》足足迟了十年。

高尔基的思想在发展，面对复杂的社会问题，他必须作出回答，但是他一时还做不到。他苦恼，彷徨。他觉得："我身上其实有两个人：一个，由于知道的乌七八糟的事情太多，因此变得有些胆小怕事，畏首畏尾。生活中一些可怕的事情使他的心情受到很大的压抑，他对生活、对人们的态度开始失去信任，变得疑虑重重，对所有的人，包括他自己，都持一种无可奈何的同情态度。这个人向往过一种宁静、孤独的生活，终日与书为伴，离群索居，一心只想着修道院、护林人和铁路上的小岗亭，惦记着波斯和城郊某个地方守夜人的职位。但愿身边的人能够少一些，离他们远一些……

另一个则深受圣贤之书的高尚精神的熏陶，但眼见生活中种种可怕力量的嚣张气焰，深知这种力量轻而易举地就能够拧下他的脑袋，用肮脏的脚掌践踏他的心灵，于是，他咬紧牙关，攥紧拳头，聚精会神地进行自我防卫，生怕受到伤害，随时准备应对各种争吵与打斗。此人敢爱敢恨，富于同情心，就像法国小说里描写的勇敢的主人公那样，话不投机，便拔刀相向，摆出战斗的架势"。高尔基心情阴郁，怅然若失，但又不想就此"完蛋"；他要去喀山上大学，想靠知识和科学来摆脱困境。他相信知识和知识分子的力量。高尔基在《在人间》的最后一章里写道："这时，我真想对整个大地，对我自己，狠狠地踹上一脚，使人世间的万物——包括我自己在内——在欢乐的旋风、人们节日舞蹈的带动

---

[1] 1883 年在日内瓦成立的第一个俄国社会民主党组织，以传播马克思主义为己任，与民粹派、伯恩施坦派、"经济派"作斗争，翻译介绍马克思、恩格斯的著作，为俄国社会民主党的成立奠定了基础。普列汉诺夫是该组织的主要负责人之一。

下，快速旋转起来；他们彼此相爱，同时也爱这种为另一种生活已经开始了的美好、蓬勃、诚信的生活……

"我在想：

"'必须得干点什么，不然我就完了……'"。

这些话带有浓重的宣传鼓动意味，不难想象，它们在"十月革命"前的1916年听起来给人一种什么样的感觉和启迪。

四

《我的大学》是"十月革命"胜利后的1922年完成的，次年发表在《红色处女地》杂志上。它描述的是高尔基1884年夏到1888年秋的生活。但当时写作的历史环境和政治生态已经完全变了。作品主要是写上世纪80年代俄国知识分子的，和三部曲的前两部一样，《我的大学》描述的重点，仍然是作者内心思想发展的过程以及他对当时迫切需要解决的重大问题的态度。

革命胜利后，党所面临的一个重要任务，就是对部分旧资产阶级知识分子的错误思想进行斗争，批判他们脱离人民、散布种种诋毁革命的悲观主义谬论。高尔基以前在喀山和这类旧知识分子有过接触。30多年过去了，类似的奇谈怪论在彼得堡沉渣泛起，又听到了，它们和当年有人在喀山宣扬的人生如梦、为未来奋斗毫无意义论调非常相似。请听高尔基在喀山街头遇到的一个冻得半死的历史教师是怎么说的："进步——这是人们为安慰自己而杜撰出来的说辞！生活是非理性的，毫无意义。没有奴役便没有进步；没有多数人服从少数人——人类在自己的道路上便会停滞不前。我们希望减轻我们的生活负担，减轻我们的劳动，结果只能使我们的生活变得更加复杂，使我们的劳动更加繁重。工厂和机器为的是要不断生产更多的机器，这是非常愚蠢的！工人越来越多，可是社会需要的只是农民——生产粮食的人。粮食就是一切，它是需要用劳动向大自然索取的。一个人需要的东西越少，他就越幸福；他的愿望越多，他的自由就越少。""人们寻求的是遗忘和安慰，而不是知识！"

这位历史教师的想法使高尔基大为惊讶，因为它和高尔基的追求大相径庭，高尔基追求的是知识，绝不是"遗忘和安慰"。

他写道："后来我再也没有遇见过那位历史教师，我也不想再见到他了。

童
年

但我却不止一次地听到人们说生活没有意义，劳动没有用处的话——说这种话的人，有大字不识一个的云游派教徒，有无家可归的流浪汉，有'托尔斯泰主义者'和文化素质很高的人；此外，还有东正教的修士司祭、神学硕士、制造炸药的化学家、新活力论生物学家等许多人"。

有一次，一个自称是"政治油子"的工人朋友用只有俄国人才有的襟怀坦白的态度对我说：

"阿列克谢·马克西梅奇，亲爱的，我什么都不需要，什么学院、科学、飞机，统统都没用——完全多余！我只需要一个安静的角落，还有一个娘儿们，想亲的时候就亲她一下，而她对于我，应该忠贞不渝，全身心地回报我——这就可以了！您——按照知识分子的方式考虑问题，和我们毕竟不一样，您是中了毒的人，对于您来说，思想比人更重要，您考虑问题时是不是跟犹太人一样，即人是为安息日而设立的呢？"

这两段话的意思非常明显，旨在谴责那种小资产阶级极端个人主义的思想倾向，凸显《我的大学》和当时革命活动的千丝万缕的联系。

高尔基对那种认为劳动群众不会为大家的幸福去奋斗，他们只关心自己鼻尖下的一点儿个人利益的有害理论大加抨击，充分肯定人类劳动的伟大意义和他们追求自由、知识、幸福的强大思想动力。一个真正的人就应该是天生的斗士。他说："怎么，千百万俄国人，为革命历尽千辛万苦，难道心灵深处真的只是为了摆脱劳动吗？最少的劳动——最大的享受，这是很有诱惑力的，它像一切难以实现的乌托邦幻想一样，非常吸引人"。一个人一定要战胜周围的环境，这样才能够实现自身的价值，完成自己的使命，否则就是浪费光阴，虚度人生。

高尔基自己就是在和周围环境的斗争中成长壮大的。他从小反抗外公家的陈规陋习，给老板干活时不遵守老板的清规戒律，和知识分子在一起时又常批判他们的错误思想和种种歪理。高尔基在《我的大学》中实际上触及19世纪80年代俄国激烈动荡的社会政治生活，这一点连根本不关心时局变化的面包师卢托宁都注意到了；他总看见有些身份不明的人带些书到面包房里来，有时候在杰连科夫家里聚会。他们在一块读书，讨论各种问题，有时候还发生争论，其中朗读普列汉诺夫的《我们的意见分歧》的场面和高尔基与马克思主义者费多谢耶夫的交往描写得尤为生动。当时，代表沙皇政府的反动势力还相当强大，小说对这方面的代表人物——警察尼基福雷奇——的描写相当精彩。

尼基福雷奇明白得很：当警察决不能心慈手软，对沙皇政府心怀不满的人很多，要镇压住他们，必须得有一个强大的、运转灵活的警察机构。它就像是一张看不见的蜘蛛网。对此，高尔基是有切身体验的。

知识分子中有许多自认为"目标明确"且"深谙生活之道"的人，其实他们在生活中并不懂得审时度势，不知道应该如何行事。他们有的思想陈旧，有的过于年轻，而且往往脱离生活，书生气十足，只会在自己的小圈子里坐而论道，夸夸其谈，张口闭口人民长、人民短，但就是不见具体行动。他们的所作所为，说明他们只不过是一些毫无用处的空谈家。这是马克思主义者费多谢耶夫亲口对高尔基说的话。可是，要战胜沙皇卵翼下大大小小的尼基福雷奇们，没有人民群众的积极参与，仅靠一些思想混乱的知识分子在下面瞎嚷嚷，那是绝对成不了气候的。正如读者所看到的，《我的大学》在人民和知识分子关系的问题上花了不少的笔墨。诚然，高尔基描写的基本上都是以不同方式曾经投身过社会主义运动，而且在80年代发生过思想危机的那部分知识分子。这些人对沙皇专制制度不满，想寻求出路，但他们对科学社会主义还缺乏了解，对人民群众的力量还认识不足，往往孤军奋战，成效甚微。这是俄国知识分子所经历的最困难的时期之一。但就在这个时候，以普列汉诺夫为首的俄国知识分子的优秀代表们正在觉醒起来，他们逐渐认识到劳动群众的巨大力量和历史使命，他们深入到民间，积极宣传马克思主义的思想纲领，把许多向往革命的青年争取到自己这方面来。而19世纪80年代的高尔基，亲眼目睹并感受到了俄国知识分子所经历的那场思想危机，痛切感到，为了把革命运动推向前进，就必须把思想与事业、理论和实践紧密结合起来，所以他刻意描写了当时俄国先进阶层的生活及精神世界。当然，这不过是暴风雨来临前他的一种预感，还不能说是他的清醒认识，因为后来他对这一斗争的前景的认识还产生过动摇，思想出现过反复，甚至一度认为要改变不合理的社会现状是非人力所能够达到的，失去了信心。1888年夏，高尔基离开喀山，和一个叫罗马斯的民粹主义者来到伏尔加河畔一个叫克拉斯托维多沃的村子。农村的现实生活，农民的贫困、愚昧、野蛮、保守排外心理，使他很难接受，或不闻不问，置之度外；他感到非常苦恼，根本看不到使农民摆脱这种状态的出路和前景，不过他的这种消极悲观的情绪仅仅是他当时的一种思想冲动；随着他对现实生活了解得越多，就越相信未来美好的生活一定能够到来。对农民生活的进一步了解使他产生一种非常复杂的感情，他喜欢他们，发现他们身上有许多良好的品质——热爱劳动，

童年

纯朴善良，对未来怀有美好的理想。他在《我的大学》里写道："我看得出，这些农民，就单个而言，他们每个人身上并没有那么多的怨恨，而且常常压根儿就没有什么怨恨。实际上，他们只是一些很善良的原始村民——要让他们任何一个人露出孩子般的笑容并不难，任何一个人都会像孩子一样信任地听你讲关于寻找智慧和幸福的故事，听你讲有关英雄人物的丰功伟绩。""凡是能够激发人们去幻想——可以按照自己的意愿过上好日子——的一切故事，他们都会听得津津有味。""但是，当这些人在村会上或者岸边小饭铺里一窝蜂似的凑在一块儿时，他们把自己身上好的东西不知藏到哪儿去了，就跟神甫披上虚假与伪善的长袍一样，对有钱有势的人，像狗一样的摇头摆尾，百般逢迎——那种样子看着都叫人恶心。有时候，他们突然又会变得像狼一样的凶狠，毛发倒立，龇牙咧嘴，野蛮地互相吼叫，甚至不惜大打出手——而且也真打——起因不过是一些鸡毛蒜皮的小事。在这种时刻，他们变得非常可怕，甚至会捣毁他们昨晚还像绵羊回到羊圈时那样老实出入的教堂。""我无法跟这些人在一起，也不可能生活在他们中间"。

总之，高尔基认为，农民在各方面比起工人素质要差多了。农民的贪婪、自私他就很不喜欢。农民的小私有者的心理使他们很难团结成一个集体。罗马斯千辛万苦地想在农民中间开展宣传工作，为他们办好事，但最后也是一场空。有钱人挤对他不说，连穷苦农民也不支持他。最后他的房子也被人一把火烧了。高尔基离开克拉斯托维多沃村后跟民粹派再没有发生过什么来往。

高尔基在《我的大学》中描写了知识分子、农民和工人的生活。我们从中可以明显地感觉得出，这时候的高尔基已经开始隐隐约约认识到，在未来的社会变革中工人阶级将会发挥决定性的作用。我们从小说里高尔基跟费多谢耶夫和老纺织工人尼基塔·鲁勃佐夫的谈话中足可以看出来。

1888 年秋，高尔基离开了克拉斯诺维托沃村，三部曲到此告一段落，这时高尔基只有 20 岁，4 年后他开始了文学创作活动。多年的耳闻目睹，亲身感受，极大地丰富了他的阅历，这对他后来成为俄国乃至世界文坛上一名杰出作家不能不说打下了坚实的基础。

五

　　三部曲以自传的形式展示了作者童年和青少年的生活和思想成长历程。我们眼见他对小市民和小私有者的做派是多么的深恶痛绝，看到他逐步地认识到必须要推翻沙皇封建专制制度；也看到他对那些脱离群众、只会空谈的所谓"革命"知识分子的怀疑态度。高尔基是在外公家长大的，后来到了"人间"，过的也是在城镇打工或四处流浪的生活，很少接触农村的现实，但底层生活的经历使他后来对自己所看到的农村的状况最终也能够做出冷静的实事求是的分析，农村中的负面消极现象和农民们的落后意识并没有使他完全感到灰心丧气，而是更加坚定了他的斗争决心，因为他相信劳动人民，而且只寄希望于他们。现实的困难和挫折不表明群众中没有改天换地的革命积极性，它恰恰说明需要革命者脚踏实地地到群众中去把这种蕴藏的革命积极性给挖掘出来。只要追求革命真理的决心不动摇，终究会成为一个革命者，高尔基做到了这一点。实际上，高尔基在自传三部曲中真实地表现了俄国革命者整整一代人怎样从最底层一步一步踏上革命道路的艰辛历程。这也是三部曲的巨大历史意义和艺术价值之所在，不仅如此，高尔基在描写自己亲身经历的同时，也在履行他认为自己责无旁贷的一项革命职责，即批判俄国和欧美文学中无视人类的真正思想与感情，践踏自由、民主理想的颓废、反动的文艺思潮，因为就在高尔基着手创作三部曲的那几年，革命的文艺工作者们正在有针对性地为现实主义的文艺在进行斗争，批判形形色色颓废的文艺思想和创作倾向，高尔基当时就旗帜鲜明地站在这一斗争的前列。他不只是简单地在维护已有的现实主义，而是希望在原来现实主义的基础上前进一步，增加一些新的社会主义新人的因素，即后来称为社会主义现实主义原则的东西。他在后来文学创作中有意识地深化这些因素和原则，努力发掘和揭示正在觉醒的劳动者和他们所身处的资本主义险恶环境之间的关系，即无产阶级革命取得胜利后苏维埃文学所面临的如何塑造新人形象的迫切问题，因为他们虽然从资本主义制度下摆脱了出来，也具有一定的阶级觉悟，但他们身上不同程度的还背着旧世界遗产的沉重包袱。如何用发展的眼光，历史地、实事求是地写出这些人的发展与变化，高尔基，特别是他的自传三部曲，为年轻的苏维埃文学做出了光辉的榜样。

　　《我的大学》的基本意涵在于回应时代，弘扬革命思想。当时，诸如《毁灭》、《恰巴耶夫》、《铁流》等塑造新人的苏联早期革命文学作品还未出现，毫无疑问，高尔基的丰富创作经验为它们的诞生做了及时的文学铺垫，在描写新思想的产生，特别是在对旧思想的批判和扬弃方面提供了有益的借鉴，比如在《我的大学》中对形形色色小资产阶级思想——知识分子的消极悲观、极端个人主义思想，乃至农民小私有者心理这些与社会主义革命原则格格不入的思想都有鞭辟入里、耐人寻味的批判。这也是高尔基三部曲的深刻认识意义、教育作用和重大影响之所在，这也完全符合作家本人所说的话：一个革命作家应该正确而深刻地认识过去、现在和未来的现实。高尔基的创作实践就印证了他的这番话，他的三部曲不仅描写了苦难的过去和现在，而且点出了希望在即的光明未来。高尔基深信革命一定会胜利，因为他的这一信念是建立在对现实的正确的马克思主义的认识之上的。

郭家申

童年
детство

CONTENTS
目 录

第一章

在昏暗狭小的房间内，我父亲躺在窗前的地板上，全身素白，显得身子特别长。他光着双脚，脚指头怪模怪样地向外翻着，一双亲切的手平静地放在胸前，手指头也是弯曲的。他双目紧闭，可以看见铜钱在上面留下的黑色圆圈[1]；和善的面孔乌青发黑，龇牙咧嘴，挺吓人的。

母亲半光着上身，穿一条红裙子，跪在地上，正在用那把我常用它锯西瓜皮的小黑梳子，将父亲那又长又软的头发从前额向脑后梳去。母亲一直在诉说着什么，声音嘶哑而低沉，她那双浅灰色的眼睛已经浮肿，仿佛融化了似的，眼泪大滴大滴地直往下落。

外婆拽着我的手；她长得圆滚滚的，大脑袋、大眼睛和一只滑稽可笑的松弛的鼻子。她穿一身黑衣服，身上软乎乎的，特别好玩；她也在哭，但哭得有些特别，和母亲的哭声交相呼应。她全身都在颤抖，而且老是把我往父亲跟前推。我扭动身子，直往她身后躲；我感到害怕，浑身不自在。

我还从没有见过大人们哭，而且不明白外婆老说的那些话的意思：

"跟你爹告个别吧，以后你再也看不到他啦，他死了，乖孩子，还不到年纪，不是时候啊……"

我得过一场大病[2]，这才刚刚能下地。生病期间——这一点我记得很清楚——父亲照看我时显得很高兴，后来他突然就不见了，换成了外婆这个怪里怪气的人。

"你从哪儿走过来的？"我问她。

---

[1] 俄民间旧习俗：人死后在其眼睛上放置两枚铜钱。

[2] 1871年夏天，年仅3岁的高尔基（即阿廖沙·彼什科夫）在阿斯特拉罕得了霍乱。父亲在照料他时不幸被感染，不治身亡。喀山教堂的登记册上记载的日期是1871年7月29日，31岁；7月30日在一个公墓里安葬（见《关于高尔基父亲的新的材料》，苏联《文学报》1951年9月6日）。

她回答说：

"由上头，从下——下诺夫戈罗德[1]过来的，不过不是走过来的，是坐船来的！水上是不能步行的，小傻瓜！"

这话听起来很好笑，叫人感到莫名其妙：屋内楼上住着几个染了发的大胡子波斯人，地下室里住着一个做羊皮生意的黄种人——一个卡尔梅克族老头。从这儿可以骑着栏杆沿楼梯顺势而下，不过一旦摔下来，便一溜跟斗地往下滚——这事儿我最清楚不过了。这和水有什么关系呢？真是乱弹琴，实在可笑。

"干吗说我是小傻瓜？"

"因为你的话太多了。"外婆说着，也在笑。

外婆说话亲切，快乐，有条不紊，顺理成章。从见面头一天起，我就跟她好上了，现在我只想让她赶快带我离开这个房间。

母亲使我的心情感到压抑。她的眼泪和哭号使我心里有一种新的惶惑不安的感觉。我头一次看见她这副样子——她一向很严厉，很少说话；她清洁，整齐，人高马大，身体结实强壮，两只手非常有力。可是不知怎么搞的，现在她整个人好像都浮肿了，头发披散着，衣服凌乱不堪；平时端端正正盘在头上，像戴了一顶漂亮大帽子似的满头秀发，如今却披散在裸露的肩头，遮住了面孔，而她的另一半头发则编成了辫子，在父亲沉睡的脸前一直摇来摆去。我在屋子里已经站了很长时间，但母亲甚至一次都没有看我——她一直在给父亲梳头，边梳边哭，泣不成声。

几个粗壮的农民和一名巡警在向门内张望。巡警气鼓鼓地嚷道：

"赶紧抬走！"

窗上挂着一块深颜色的披肩，被风一吹，很像是一面扬起的风帆。有一次，父亲带我去划一条带帆的船，忽然一声雷响。父亲笑了，他用腿紧紧地把我夹住，喊道：

"没关系，洋葱头，不用怕！"

这时母亲忽然从地上艰难地站起来，但立马又一屁股坐了下去，仰面朝天地倒下，头发披散在地板上。她双目紧闭，煞白的面孔开始变青，而且像父亲那样龇着牙，用可怕的声音说：

"把门关上……让阿列克谢——走开！"

[1] 1932年改为高尔基市，苏联解体后名字又改了回去。高尔基的外婆是1871年夏天从下诺夫戈罗德来到阿斯特拉罕女儿家的。

外婆一把将我推开，直奔到门口，喊道：

"乡亲们，不用害怕，看在基督的份上，不要瞎动！这不是霍乱，是要生孩子了[1]，乡亲们，你们请便吧！"

我躲进一个黑暗的角落，藏在柜子后面，只见母亲一面在地上打滚，一面叫个不停，牙齿咬得嘎嘎响，而外婆则围着她爬来爬去，亲切、高兴地对她说：

"为了圣父和圣子！瓦留莎[2]，你忍一忍！……圣母会保佑的……"

我非常害怕。她们在父亲身边的地上忙个不停，把她拖来拖去，一面唉声叹气，大呼小叫，可父亲躺在那里一动不动，好像还在笑呢。这样过了很长时间——一直在地上忙活。母亲不止一次地站起来，又倒下去；外婆像一只又大又黑的软皮球，从屋子里滚了出来，随后从黑暗中突然传出了婴儿的哭声。

"托上帝的福！"外婆说，"是个男孩！"

于是她点上了蜡烛。

我大概在屋角睡着了——后来我什么都不记得了。

我记忆中的第二个印象是一个阴雨天，在一个墓地的荒凉的角落，我站在打滑的黏土堆上，望着放置父亲棺木的墓穴。墓穴底部有许多水，还有几只青蛙——有两只已经爬到发黄的棺木顶上了。

坟墓旁有我、外婆、一名浑身湿透的巡警和两个沉着脸、手持铁锹的农民。温暖的雨点像细小的珠子洒落在每个人的身上。

"埋吧。"巡警说着，开始离去。

外婆哭了起来，用头巾的一角捂着脸。两个农民弯着腰，急忙往墓坑里填土，墓坑里的积水被土块砸得啪啪作响。两只青蛙从棺材上跳下来，刚要往墓穴壁上爬，马上便被土掩埋在底下了。

"离远点儿，廖尼亚[3]。"外婆说着，一把抓住我的肩膀。我从她手里挣脱出来，不想离开。

"天哪，你这孩子。"外婆抱怨说，不知是在抱怨我，还是在抱怨上帝。她低着头，一声不响地站了很久。墓坑已经填平，可她仍旧站在那里。

两个农民用铁锹轻轻拍打着坟地的泥土。这时候起风了，接着雨也被吹没

---

[1] 瓦尔瓦拉·瓦西利耶维奇·彼什科娃是在 1871 年 7 月 29 日丈夫马克西姆死去的那天生下儿子的，喀山教堂的登记册里是这样记载的。

[2] 瓦尔瓦拉的爱称。

[3] 阿列克谢的爱称。

童年

了。外婆拉起我一只手,领我去远处的一座教堂,那里有许多颜色发黑的十字架。

"你怎么不哭呢?"一走出墓地围栏,她就问我,"应该哭啊!"

"不想哭。"我说。

"喏,不想哭,不想哭就别哭。"她小声说了一句。

事情说来也怪:平时我很少哭,哭也是因为受了委屈,从未因为疼痛哭过。父亲总笑我爱抹眼泪,而母亲则大声叫嚷:

"不许哭!"

后来我们坐车沿着一条宽阔但非常脏的大街急驶而去,从许多暗红色的房子中间穿过。我问外婆:

"那几只青蛙爬不出来了吗?"

"没错儿,爬不出来了,"她回答说,"愿上帝保佑它们!"

无论是父亲,还是母亲,都没有如此亲切地经常把上帝的名字挂在嘴边。

几天后,我同外婆和母亲登上轮船,坐在一间小舱里。我的新出生的弟弟马克西姆死了 [1],就躺在船舱角落的桌子上,身上裹着白布,外面扎了条红带子。

我在众多包袱和箱子中间找了个地方,向窗外张望,窗口朝外凸出,圆鼓鼓的,很像马的眼睛;混浊的、泛着泡沫的河水在湿润的玻璃窗外没完没了地流过。河水不时地溅起浪花,舔舐着窗上的玻璃。我不由得跳了下来。

"别怕。"外婆说,她用柔软的双手轻轻把我托起,又放回到行李上。

河面上一片灰蒙蒙的雾气,远处呈现出黑压压的陆地,随后,陆地在大雾和河水中重又消失了。周围的一切都在颤动。只有母亲双手放在脑后,背贴墙壁,牢牢地站在那里,一动不动。她的脸色阴暗、冷峻、木然,双目紧闭,始终一言不发,她整个变成了另外一个人,一个新人,甚至她身上的衣服,从前我都没有看见过。

外婆不止一次地小声跟她说:

"瓦里娅 [2],你吃点东西吧,少吃点,啊?"

她一声不吭,纹丝不动。

外婆跟我说话的声音很小,跟母亲说话——声音要大一些,但不知为什么,

---

[1] 写高尔基传记的人尚未找到马克西姆的死亡登记,因此很难确定彼什科夫一家人从阿斯特拉罕到下诺夫戈罗德的确切日期。

[2] 瓦尔瓦拉的小名。

总是小心翼翼，怯声怯气，而且话语很少。我觉得，她害怕我母亲。这一点我心里明白，它使我和外婆的关系更加亲近了。

"萨拉托夫[1]，"母亲冷不丁地大声说道，而且显得很生气，"水手到哪儿去了？"

她的话简直莫名其妙，让人摸不着头脑：萨拉托夫，水手。

一个肩膀宽宽、头发花白的男人走了进来，他穿一件蓝衣服，带来一只小木匣子。外婆接过匣子，开始将弟弟的尸体往木匣子里装，装殓完毕，她便张开双臂，捧着木匣子，向舱门口走去。但外婆的身体太胖了，要通过狭小的舱门，她只能将身子侧过来，因而在舱门口前，她一时不知如何是好，看上去非常可笑。

"哎呀，妈妈。"母亲喊了一声，从外婆手里接过小棺材，两人一块儿便不见了，我一个人留在舱内，打量着那位穿蓝衣服的男人。

"怎么，是小弟弟死了吗？"他俯身对我说。

"你是谁？"

"水手。"

"那萨拉托夫——是谁？"

"是一座城市。你往窗外看，那就是萨拉托夫！"

窗外是一派移动着的土地，黑压压的一片，有许多悬崖陡壁，上面雾气腾腾，像是刚从大圆面包上切下来似的。

"我外婆去哪儿了？"

"掩埋外孙子去了。"

"要埋到地下吗？"

"还能怎么样？会掩埋的。"

我告诉水手，埋葬我父亲的时候，有几只活的青蛙也被埋进去了。他将我抱起来，紧紧把我搂到胸前，吻了吻我。

"唉，小老弟，你现在还不懂事！"他说，"那些青蛙用不着可怜，上帝会保佑它们的！该可怜的是你母亲——瞧她那伤心的样子！"

我们头顶上的汽笛响了，发出一阵阵的长鸣。我已经知道这就是轮船，所以并不感到害怕，可是水手急忙将我放到地板上，边跑边说：

---

[1] 俄伏尔加河下游一港口城市，铁路枢纽，1780 年设市，现为萨拉托夫州的首府。

"我得赶紧跑！"

我也想往外跑。我走出舱门，幽暗狭窄的过道里空无一人。距舱门不远处，舷梯上镶嵌的铜踏板闪闪发光。往上一瞧，只见有许多人手里拿着大包小包的。显然，大家在等着下船了——这就是说，我也该下船啦。

但当我和一群男人刚走到轮船码头上岸踏板旁边时，大家冲我直嚷嚷：

"这是谁家的孩子？你是谁的孩子？"

"我不知道。"

人们好一通地推我，抚摸我。最后，那位头发花白的水手来了，他一把抓住我，解释说：

"他由阿斯特拉罕[1]来，从船舱里跑了出来……"

他抱起我，跑回船舱，把我往行李上一放便走了，走时还伸出一个指头威胁我说：

"当心我收拾你！"

上面的嘈杂声逐渐平静下来，船体已不再颤动，也不再发出拍击河水的声音了。船舱窗口被一堵潮湿的墙面挡住了。舱内黑暗、闷气，行李仿佛都膨胀了起来，一直在挤压着我，一切都叫人感到难受。说不定我就这样永远被单独留在这空空荡荡的轮船上了？

我来到舱门口。舱门打不开，门上的铜把手怎么也拧不动。我拿起一瓶牛奶，使劲朝门把手砸去。奶瓶碎了，牛奶溅了我满腿，顺势流进了我的靴子。

因失败而苦恼的我，躺在行李上小声哭了起来，后来哭着哭着便睡着了。

醒来后，轮船重又响起拍打水面的声音，船体也颤动起来，船舱的窗子明亮得像一轮红日。外婆坐在我的身边，一面梳头，一面皱着眉头小声在说些什么。她的头发多得出奇，密密麻麻地盖住了她的双肩、胸口和双膝，一直拖到地面，乌黑乌黑的，透着蓝光。她用一只手将头发从地面上托起，使劲将一把稀齿的木梳梳进浓密的发绺里；她撇着嘴唇，两只黑眼睛气鼓鼓的，闪闪发光，而她那张脸，在浓密头发的衬托下显得既小巧，又滑稽可笑。

今天她的样子看上去很凶，但当我问她为什么她有这么长的头发时，她用昨天那样温暖柔和的声音对我说：

"显然是上帝要惩罚我——让她梳去吧，这该死的头发！年轻时我为这满

---

[1] 俄国城市，阿斯特拉罕州行政中心，位于伏尔加河三角洲，通向里海。

头秀发，着实骄傲过，现在老了，我要诅咒它！睡你的觉！时间还早着呢——太阳经过一夜，刚刚才露头……"

"我已经不想再睡了！"

"喏，不想睡就别睡啦，"她当即表示同意，同时一面编着辫子，一面朝沙发看了一眼，母亲正直挺挺地仰面躺在上面，"你昨天是怎么把牛奶瓶摔碎的？悄悄跟我说！"

外婆说的话，不知怎么的，就跟唱出来似的，特别好听，而且一下子就牢牢记住了。她说的话像盛开的鲜花，是那样的亲切、鲜艳、生动活泼。她微笑时，一对黑眸子睁得大大的，像两颗樱桃似的，闪耀着难以形容的愉快的光芒，她的微笑使她高兴地露出坚固洁白的牙齿，尽管她双颊的皮肤有些灰暗，脸上已有不少的皱纹，但她的整个面孔，仍然显得非常年轻，神采飞扬。可惜她那松软的鼻子、张大的鼻孔和红红的鼻头颇有些煞风景。她用一只黑色镶银的鼻烟壶嗅鼻烟，全身都着黑装，但是她的内心里却在光芒四射——透过一双眼睛——放射出永不熄灭的、欢快、温暖的光芒。她有点驼背，几乎成了罗锅，人又非常之胖，可是活动起来倒轻便灵活，像一只大灵猫——加上她又是那么轻柔温和，太像这种可爱的动物了。

外婆来之前，我好像一直在睡觉，躲进黑暗之中，但是她来到后，唤醒了我，将我引向光明。她把周围的一切连接成一根没完没了的长线，把它编成一条五彩缤纷的花边；她一下子变成了我毕生的朋友，成了我最贴心、最理解和最珍爱的人——她这种对世界的无私的爱，丰富了我的心灵，使我在面对艰难的人生时充满了毅力。

四十年前，轮船航行得很慢；我们到下诺夫戈罗德要走很长时间，我清楚记得头几天沿途所看到的绮丽景色。

天气很晴朗，我和外婆从早到晚一直都待在甲板上，头上是明朗的天空，金秋时分，伏尔加河两岸仿佛全都铺上了丝绸锦缎。一艘黄色的轮船逆流而上，船两侧的轮桨页片轻轻地拍打着蓝灰色的河水，不慌不忙，一副懒洋洋的样子；船尾有一条长长的缆绳，拖着一艘驳船。驳船呈蓝灰色，看上去很像一条潮虫。太阳在伏尔加河上空悄悄地移动着，周围的一切每时每刻都在发生变化，令人耳目一新。绿色的群山，宛如大地盛装上的华丽的褶皱，两岸的城市和村落，远远望去，仿佛是一块块的甜食点心。金色的秋叶在河面上顺流漂动。

"瞧，多漂亮呀！"外婆不停地说着。她兴奋地在甲板上来回走动，兴高采烈地瞪大了眼睛。

她常常只顾自己往岸上看了，把我给忘得一干二净。她伫立在甲板一侧，双手抱胸，面带微笑，默默无语，但两眼却饱含泪水。我拽了拽她那条深色的印花裙子。

"干什么呀？"她不觉一愣，"刚才我好像打了个盹，还做梦来着。"

"那你哭什么呀？"

"亲爱的，那是因为我高兴，也是因为我年纪大了，"她微笑着说，"要知道，我已经老了，我已经活了六十个春秋了。"

她嗅过鼻烟，开始给我讲些稀奇古怪的故事：有绿林好汉，有先贤圣徒，还有各种猛禽走兽和妖魔鬼怪。

她讲故事时声音不高，样子很神秘，紧贴着我的脸，眼珠子瞪得老大，直盯着我的两眼，仿佛要往我心里灌输一种蓬勃向上的力量。她说起话来就像唱歌，越说越带劲，出口成章，头头是道。听她讲故事令人有一种说不出的愉快。我一面听，一面求她：

"再讲一个！"

"喏！那就再讲一个：一位家神爷 [1] 坐在灶台下面，被面条烫伤了脚，他一瘸一拐的，叫个不停：'哎哟哟，小耗子们，疼死我啦，哎哟哟，小耗子们，我受不了啦！'"

外婆抬起一只脚，双手抱定，左右摇来晃去，滑稽地皱起眉头，好像她真的感到很疼似的。

周围站着许多水手——有的留着大胡子，有的很和蔼可亲——他们一边听，一边笑，直夸外婆讲得好，他们也求她说：

"老婆婆，再给讲一个吧！"

后来，他们说：

"干脆跟我们一起吃晚饭吧！"

吃饭时他们招待外婆喝伏特加酒，给我吃的是西瓜和黄瓜。这都是背地里干的，因为船上有一个人禁止吃瓜果，他会把这类东西抓起来扔进河里。他的穿着很像一名巡警——衣服上钉着铜纽扣——总是醉醺醺的。人们都躲

[1] 家神爷，类似我国以前民间供奉的灶王爷。

着他[1]。

母亲很少到甲板上去，总是离我们远远的。她一直不说话。她修长匀称的身材，阴郁冷峻的面孔，还有她那将一头靓发梳成发辫后盘成的庄重的王冠——整个的她，看上去既威严，又刚强，回想起来，总觉得她和我好像是隔着一层迷雾或者是薄薄的云层。她那双和外婆一样的浅灰色的大眼睛总是从远处在冷冷地打量着什么。

有一次，她疾言厉色地说：

"人家在笑您呢，妈妈！"

"随他们的便！"外婆毫不在乎地回答说，"让他们笑去好了，只要他们开心就好！"

我记得外婆一看见下诺夫戈罗德市高兴得像小孩子的样子。她拽住我的手，把我拉到船舷边上，嚷着说：

"瞧呀，瞧呀，多么漂亮！我的天，这就是下诺夫戈罗德市呀！瞧它有多棒，简直是神仙居住的地方！你瞧瞧那些教堂，好像都在飞起来似的。"

于是，她呼喊着母亲，几乎哭出声来：

"瓦留莎[2]，你快来看呀，啊？快，难道你都忘了！应该高兴才是！"

母亲沉着脸，露出一丝微笑。

轮船在一座漂亮城市的对面停下了，河面上的船只摩肩接踵，千百只桅杆直插云天，一条满载乘客的大木船慢慢地靠近了轮船，有人用一根带钩子的长竿将放下的舷梯钩了过来，人们从木船上一个接一个地沿着舷梯登上了轮船的甲板。飞步走在最前面的是一个干瘪的小老头，他穿一件黑色的长袍，留着金黄色的小胡子，长着一副鹰钩鼻和两只绿色的小眼睛。

"爸爸！"母亲深沉而响亮地喊道，一头便扑到他身上，而他则一下子抱住她的脑袋，用他那发红的双手急忙抚摸着她的脸颊，尖声叫道：

"傻孩子，是你呀？啊！这就好……我说，你们呀……"

不知为什么，外婆忙得像陀螺似的，一直转个不停，转眼工夫，她把所有的人都拥抱和亲吻个遍。她把我推到大家面前，忙不迭地说：

---

[1] 这项禁令与当时的霍乱流行有关，疫情从伏尔加河港口城市雷宾斯克开始，逐渐蔓延到整个伏尔加流域。1871年疫情传到了阿斯特拉罕，从7月到9月一直在该地区肆虐。

[2] 瓦里娅的小名。

童年

"喏，快过来！这是你米哈伊洛[1]舅舅，这是雅科夫……纳塔利娅舅妈，这两个，是你的表哥，都叫萨沙，这是你表姐卡捷琳娜，他们全是我们一家子，瞧一共有多少人！"[2]

外公对她说：

"身体好吗，老婆子？"

他们相互吻了三下。

外公把我从人群里拉出来，摸着我的头，问道：

"你是谁家的孩子呀？"

"阿斯特拉罕的，从船舱里出来的……"

"他说什么来着？"外公对母亲说，没等母亲回话，他便把我推向一边，说，"颧骨长得跟他父亲一模一样……到木船上去吧！"

我们乘船上了岸，一群人沿着山坡往上走。路上铺满了巨大的鹅卵石，两边高坡上覆盖着东倒西歪的枯叶败草。

外公和母亲走在大伙的前面。他的个子只有母亲肩头那么高，一直迈着快速的小碎步，母亲看他时居高临下，好像从空中向下俯视似的。两个舅舅一声不吭地跟随着他们：米哈伊洛满头黑发，梳得很光溜，跟外公一样的干瘪；雅科夫一头浅黄色的卷发，还有几个身着鲜艳连衣裙的胖女人和五六个孩子，他们都比我大，都很安静。我跟外婆和小舅妈纳塔利娅一块儿走。小舅妈脸色苍白，一双蓝眼睛，挺着个大肚子，她不时地停下来，喘着粗气，小声说：

"哎呀，我不行了！"

"他们干吗要叫你来呢？"外婆生气地抱怨道，"真是一帮蠢货！"

无论大人还是小孩——我都不喜欢，我觉得我走在他们中间是个局外人，不知为什么，甚至连外婆也失去了光彩，跟我疏远了。

我特别不喜欢的是外公，从他身上我一下子就感觉到了敌意，于是我格外地注意他，有一种畏惧的好奇心。

我们到了山坡的最高处。紧贴右边的山坡是一条街的起点，这里有一座低矮的单层房屋，外面刷了粉红色的油漆，已经显得有些陈旧，房子屋顶很矮，

---

[1] 即米哈伊尔，外婆总习惯叫他米哈伊洛。

[2] 米哈伊尔·卡希林（1832—1909）和雅科夫·卡希林（1839—1903）是高尔基（阿列克谢·彼什科夫）母亲的两个亲兄弟，卡捷琳娜（1863—1938）系米哈伊尔·卡希林和第一个老婆所生。

窗子向外突出[1]。从外面看，我觉得这座房子还挺大，但是里面的房间却很小，光线昏暗，显得很拥挤；像在靠码头之前的轮船上一样，到处都是焦急、忙乱的人们。小孩子们像一群偷吃东西的麻雀，四处乱窜，周围有一种陌生的、刺鼻的气味。

我来到院子里。院子也叫人不喜欢：满院子晾晒的都是大块大块的湿布，摆放着许多大缸，缸里的水稠乎乎的，各种颜色都有。缸内浸泡的也是布匹。院子角落有一间很矮的、快塌了的厢房，里面生着炉子，木柴烧得正旺，炉子上在煮什么东西，咕嘟咕嘟的，一个看不见的人在大声说一些莫名其妙的词汇：

"紫檀——洋红——明矾……"

---

[1]　房子坐落在下诺夫戈罗德市的老城区，这里地势倾斜，往上是该市的上面部分，往下则是它的集贸市场和沿河的轮船码头。房子是18—19世纪的建筑，原为 B．B．卡希林的同胞姊妹的产业，1852年卡希林花428卢布将整座房子及院落买了下来（见《西伯利亚之火》1968年第3期第148页）；1936年房屋进行了修复，1938年这里以《卡希林之家》的名义建立了高尔基童年生活纪念馆。

第二章

　　一种重彩浓抹、光怪陆离的生活开始了，它离奇得难以言表，而且以惊人的速度向前发展着。在我的记忆中，这段生活像一个严酷、动听的童话故事，它出自一位善良的、难得真诚的天才人物之口。如今，回首往事，我自己有时都很难相信，事情真的就是那样，有很多事情我都想要辩解，想要否认——因为在"那帮蠢货们"过的暗无天日的日子中，残酷的事例实在太多了。

　　但真实是高于怜悯之心的，何况我讲的并不是我自己，而是关于那个令人窒息、阴森可怕的狭小天地里的情形，普通的俄罗斯人至今仍然生活在那里。

　　外公一家人互相充满了敌意，他们之间弥漫着一种炽热的气氛，这种敌意在毒害着大人，甚至孩子们也都积极参与其中了。后来我从外婆的话里得知，母亲回来时正好碰上她弟弟们在跟自己的父亲闹分家。母亲的突然归来更激化和加剧了他们分家的愿望。他们害怕我母亲要求她应该得到的那份被外公扣着没给的嫁妆，因为母亲出嫁时是"私订终身"[1]，违背了外公的意志。舅舅们认为，这份嫁妆应当由他们两个平分。他们还为了谁进城去开染坊，谁去奥卡河对岸的库纳维诺镇[2]，彼此早已争吵得不可开交了。

　　就在我们刚到不久，大家在厨房吃午饭的时候就爆发了争吵：两个舅舅突然跳起来，隔着饭桌，冲着外公大喊大叫，像狗一样地龇牙咧嘴，气得浑身直打哆嗦，而外公则用勺子敲打着饭桌，脸涨得通红，像公鸡打鸣似的大声吼叫道：

　　"你们给我滚出去！"

　　外婆痛心之极，脸都气歪了，她说：

---

[1] 关于"私订终身"的事在第 10 章里有详尽的描写。然而文献资料并没有证实这一点。高尔基的父母是 1863 年 10 月 27 日在下诺夫戈罗德乌斯宾斯基教堂举行的婚礼。高尔基的外公是同意他父母的婚事的。（见《高尔基资料汇编》，1968 年，第 352 页）

[2] 该镇坐落于奥卡河左岸，高尔基幼年在此度过很长一段时间。从 19 世纪 20 年代起这里成了国内外客商云集的重镇，特别是每年的 6 月至 9 月，这里的经贸活动非常活跃。

"都给他们得了，老头子——这样你也落得个安静，给他们吧！"

"住嘴，都是你惯出来的！"外公喊道，两眼闪闪发光。说来也怪，别看外公个子矮小，喊起来嗓门可够大的。

母亲从桌旁站起身，不慌不忙地走到窗前，转身背对着大家。

突然，米哈伊尔舅舅对准他弟弟的脸挥手就是一拳，对方大吼一声，立刻和他厮打起来，两人在地上滚作一团，只听见他们的喘气声、吼叫声和谩骂声。

孩子们哭了起来，怀了孕的纳塔利娅舅妈死命地喊叫；我母亲赶紧抱住她，把她拖到别的地方；生性快乐、满脸雀斑的保姆叶夫根尼娅[1]把孩子们从厨房里往外轰；满地倒的都是椅子；宽肩膀的年轻帮工"小茨冈"骑在米哈伊尔舅舅的背上，而格里戈里·伊万诺维奇师傅——一个戴着墨镜、秃头、满脸大胡子的人——正在慢条斯理地用毛巾捆扎米哈伊尔舅舅的双手。

米哈伊尔舅舅伸长脖子，稀稀拉拉的黑胡子蹭在地面上，大口大口地喘着粗气，外公急得围着桌子团团转，气急败坏地叫道：

"同胞兄弟，啊！骨肉亲情！你们就这样，哎呀呀……"

由于害怕，吵架一开始，我便爬到灶台上去了。从那里，我吃惊地看到外婆用铜盆里的水在擦洗雅科夫舅舅脸上被打出的血。雅科夫放声大哭，捶胸顿足；而外婆则沉痛地说：

"该死的东西，亡命之徒，也该懂事了！"

外公将撕破的衬衫搭在肩上，冲她喊道：

"老妖婆，这不都是你生的两个畜生吗？"

雅科夫舅舅走后，外婆躲在屋角，鬼哭狼嚎地一通喊叫：

"至高无上的圣母啊，让我的孩子们脑子开开窍吧！"

外公站起来，侧过身来对着她，看着餐桌上一片狼藉的样子，小声说：

"你呀，老婆子，看着他们点儿，当心他们会欺负瓦尔瓦拉[2]，说不定……"

"得啦，你算了吧！把衬衫脱下来，我给你缝缝……"

她双手抱着外公的头，在他脑门上吻了一下，而他呢——因为个头比外婆

---

[1] 高尔基在《论童话》一文中写到，小时候有两个人常给他讲民间故事听，那就是外婆和保姆叶夫根尼娅。"叶夫根尼娅在外公家至少生活了25年，照看过外婆的许多孩子，他们死后她为他们安葬，为他们伤心落泪。而且培养教育了他们的下一代——外婆的孙子们。在我的心目中，她们的关系不是女主人和女佣，而是知心朋友。"（见《高尔基30卷集，第27卷，392页》

[2] 瓦里娅的名字。

矮——便把脸贴在她的肩头。

"看来，是得分家了，老婆子……"

"应该分，老头子，应该分！"

他们谈了很长时间。开头两个人谈得很好，后来外公像一只好斗的公鸡，一只脚开始老踹地板，伸出一个指头威胁外婆，大声唠叨说：

"我还不知道你，你最疼爱他们了！可你的米什卡[1]是个伪君子，而雅什卡[2]则是个共济会分子[3]！而且他们尽挥霍我的家产，整日花天酒地……"

我在灶台上扭动一下身子，不小心把熨斗给碰倒了，于是它顺着阶梯滚了下去，"扑通"一声，掉进一个大脏水盆里了。外公跳上梯子，一把将我拖了下来，仔细地端详着我的脸，好像头一次看见我似的。

"是谁让你爬到灶台上去的？是你母亲吗？"

"是我自己爬上去的。"

"你撒谎。"

"不，是我自己爬上去的。我吓坏了。"

他推开我，用手轻轻在我额头上拍了一下。

"跟他父亲一个样！滚开……"

我高兴地跑出了厨房。

我看得很清楚，外公那双聪明敏锐的绿眼睛一直都在盯住我，所以我很怕他。记得，我总想躲开他那双火辣辣的眼睛。我觉得外公这个人非常凶狠，他跟所有的人说话总是冷嘲热讽，嘴巴不饶人，摆出一副好斗的架势，直到把对方惹急了才算罢休。

"唉，你们——这帮人啊！"他常常这样感叹地说，总是把"这帮人"几个字的声音拉得很长，我一听就觉得很烦，身上直起鸡皮疙瘩。

休息的时候，喝晚茶期间，外公、两个舅舅和伙计们，从作坊里来到厨房。他们一个个累得精疲力竭，两只手都染成了紫檀色，全被明矾给蜇伤了。他们

---

[1] 米哈伊尔的爱称。

[2] 雅科夫的爱称。

[3] 共济会是世界上最大的秘密团体之一，起源于中世纪宗教建筑工匠行会，由于英帝国的对外扩张而广为传播，带有浓厚的宗教色彩，他们相信上帝和灵魂不灭，在拉丁语系的国家中深受自由主义者、虚无主义者和反对教权主义者的欢迎，共济会成员一般分为三个等级，即学徒、师兄和师傅，帮会色彩很重。这里说的"共济会分子"是个贬义词，意思是"缺德的家伙"。

的头发都用带子扎着，看上去个个活像是厨房角落供奉的黑乎乎的圣像——在这种危险的时刻，外公总是坐在我的对面，这让他的其他孙子们感到非常羡慕，因为相比较而言，外公跟我说话的机会要多一些。外公的身材非常匀称，人很瘦削，很精明。他那件丝线包边的圆领缎子坎肩已经很破旧了，印花衬衫也已经皱皱巴巴，裤子膝盖上有两块大补丁，可是和身穿夹克、戴着衬领、脖子上系着丝质三角巾的两个儿子相比，外公的穿戴毕竟比他的儿子们要整洁和好看一些。

我们到了几天后，他就一定让我学做祷告。别的孩子都比我大，已经在跟着圣母安息教堂的执事学习认字了。从家里的窗口就能够看见教堂金色的圆顶。

教我学祷告的是纳塔利娅舅母，她这个人既文静，又胆小，长有一张娃娃脸，眼睛清澈明亮；我觉得透过这双眼睛能够觉察出她脑海深处的一切。

我喜欢长久凝视着她的眼睛，眼睛一眨也不眨。她眯起眼睛，摇晃着脑袋，几乎耳语般地小声让我跟着她学：

"喏，你跟着我说：'我们在天之父 [1]……'"

要是我问："'雅科热' [2] 是什么意思呢？"

她会惶恐不安地向周围看看，劝我说：

"快别问了，这样会更糟！你只用跟着我说：'我们在天之父'……懂吗？"

我很纳闷：为什么问一下就会更糟呢？"雅科热"这个词显然含有弦外之意，所以我千方百计故意对它加以歪曲：

把"雅科热"念成"雅夫科热" [3]……

但是，脸色发白、仿佛全身都瘫软了的纳塔利娅舅妈一直耐着性子在纠正我，她的声音听来有些断断续续：

"不，你只用说'雅科热'……"

但无论是她本人，还是她说的话，都不那么简单易懂。这使我感到非常恼火，妨碍我熟记祷文。

有一次，外公问道：

***

[1] 基督教主祷文的第一句，据说这段祷文是耶稣口授的（见《新约全书》，《马太福音》第6章第9—13节）。

[2] 雅科，古斯拉夫语，有"就像"、"如同"的意思。这里说的还是《马太福音》第6章9—13节中的一句祷文，即"免我们的债，如同我们免了人的债。"

[3] 雅夫科热（Явкоже）意思成了"我在皮中"了。

"喂，阿廖什卡[1]，你今天干什么了？都玩了吧！我看见你额头上鼓起一个包。弄出个鼓包可算不上有多大本事！'我们在天之父'，背会了吗？"

舅妈小声说：

"他的记性不好。"

外公嘿嘿一笑，棕红色眉毛欢快地扬了起来。

"要是这样，就得用鞭子抽！"

接着，他又问我：

"你父亲抽过你吗？"

由于不明白他的话的意思，我没有吭声，母亲说：

"没有，马克西姆从没有打过他，而且也不许我打他。"

"那是为什么？"

"他说：靠打是教不好孩子的。"

"那他——这个马克西姆，就是个十足的傻瓜，不过他已经死了。求上帝原谅他！"外公气鼓鼓地说，吐字非常清楚。

他的话使我感到非常生气。他看出了这一点。

"你干吗撅着嘴？你呀你……"

然后，他摸摸头上发白的棕红色头发，补充说：

"顶针的事，瞧，看我星期六怎么收拾萨什卡[2]吧。"

"怎么个收拾法？"我问道。

大家都笑了，可外公说：

"你等着瞧吧……"

我静下心来一想：收拾——无非是把送来染色的衣服抖搂开，捶打一番，看来，收拾和捶打是同一回事。有打马、打狗、打猫的。在阿斯特拉罕，巡警打波斯人——这我看见过。但我从没有看见过这样打小孩的，尽管这里的舅舅们对自己的孩子时不时地就用指头弹他们的脑门或后脑勺——不过孩子们对此已经司空见惯，不当一回事，只是用手揉揉被弹过的地方也就算了。我不止一次地问过他们：

"疼吗？"

他们总是勇敢地回答说：

---

[1] 阿列克谢的小名。

[2] 萨沙的小名。

"不疼，一点儿都不疼！"

顶针的事我是知道的。每天下午，从喝茶到吃晚饭这段时间内，舅舅们和格里戈里师傅把各块染好的布料缝成为"一件"，然后在上面缝上个标签。米哈伊尔舅舅想跟眼睛半瞎的格里戈里师傅开个玩笑，便让九岁的侄子把格里戈里师傅的顶针在点燃的蜡烛上烧热。萨沙用剪烛芯的镊子夹起顶针，在火上将它烧得滚烫，然后悄悄地放在格里戈里师傅的手边，自己则藏到炉子后面去了，但这时正巧外公走了过来，坐下来想干点活，便把手指头伸进那只灼热的顶针里了。

记得当我闻声跑进厨房的时候，外公正一面用被烧伤的手指抓挠着耳朵，一面滑稽地一蹦一跳的，并且大声喊叫着：

"这是谁干的事？真够缺德的！"

米哈伊尔舅舅弯着腰，用指头在桌子上拨弄着那只顶针，对它不停地吹气，格里戈里师傅平心静气地在缝他手中的活儿，烛影在他巨大的秃顶上跳跃着；雅科夫舅舅从藏身的炉子后面跑出来，暗自发笑；外婆正在用擦子擦新鲜的土豆。

"这是雅科夫的儿子萨什卡[1]干的！"米哈伊尔舅舅突然说。

"你胡说！"雅科夫从炉子后面蹿了过来，大声叫道。

他的儿子在屋角里边哭边嚷：

"爸爸，别信他的话。是他教我干的！"

两个舅舅相互吵骂起来。这时外公一下子变得没脾气了，往手指上敷了些生土豆沫，拉着我的手，一声不吭地走了。

大家都说这事应该怪米哈伊尔舅舅。自然，喝茶的时候我曾问过外公——会不会狠狠收拾他一顿？

"应该好好地收拾他。"外公嘟哝一句，斜眼看了我一下。

米哈伊尔将桌子一拍，冲母亲嚷道：

"瓦尔瓦拉，管好你的小崽子，不然我会把他脑袋揪下来的！"

母亲说：

"你试试看，只要你敢动他一下……"

这时大家都不作声了。

母亲能说会道，三言两语就能够把人给噎回去，好像一下子就堵住了别人的嘴，拒人于千里之外，使他们感到自己完全是在自讨没趣。

---

[1] 高尔基的表兄亚·雅·卡希林（1865—1910）。

我知道，大家都害怕我母亲，连我外公跟我母亲说话时都轻声细语，不像跟别人说话时那样粗声大气。这使我感到很高兴，所以我常在表哥们面前骄傲地夸耀说：

"我母亲最厉害了！"

他们没有表示反对。

但是星期六发生的事，改变了我对母亲的态度。

星期六之前，我也做了件错事。

我感到非常好奇：大人们是如何巧妙地改变布的颜色的？他们把黄颜色的布料浸入黑颜色的水中，布料一下子变成为深蓝色——他们称之为"宝蓝"；把灰颜色的布在棕红色的水里一泡，马上就变成了浅红色——他们称为"殷红"。事情很简单，可我却不明白。

我很想亲自染点什么东西，于是我把这一想法跟雅科夫的儿子萨沙说了，他是个很严肃认真的小伙子。他经常在大人们身边转悠，跟所有人的关系都很好，随时准备帮助大家，什么活都肯干。大人们都夸奖他听话，人又聪明，但是外公总是斜着眼睛看他，说萨沙：

"整个一个马屁精！"

雅科夫的这位萨沙又黑又瘦，两只螃蟹眼向外突出着，说话慌里慌张，声音很轻，好像想说的话被卡在喉咙里似的，而且总是神秘兮兮地往四下打量，仿佛随时都打算逃跑，找个地方躲起来。他的栗色的瞳孔一动不动，但是情绪一激动，两个瞳孔和眼白便一起颤动起来。

我不喜欢他。相比之下，我更喜欢米哈伊尔舅舅的儿子萨沙[1]，这小伙子非常安静，不爱张扬，行动有点笨拙，长有一双忧郁的眼睛，笑起来样子很好看，很像他温顺贤良的母亲。他的牙齿很难看，全都伸到嘴唇外面来了，因为他的上颚长了两排牙齿。这使他觉得很有意思。他经常把手指头伸进嘴里，摇晃它们，想把里面的那排牙齿拔掉，而且谁要是想摸一摸他的牙齿，他都老实巴交地让人去摸。但我从他身上没有发现任何其他更有趣的地方。家里的人员很多，但他却独来独往，喜欢一个人坐在昏暗的角落里，晚上就坐在窗口。和他默默地待在一起也很有意思——坐在窗边，紧靠着他，整整一个小时谁都不说话，只是仰望着天空红色的晚霞，观看成群的乌鸦围绕着圣母安息大教堂金

---

[1] 即高尔基的表兄亚·米·卡希林（1909年去世）。高尔基认为他人很好，但是生性懒惰，到处流浪。

色的圆顶来回盘旋，上下翻飞，它们有时飞得很高，有时飞得很低。突然，它们像一张黑色的大网，遮天蔽日，挡住了落日的余晖，然后便在我们眼前消失了，留下一片虚无的空间。面对此情此景，这时什么话你都不想说，一丝甜蜜的惆怅在胸中油然而生。

而雅科夫舅舅的儿子萨沙无论什么事都能说上一通，而且口若悬河，头头是道，像大人似的。当他听说我想学染匠的手艺后，便建议我把柜子里一块节日用的白桌布拿出来染成蓝颜色。

"白的最容易染，这我清楚！"他正经八百地说。

我拖着沉甸甸的桌布，跑到院子里，但是，当我把桌布的一角刚要放进"宝蓝"的染缸时，"小茨冈"不知从哪儿向我飞奔过来，一把将桌布夺过去，而且用他的一双大手拧了又拧，冲站在过道里看我怎样染桌布的表哥喊道：

"快去喊你奶奶来！"

他知道事情不妙，摇着一头乱蓬蓬的黑发，对我说：

"瞧吧，这件事会让你倒大霉的！"

外婆跑了过来，她惊叫一声，甚至哭了起来，并且连声地骂我，显得很滑稽可笑：

"哎呀，你这个彼尔米亚克人，该死的冒失鬼！真想一下子把你摔死！"

然后，她开始劝说"小茨冈"：

"瓦尼亚，你可别告诉他外公！事情由我来兜着，没准儿能瞒过去……"

瓦尼卡[1]一面在花围裙上擦着一双湿手，一面忧心忡忡地说：

"关我什么事？我不会说的。要看好萨舒特卡[2]，别让他乱说！"

"我会给他两个戈比的。"外婆说着，把我领回到屋里。

星期六晚祷之前，有人把我领到厨房；厨房内光线很暗，非常安静。记得通往过道和其他房间的门都关得严严实实，窗外是秋日的黄昏，细雨蒙蒙，天空一片灰暗。"小茨冈"坐在黑乎乎的炉口前面，在一张宽大的长椅上，一脸怒气，人都变了样。外公站在屋角的一只大木盆旁，正在从盛满水的木桶里选取细长的枝条，打量着它们的长度，将它们一条条地码放好，而且拿起来在空中挥舞几下，发出飕飕的响声。外婆站在旁边一个不显眼的地方，使劲地嗅着鼻烟，嘴里嘟哝着说：

[1] 瓦尼亚的小名。
[2] 萨沙的昵称。

"这回可高兴了……净折磨人……"

雅科夫的儿子萨沙坐在厨房中间的椅子上，用两只拳头揉着眼睛，人吓得连声音都变了，像一名老叫花子似的，拉长声调说：

"看在耶稣的份上，饶了我吧……"

米哈伊尔舅舅的孩子们——我的表哥和表姐——肩并肩地站在那里，跟木头人一样。

"抽过后——再饶你吧，"外公说着，拿过一根湿漉漉的枝条在手中捋了捋，"喏，快把裤子脱下来！……"

外公说话时非常平静，无论是他说话的声音，还是萨沙这孩子在吱吱作响的椅子上的挣扎，以及外婆的两只脚在地板上的摩擦声——都未能打破在被熏黑的低垂的天花板下昏暗厨房里令人难忘的寂静。

萨沙站起身，解开裤子，用两只手提着，一直退到膝盖处。他弯着腰，跌跌撞撞地向长板凳走去。看他走路的样子，真让人难受，我的双腿也不禁打起颤来。

但当他老老实实地脸冲下趴在长凳子上，瓦尼卡用一条很宽的手巾，把他从胳肢窝下和脖子处都绑在凳子上，然后弯下身子，用黑乎乎的双手按住他脚脖子的时候，情况就更糟了。

"列克谢[1]，"外公叫道，"靠近一点儿！……喂，我在跟谁说话？……好好看看什么叫挨抽……一下！……"

他的手扬得并不高，对准萨沙的光身子就是一树枝子。萨沙发出一声尖叫。

"装出来的，"外公说，"这一下并不疼！现在这样抽才有点疼！"

于是，他一树枝子抽下去，萨沙的身子立刻像被火烧了一样，当即就起了一道红印，表哥扯着嗓子，发出一声号叫。

"不好受吧？"外公问道，同时他的手在有节奏地一起一落，"不喜欢，是不是？这一下，是为了顶针儿的事！"

他的手往上一扬，我的心也跟着被提了起来，他的手一落，我整个人也好像跌落了下来。

萨沙的号叫声非常尖厉，听着令人厌恶：

"我再也不敢了……桌布的事，我不是说了吗……是我主动说出来的呀……"

---

[1] 高尔基的名字叫阿列克谢，这里显然是简化了。

外公平静地、像读圣诗似的说：

"告密——也不能为自己开脱！告密者首先得挨上一鞭子。现在，为桌布的事，该轮到你了！"

外婆立刻向我奔来，一把搂住我，喊道：

"不许你打列克谢！就是不许，你这个恶魔！"

她开始用脚踹门，一面大声喊叫：

"瓦里娅，瓦尔瓦拉！……"

外公向她扑过去，将她推倒在地，一把抓住我，就往凳子边拖。我在他手中拼命地挣扎，揪他的红胡子，咬他的手指头。他暴跳如雷，紧紧地夹着我，最后终于把我往长凳上一甩，我的脸被碰破了。只记得他疯狂地大喊大叫：

"把他捆起来！非打死他不可！……"

我清楚记得母亲煞白的面孔和她那双大眼睛。她沿着长凳跑过来，声音嘶哑地喊道：

"爸爸，不要打了！……饶了他吧……"

外公一直把我打得失去了知觉，之后我一连病了几天。在一间只有一个窗户的小屋里，我背朝上趴在一张又宽又热的床上，屋角有一个神龛，里面供奉着许多圣像，神龛前点着一盏红色的长明灯。

对于我来说，生病的几天，是我一生中意义非常重大的日子。应该说，这期间我长大了许多，有一种特殊的感受。从那时起，我对人有一种诚惶诚恐的感觉，时时留意着身边的人们。我的心仿佛被揭掉了一层皮，对于一切屈辱与伤痛，不管是自己的，还是别人的，都再也无法忍受了。

首先，令我大为惊讶的是，外婆和我母亲发生了争吵：在拥挤不堪的小屋里，身体胖大、黑衣黑裙的外婆向母亲冲过去，把她一直推到屋角，推到圣像面前，然后压低嗓音埋怨说：

"你为什么不把他抢过来，啊？"

"我给吓呆了。"

"亏你还长得人高马大的！你就不嫌害臊吗，瓦尔瓦拉！我一个老婆子，都不害怕！真不嫌害臊！……"

"别说了吧，妈妈，我直觉得恶心……"

"不对，你不爱他，你不可怜他这个孤儿！"

母亲沉痛地，而且大声地说：

"我自己这辈子就是个孤儿！"

后来，她们俩坐在屋角箱子上哭了很久，最后我母亲说：

"要不是阿列克谢，我早就走了，远走高飞了！我没法在这人间地狱里待下去，实在没法，妈妈！实在待不下去……"

"你是我身上掉下的肉，是我的心肝宝贝。"外婆轻声细语地说。

我明白了：母亲并不是一位强者，她和其他人一样，也害怕外公。我妨碍她离开这个她无法待下去的家。这太叫人伤心了。不久，母亲真的从这个家里消失了。她到什么地方作客去了。

突然，好像从天花板上跳下来似的，外公来了，他坐在床上，伸出一只冰冷的手，抚摸着我的脑袋：

"你好啊，先生……你倒是回个话呀，别生气了！……喏，怎么样？……"

我真想狠狠地踢他一脚，但是身子一动就疼。外公的头发比以前更红了；他忐忑不安地摇晃着脑袋，两只闪亮的眼睛在墙上搜寻着什么。他从口袋里掏出一块山羊形状的动物饼干，两块犄角糖，一个苹果和一些紫葡萄干，他把所有这些东西放在枕头上靠近我鼻子的地方。

"瞧，我给你带来的礼物！"

他弯下腰，吻一下我的额头，然后用一只瘦小僵硬的手轻轻抚摸着我的脑袋。他的手被染成了黄色，尤其是他那弯得跟鸟爪子似的指甲显得更黄一些。他说：

"当时我对你是有些过分，小家伙。我正在气头上，你咬我，抓我，喏，我的气也就来了！不过话又说回来，你吃点苦头也不是坏事——今后对你会有好处！要知道：自己人、亲人打你，这不是屈辱，而是教诲！外人打就不行，自家人打两下没关系！你以为我没有挨过打吗？我挨的那个打呀，阿廖沙[1]，那才叫狠呢，你作噩梦都不曾梦见过。我受的那份委屈呀，恐怕上帝见了也会流泪的！可结果怎么样呢？我，一个孤儿，讨饭婆的儿子，终于达到了自己的目的——当上了行会的会长，出人头地了。"

他那干瘦匀称的身躯使劲贴着我，开始讲述自己童年所度过的日子。他用的词汇艰涩难懂，但他把它们搭配得非常巧妙，听起来毫不吃力。

他那双绿色的眼睛闪闪发光，金色的头发欢快地竖了起来，他把自己的尖

---

[1] 阿列克谢的爱称。

嗓门压低一些，对着我的脸，一通瞎吹：

"你这次是坐轮船来的，是蒸汽把你送过来的，可我年轻的时候，全凭自己的力气，在伏尔加河上给驳船拉纤，逆流而上。船在水中行，我在岸上走，光着双脚，踩着尖利的顽石和滑落下来的石头碎片，一天到晚，没日没夜地干！太阳晒着后脑勺，火辣辣的，脑袋就像溶化了的生铁，灼热难当，可是还得弯腰拱背地一个劲儿地往前拉——浑身的骨头都嘎嘎作响——而且看不见脚下的道路，两眼完全被汗水蒙住了，心里那个难受就别提了，眼泪哗哗直流——哎呀，阿廖沙，真是有苦没处说啊！只好往前拉呀，拉呀，有时候纤绳忽然滑脱了，人一头栽倒在地——也算是因祸得福吧，因为这时人一点儿气力都没有了，跌倒了，至少可以休息一会儿，喘口气！瞧，人们在上帝的眼皮底下，在仁慈的耶稣我主面前过的什么日子！……就这样，这条伏尔加母亲河，我走了三趟：从辛比尔斯克[1]到雷宾斯克[2]，从萨拉托夫一路过来，又从阿斯特拉罕到马卡里耶夫[3]，到马卡里耶夫集市[4]——这其间有好几千俄里[5]呢！而到第四个年头上，我已经当上驳船的工长了——我向老板展示了自己的聪明才智！[6]……"

他讲着讲着，我仿佛觉得他在我面前变成了一块彩云，而且在迅速地变大，从一个瘦小的干瘪老头，变成了一个具有神奇力量的巨人——他独自一人，拉着一艘巨大的灰色驳船，逆流而上……

有时候，他从床上跳下来，摆动着胳膊，让我看纤夫们拉着纤绳走路的样子，看他们怎样从舱里往外排水；他还用男低音唱着什么歌曲，然后又像年轻人似的跳回到床上——一切都是那么令人惊奇——说话的声音也更加深沉、凝重了：

---

[1] 俄国古城，建于 1648 年，1870 年乌里扬诺夫（列宁）诞生于此；为纪念列宁，1924 年改为乌里扬诺夫斯克市，如今是乌里扬诺夫斯克州的行政中心。

[2] 伏尔加河上游的港口城市，位于俄罗斯雅罗斯拉夫尔州。

[3] 俄罗斯科斯特罗马州一城市，位于温扎河畔，1778 年设市。

[4] 这是一个历史悠久的集市，从 16 世纪中期到 19 世纪初每年 7 月都有活动，地点在伏尔加河左侧，马卡里耶夫修道院附近，即现在的高尔基州雷斯科沃区马卡里耶夫镇。这里云集着俄国境内外的商人，集市规模宏大，1817 年后集市逐渐移到下诺夫戈罗德市。

[5] 一俄里约等于 1.06 公里。

[6] 1807 年 1 月 17 日 B.B. 卡希林（外公）生于伏尔加河沿岸一座码头城市巴拉赫纳，家境贫寒；老爷子 В.Д. 卡希林作为"逃兵"1804 年曾经被抓住，遣送回原籍，打算 1806 年再次应征，以抵偿债务。母亲怀着身孕，身边带着两个女儿。1813 年卡希林开始上小学，14 岁当纤夫，几年后在船上当上了工长。1841 年他来到下诺夫戈罗德时已经是一名染匠师傅，被推举为行会的会长。1861—1863 年当上了市杜马议员，成为全市手工业者唯一的代表（见《高尔基及其时代》，第 550—551 页）。

"嗒，不过，阿廖沙，到了夏天的傍晚，该歇歇脚，休息一下的时候，在日古里[1]丘陵地一带随便找一个山青草绿的地方，点起篝火，熬上稀粥，一肚子苦水的纤夫们唱起了心爱的歌曲；只要有人开个头，所有的人便都跟着号叫起来——听起来令人不寒而栗，好像整个伏尔加河的流速都加快了——这么说吧，像野马奔腾，直冲云天！于是，所有的痛苦，像万里尘埃，都随风而去了。人们唱得如醉如痴，有时锅里的粥溢出来了都不知道。这时必须得用木勺子敲打熬粥人的脑袋：玩归玩，但不能忘了正事儿！"

有好几次，有人朝门里直张望，叫外公出去，但我总是求他：

"别走！"

他嘿嘿一笑，对来人摆摆手：

"先等一会儿……"

他一直讲到晚上，而且走的时候，跟我亲切地道了别。我知道外公并非那么凶，而且也并不可怕。但我一想起他曾那么残忍地毒打过我，我就忍不住直掉眼泪，这件事我总也无法忘掉。

外公来看我，给所有来探望我的人敞开了大门，从早到晚，我的床边总是有人来坐，他们千方百计地逗我开心。我记得，他们这样做并不总是能让我高兴和开心。来我这里次数最多的要算外婆了，连睡觉她也跟我躺在一张床上。但这些天给我印象最深的要数"小茨冈"了。他人长得敦敦实实，宽胸脯，一头卷发。他傍晚的时候来看我，穿得像过节似的：金黄色的丝绸衬衫，绒布裤子，带皱褶的、嘎吱嘎吱作响的靴子。他的头发油光锃亮，两道浓眉下一双快活的外斜视眼和小黑胡子下面洁白的牙齿，闪闪发光，他的衬衫在长明灯红色烛光柔和地映照下像着了火似的。

"你看看，"他说着，一面卷起袖子，给我看胳膊肘以下露出来的红色伤疤，"瞧，肿成什么样子了！原先肿得还更厉害，现在好多了！你知道不：老爷子当时被气疯了，我一看他要把你往死里打，我就赶紧把这只胳膊伸过去挡一下，我本想这样一挡，树枝会折断的，等你外公再去换另一根树枝的时候，你外婆或者你母亲，准会把你拖走！唉，谁知道树枝子没有被折断，非常有韧性，是在水里浸泡过的呀！但你毕竟少挨了几下子——瞧，少挨多少下？我呀，小老弟，还是很机灵的！……"

---

[1] 位于伏尔加河右岸，为伏尔加河湾（萨马拉河湾）所环绕，此处林木茂盛，景色秀丽，是休闲的好去处。

他笑了，笑得像绸子那么柔和、亲切，这时，他又看了看他那红肿的胳膊，笑道：

"我真觉得你很可怜，喉咙都哽住了，我预感到了！大事不好！而他死命地打……"

他像马那样打着响鼻，摇晃着脑袋，还讲了些染坊里的事。我立刻感到他这个人非常亲切，像孩子一样的单纯。

我跟他说，我很爱他。他的回答非常朴实，令人难忘：

"要知道，我也同样爱你啊……别的什么人我管过吗？我才不管呢……"

后来，他老是朝门口张望，悄悄地跟我说：

"下次再打你的时候，一定要记住，别老是缩着，可不能紧缩着身子——感觉出来了吗？紧缩身子会加倍的疼。你要把身子放松，顺其自然，让身子软绵绵地趴在那里——像果冻似的！而且不要憋住气，要深呼吸，要拼命地喊叫——你一定要记住这些，很有用的！"

我问：

"难道还会打我吗？"

"怎么不会？""小茨冈"若无其事地说，"当然会的！没准儿会经常找你的茬儿……"

"为什么呢？"

"老爷子会找出理由的……"

然后又非常关心地教我：

"要是他由上往下打，树枝子直接落下来——这时你就安安静静地躺在那里，全身放松，要是他断断续续地打——抽下去马上就往回拉，那就是要叫你皮开肉绽——这样你一定要把身子向他那个方向翻滚,顺着树条子转动,懂吗？这样会好受一些！"

他挤弄着一双黑色的外斜眼，说：

"这方面我比警察局局长本人还精明！小兄弟，我的皮简直可以拿去做手套了！"

望着他那张兴冲冲的脸，我回想起外婆讲的关于伊万王子和傻瓜伊万[1]的童话故事。

---

[1] 俄国民间故事中两个家喻户晓的人物。

第三章

　　我康复后才开始明白"小茨冈"在这个家里所占的特殊地位：外公对他的呵斥并不像对儿子们那么经常，也不那么动气，背后谈起他时，总是眯缝起眼睛，摇晃着脑袋说：

　　"小伊万[1]这鬼东西可有一双金不换的手啊！你记住我说的话：他将来可是个人物！"

　　舅舅们对"小茨冈"也很友好，亲如家人，从不像对格里戈里师傅那样对他搞"恶作剧"。对格里戈里师傅，他们几乎天天晚上都搞些名堂，欺负他，给他使坏：有时将剪刀用火烧热，有时往他椅子座上钉钉子，或者把不同颜色的布料放在这个眼睛半瞎的师傅手边——让他随手把它们缝成"一块"，为此外公会大骂他一通的。

　　有一次，午饭后他在厨房的吊床上睡觉，有人把他的脸涂上些红颜料，他就带着这张脸来来去去走了好长时间，因为从花白胡子中隐隐约约显露出两块圆圆的眼镜片，很像舌头的红色长鼻子无精打采地向下耷拉着，看上去既可笑，又怪吓人的。

　　他们没完没了地搞这种恶作剧，但格里戈里师傅都默默地忍受了，只是在他接触熨斗、剪刀、镊子或顶针之前，总是轻轻地啧啧嘴，在指头上多吐点唾沫就是了。这已成了他的一种习惯，甚至午饭用刀叉时他也先要在指头上蘸些唾沫，逗得孩子们都笑他。当他被烫疼的时候，他的宽脸膛上便现出一道道皱纹，皱纹奇怪地滑向前额，托起双眉，最后消失在光光的秃顶上。

　　不记得外公是怎样看待儿子们这些恶作剧的了，但外婆总是握紧拳头，吓唬他们，骂道：

[1] "小茨冈"的名字叫伊万。

"不要脸的东西，一帮坏蛋！"

不过舅舅们背后议论起"小茨冈"时心里也有气，冷嘲热讽，说他干活不行，骂他是小偷和懒汉。

我问外婆，这是为什么？

像往常一样，外婆很乐意回答，给我解释得清清楚楚：

"你想嘛，他们俩一旦自己开染坊，都想把万纽什卡[1]拉过去，所以他们尽量在对方的面前贬损他，说他干活不行！他们这是在胡说，在耍花招。他们还担心万纽什卡不到他们那里去，留下来跟着你外公干呢，而你外公这个人的脾气很怪，说不定真会跟"小茨冈"伊万开办第三家染坊——这样对你两个舅舅就不利了，懂吗？"

外婆轻声笑了：

"他们净耍滑头，简直是笑话！喏，你外公看破了他们的这些花招，故意拿雅沙和米沙[2]开涮，说：'我要掏钱给伊万办个免役证，使他不至于被征兵：我需要他这个人！'可他们一听就很不高兴，他们不愿意这样做，而且又舍不得花钱——办一个免役证贵着呢！"

现在我又和外婆住在一起了，就跟在轮船上似的。每天晚上入睡前，她总是给我讲故事听，或者给我讲她自己的生活往事，跟童话故事差不多。一讲到家务事——孩子们分家、老爷子购置新房产——她话里总带有一种嘲笑的意味，态度非常冷漠，不知为什么，好像距离自己很远，是邻居家的事，而不是这个家的第二把手的事。

我听外婆说，"小茨冈"是捡来的孩子。一个早春的日子，是个下雨的夜里，人们在大门旁的长凳上捡到了他。

"他躺在那里，身上裹了条皮围裙，"外婆若有所思地、神秘兮兮地叙述道，"勉强还会哭，已经被冻僵了。"

"为什么要把孩子给扔了呢？"

"母亲没有奶，没有东西喂。于是她就打听谁家刚生的孩子死了，便把自己的送过来。"

外婆沉默片刻，理了理头发，长叹一声，眼睛望着天花板，接着往下说：

"都是因为穷啊，阿廖沙。有时候穷得简直没法说！加上人们认为没出嫁

---

[1] 伊万的爱称。

[2] 雅沙是雅科夫的小名；米沙是米哈伊尔的小名。

的姑娘是不能生孩子的——太丢人啊！你外公本想把万纽什卡往警察局里送，后来是我劝住了他。我说咱们收养了吧，这是上帝给我们送来的，上帝清楚谁家死了孩子。要知道，我生了十八个孩子，要是全都活下来——能占满整个一条街，十八家人哪！因为我十四岁上就嫁人了，十五岁已经生孩子了。可是上帝喜欢上了我的亲骨肉，把我的孩子一个个地都召去当天使了。我真是又心疼，又高兴啊！"

她穿一件长衬衫，坐在床边上，一头黑发披散着。庞大的身躯、披头散发的样子，使她很像不久前从谢尔加奇[1]来的那个林区大胡子农民牵到院子里来的大狗熊。她一面在白净的胸脯上画着十字，一面轻声地笑着，整个身躯不停地摇来晃去：

"好的被上帝召去了，差的给我留下了。我很喜欢小伊万——非常非常喜欢你们这样的小孩子！于是，我便收养了他，给他行了洗礼，他就这么活了下来了，挺好的。开头我管他叫茹克[2]，——因为有时候他喜欢发出一种特殊的嗡嗡声——很像一个甲壳虫，边爬边叫，满屋子爬来爬去。一定要关爱他——他人朴实，心眼好！"

我也很喜欢伊万，他常常使我惊讶得连话都说不出来。

每逢星期六，等外公把一周来作恶多端的孩子们收拾个够，自己做晚祷告去了，这时厨房里的娱乐活动便开始了，简直没法形容："小茨冈"从炉灶下面逮来几只乌黑的蟑螂，然后用细线绳很快做了一副马具，又用纸剪裁一辆雪橇，然后套上四只黑蟑螂，让它们拉着雪橇，在刨得非常光滑的黄色桌面上一通奔跑，而伊万则用一根细松针驱赶着它们，兴奋地喊着：

"接大主教去喽！"

他在一只蟑螂的背上贴了一张小纸片，赶着它，让它跟在雪橇后面奔跑，并且解释说：

"忘记带口袋啦。这位修士背着口袋追上来了！"

他用一根线拴住蟑螂的腿，这小虫子往前爬的时候头一低一低的，这时小伊万便拍手大叫：

"教堂执事从小酒馆里出来，正急着去做晚祷告呢！"

他拿出几只小老鼠，它们在他的指挥下能够直立起来，还会行走，拖着一

---

[1] 俄罗斯城市，位于高尔基州的皮亚纳河畔。距谢尔加奇市11俄里处有一个泉水村，村民们喜欢驯养熊，他们常常把自己驯养的熊牵到附近城市去进行表演。

[2] 茹克（Жук），即甲壳虫的意思。

条长长的尾巴，两只小眼睛像黑珠子似的滴溜溜地直转，煞是可笑。他对小老鼠们非常爱护，把它们揣在怀里，嘴对嘴地喂它们糖吃，亲吻它们，还振振有词地说：

"老鼠这玩意儿可聪明啦，非常可爱，家神爷都非常喜欢它们！谁喂养老鼠，家神爷就会保佑他平安……"

他会用纸牌和钱币变戏法，跟孩子们一起玩时，他喊叫的声音比他们还高，简直跟他们一点儿区别都没有。有一次，孩子们跟他玩牌，一连几次被孩子们抓了"傻瓜"[1]——弄得他非常泄气，气得嘴噘得老高，扔下牌不玩了，可是他后来气鼓鼓地向我抱怨说：

"我知道，他们事先都串通好了！他们互相递眼色，在桌子底下偷偷换牌。哪有这种玩法？我自己也会作弊，不比他们差……"

当时他十九岁，比我们四个人加起来的岁数还要大。

但令我特别难忘的是节日的那些夜晚：外公和米哈伊尔做客去了，雅科夫舅舅披着一头乱糟糟的卷发，带着吉他来到了厨房；外婆备好了丰盛的茶点、小吃和伏特加酒，绿色的玻璃酒瓶底上带有人工镂刻的红花。一身节日打扮的"小茨冈"像陀螺似的忙得团团转；格里戈里师傅不声不响、侧着身子走进来，他的两只黑色的眼镜片闪闪发光；一脸雀斑的保姆叶夫根尼娅也来了，她脸色红红的，胖得像一只大坛子，长着一对狡猾的眼睛，说话瓮声瓮气的。有时，来人中还有圣母安息教堂那位毛发旺盛的执事和一些像狗鱼和江鳕一样面色阴郁、来去匆匆的不速之客。

大家敞开肚皮地一通吃喝，呼哧呼哧地喘着粗气，给孩子们分发了糖果，每人一杯甜果子酒，然后，一场热闹非凡但有点怪异的狂欢活动就渐渐开始了。

雅科夫舅舅细心地调着吉他，调好之后，总要老生常谈地说一句：

"好啦，现在我就开始演奏……"

他晃了晃满头的卷发，躬身抱着吉他，像公鹅一样向前伸着脖子。他那圆圆的、无忧无虑的面孔变得昏昏欲睡的样子，两只动人的、难以捉摸的眼睛在油雾弥漫中黯然失色了，他轻轻地拨动琴弦，弹了一支激动人心的曲子，使你情不自禁地手舞足蹈起来。

他的演奏需要集中注意力，保持安静。乐曲像一条湍急的溪流，从某个远

---

[1] 纸牌的一种玩法，也有叫"抽王八"或"拱猪"的。

处奔腾而来，浸润着室内的地板和墙壁，激荡着人心，诱发人们产生一种莫名其妙的感觉，一种令人愁肠百结、骚动不安的感觉。听着这样的音乐，一种怜悯之心——既怜悯他人，也怜悯自己——油然而生。大人们也变得像小孩子似的，大家一动不动地坐在那里，默默无语，陷入一片沉思。

米哈伊尔舅舅的儿子萨沙听得特别入迷。他的身子一直朝着雅科夫舅舅，张大嘴巴，眼睛盯着吉他，口水不断从嘴里流下来。有时他听得太痴迷了，从椅子上跌下来，双手撑着地板，即便是这样，他也会就势往地板上一坐，瞪着两只直勾勾的眼睛。

大家听得都很着迷，如醉如痴，只有茶炊在低声歌唱，但它无碍于人们倾听那如怨如诉的吉他声。两个方形小窗口的外面是秋夜漆黑的天空，时而有人轻轻敲打这两扇窗户。桌上两支蜡烛的黄色火焰摇曳不定，尖尖的，宛如两支长矛。

雅科夫舅舅演奏得越发投入了，他似乎在酣睡，牙齿紧紧闭着，只有他的两只手在分别活动着：右手弯曲的手指在深颜色的吉他腹板孔上飞快地弹奏着，仿佛鸟儿在拍打着翅膀，拼命地挣扎；左手的手指在琴弦上来回移动，速度快得让人难以分辨。

几杯酒下肚后，他几乎总是要用他那从牙缝里挤出来的声音唱那首没完没了的歌——真是难听极了：

> 如果雅科夫是条狗——
> 从早到晚叫个不休：
> 哎哟哟，我好寂寞啊！
> 哎哟哟，我多么忧愁！

> 一个小尼姑在街上行走；
> 一只乌鸦落在墙头。
> 哎哟哟，我好寂寞啊！

> 蟋蟀在灶台后叫个不停，
> 成群的蟑螂折腾个没够。
> 哎哟哟，我好寂寞啊！

一个叫花子晾晒包脚布，

　　另一个叫花子将它偷走！

　　哎哟哟，我好寂寞啊！

　　唉，确实叫人发愁！

　　这首歌听得我真是受不了，雅科夫舅舅一唱到那两个叫花子，我就忍不住难过得放声大哭起来。

　　"小茨冈"和大家一样，听得也很专心，他把手指头插进自己乱蓬蓬的头发里，眼睛望着墙角，一副昏昏欲睡的样子。有时候他突然惋惜地冒出一句：

　　"嘿，要是上帝给我一副好嗓子——我也能唱！"

　　外婆叹了口气，说：

　　"行啦，雅沙[1]，你把人的心都唱碎了！你呀，瓦尼亚特卡[2]，还是给大家跳个舞吧……"

　　外婆的要求，他们也不总是有求必应、立即兑现的，但这时乐师往往突然用手掌往琴弦上一按，停那么一刹那，然后紧握拳头，仿佛把一个看不见、摸不着、听不到的东西从自己身上使劲往地板上一甩，煞有介事地喊道：

　　"把忧愁和烦恼抛开吧！瓦尼卡[3]，上场！"

　　"小茨冈"理了理蓬乱的头发，抻了抻黄色的衬衫，像踩在钉子上似的，小心翼翼地走到厨房中央。他黝黑的脸膛泛起了红晕，然后不好意思地微笑着，请求道：

　　"请把节奏加快一些，雅科夫·瓦西里耶维奇！"

　　于是吉他像发疯似的弹了起来，靴后跟在地板上噼里啪啦地跳起来，桌子上和橱柜里的餐具震得哗哗直响，"小茨冈"在厨房里像一团燃烧着的烈火，他张开双臂，宛如雄鹰展翅，两条腿悄无声息地在飞快移动。一声尖叫，只见他身子往地面一蹲，像一只金色的雨燕，穿梭飞舞，橘黄色的绸衬衫使周围的一切都显得光彩夺目；它在颤抖，在流动，又仿佛在燃烧，在熔化。

　　"小茨冈"不知疲倦地跳着，他是那样地忘我和投入，似乎只要敞开大门，让他尽情去跳的话，他肯定会跑到街上，然后满城跑着跳，走到哪里跳到那里……

---

[1] 雅科夫的小名。

[2] "小茨冈"的昵称。

[3] "小茨冈"伊万的小名。

童
年

"来个串场！"雅科夫舅舅喊道，脚下一面踏着拍子。

他尖厉地吹了一声口哨，接着用颤抖的嗓音喊了几句俏皮话：

> 哎哟哟！若不是我心疼草编的鞋子，
>
> 我早已远走高飞，撇下老婆和孩子！

桌边的人们全身也跟着抖动起来，他们时而高喊，时而尖叫，好像被火烧着了似的；大胡子师傅用手在自己的秃顶上一拍，嘴里嘟囔了句什么。有一回，他朝我弯下身来，毛茸茸的大胡子完全盖住了我的一个肩膀，他像对待大人似的，直接凑到我耳边说：

"列克谢·马克西莫维奇 [1]，要是你父亲能在这儿，他肯定会掀起另一个热潮！他是个乐观的男人，能给人带来欢乐。你还记得他吗？"

"不记得。"

"是吗？有时候他和你外婆……等会儿，你等一下！"

这时他站了起来，高高的身量，样子很疲惫，跟圣像差不多。他向我外婆鞠了一躬，用异常庄重的口气，邀请她跳个舞。

"阿库林娜·伊万诺夫娜，请赏个光，跳一个吧！就像过去跟马克西姆·萨瓦捷耶夫 [2] 跳那样。助个兴，让大伙开开心！"

"你说什么呀，亲爱的，你这是怎么了，格里戈里·伊万内奇先生？"外婆笑着说，一面将身子往回缩，"我哪会跳舞呀！只能逗人发笑……"

但是众人一致请求她。于是，她像年轻人似的，"霍"地一下站起身，理了理裙子，挺直身板，昂起沉重的脑袋，接着便在厨房里跳起来，同时喊道：

"大家笑吧，开心地笑吧！我说，雅沙 [3]，换一支曲子！"

雅科夫舅舅"蹭"地一下站了起来，他把身子一挺，眼睛一眯缝，立即弹得慢了一些。"小茨冈"停了片刻，然后跳到外婆面前，开始蹲下身子围着她跳起来，而外婆则舒展双臂，扬起眉毛，两只乌黑的眼睛凝视着远方，在地板上无声地缓缓滑动，就跟在空中飘荡一样。我觉得她的样子非常可乐，便"扑哧"一声笑了；格里戈里师傅马上伸出一个手指严厉地警告我，而且所有的大

---

[1] 一般对大人才叫名字和父称，以表示尊重。

[2] 指高尔基的父亲。后面提到他时又称他为马克西姆·萨瓦捷伊奇。

[3] 雅科夫的小名，爱称。

人们都朝我这边看，表示很不以为然。

"别跳了，伊万！"格里戈里师傅说，然后嘿嘿一笑。"小茨冈"听话地跳到旁边，坐在门槛上，这时保姆叶夫根尼娅悦耳的嗓音小声唱了起来：

> 每周从早到晚，
> 姑娘忙着织花边，
> 累得她精疲力竭——
> 唉，只有一口气在喘！

外婆不是在跳舞，而仿佛是在诉说着什么。瞧，她在缓缓地移动脚步，一副若有所思的样子，她的身子摇摇摆摆，时而手搭凉棚，四下打量。庞大的身躯一摇三晃，欲行又止，两只脚小心翼翼试探着道路。忽然，她被什么东西吓了一跳，停住脚步，脸上不觉一怔，皱起了眉头，但立刻又露出善良的、和蔼可亲的微笑。为了给什么人让路，她闪身一旁，伸出一只手，指了指方向；她低着头，屏息静听，脸上的笑容越发灿烂了——这时候，她忽然跃身而起，身子像旋风似的转动起来，整个人的体态显得更加端庄匀称，个子也更高了，让人简直无法把目光从她身上移开，因为此时此刻，她变得是那么美丽动人，奇迹般地恢复了青春！

而保姆叶夫根尼娅放声唱道：

> 礼拜天午祷后，
> 一直跳到深夜。
> 她最后一个离开广场，
> 可惜啊，节日的美景不长！

跳完后，外婆坐回到自己靠近茶炊的地方。大家对她赞不绝口，都夸她舞跳得好，而她则一面整理头发，一面说：

"你们得了吧！你们是没见过真正会跳舞的人。我们巴拉赫内 [1] 从前就有一个姑娘——我不记得是谁家的了，叫什么名字——这么说吧，有人看她跳舞，

---

[1] 俄罗斯一古老码头城市，位于高尔基州，紧靠伏尔加河。

高兴得竟然哭了起来！有时你只要看她一眼——那就跟过节一样，别的什么都不需要了！我真羡慕她呀，实在是罪过！"

"会唱歌、跳舞的人是世界上最棒的人！"保姆叶夫根尼娅一本正经地说，这时她自己开始唱一支关于大卫王[1]的什么歌，而雅科夫舅舅拥抱着"小茨冈"，对他说：

"你要是到酒吧去跳——准能让人们发疯！……"

"我真想有一副好嗓子！""小茨冈"不无惋惜地说，"如果上帝能给我一副好嗓子，我就先唱他十年，然后——哪怕出家都行！"

大家都喝了伏特加酒，要数格里戈里喝得最多。大家一杯接一杯地向他敬酒，外婆警告他说：

"当心啊，格里沙[2]，眼睛会完全喝瞎的！"

他大大方方地回答说：

"瞎就瞎吧！眼睛对我已经没有用了——我什么都见识过了……"

他没有喝醉，但话却越来越多，几乎总跟我提起我父亲的事：

"马克西姆·萨瓦捷伊奇跟我是朋友，是条心地宽广的汉子……"

外婆叹了口气，接上去说：

"是啊，是上帝的孩子……"

一切都非常有趣，一切都使我感到紧张与兴奋，它在我心里唤起一种淡淡的无尽的忧伤。无论是忧伤，还是欢乐，它们都同时存在于人们的身上，相辅相成，几乎无法分开；它们相互交替，变幻无常，令人难以捉摸。

有一次，雅科夫舅舅并没有太喝醉，但他开始撕自己身上的衬衫，拼命地揪自己的头发和稀稀拉拉的白胡子，拧自己的鼻子和往下奔拉的嘴唇。

"这算怎么回事呢，啊？"他放声大哭，泪如雨下。"为什么要这样呢？"

他一再扇自己的耳光，拍打自己的脑门和胸膛，哭喊着说：

"浑蛋，王八蛋，不要脸的东西！"

格里戈里吼叫道：

"太对了！一点儿没错儿！……"

外婆也有几分醉意，拉着儿子的手，劝道：

"够了，雅沙，上帝知道该怎么做什么！"

---

[1] 这里指公元前 11 世纪末至公元前约 950 年的以色列犹太国国王。

[2] 格里戈里的小名。

几杯酒下肚，她变得更好看了：一双乌黑的眼睛，满脸堆笑，向大家传送着温暖人心的目光；她挥着头巾，在自己发烫的脸前不停地扇动，像歌唱地说道：

"上帝啊，上帝！这一切是多么好啊！是的，您好好瞧瞧，这一切是多么的美好！"

这是她发自内心的呼喊，是她毕生的座右铭。

雅科夫舅舅一向无忧无虑，这次他的眼泪和喊叫使我大为惊讶。我问外婆：雅科夫舅舅为什么痛哭流涕？为什么大骂自己，扇自己的耳光？

"什么你都想知道！"她一反常态，很不情愿地说，"等等吧，你打听这些事还太早了点……"

她的话更加激起了我的好奇心。我来到作坊，缠着伊万不放，但他也不愿意回答我的问题，只是偷偷地发笑，眼睛老往格里戈里师傅那里瞥；后来他把我从作坊里拽出来，喊道：

"别老缠着我了，走吧！不然我可要把你扔进染锅里，把你也给染了！"

格里戈里师傅站在不高但很宽大的灶台前面，灶台上安放着三口大锅，他用一根黑色的长木棍在锅里进行搅拌，不时地把木棍拿出来看看，看木棍下端滴下的颜料水怎么样。炉火烧得很旺，火光映照在他那很像神甫长袍的五彩缤纷的围裙上。几口大锅里，颜料水煮得咝咝作响，刺鼻的水蒸气像团团浓雾向门口慢慢散去，院子里飘落着干雪花。

格里戈里师傅用他那混浊、血红的眼睛，透过镜片，看了我一眼，粗鲁地对伊万说：

"你没长眼睛？抱木柴去！"

"小茨冈"去院里抱木柴的时候，格里戈里在紫檀色颜料袋上坐了下来，他向我招招手，让我过去：

"过来！"

他抱起我，让我坐在他膝盖上，用他那柔软的、湿烘烘的大胡子贴着我的脸，语重心长地跟我说：

"你舅舅把老婆往死里打，百般折磨[1]，现在他感到后悔了，良心受到了谴责——你明白吗？所有的事情你都应该了解，要不你会吃亏的！"

跟格里戈里在一起非常随便，就跟和外婆在一起一样，只是觉得有点吓人，

---

[1] 指雅科夫的第一个妻子 O.A. 卡希林娜（出嫁前姓米特罗凡诺娃），死于1869年12月26日。

童年

好像他从眼镜后面能看透一切似的。

"怎么往死里打？"他不慌不忙地说，"就这样：跟老婆一块睡觉的时候，用被子把她的头一蒙，使劲按着打。为什么？他自己恐怕也不知道。"

这时，伊万从外面抱着木柴进来了，正蹲在炉子前烤火取暖，格里戈里师傅未加理会，一个劲儿地接着往下说：

"他打老婆，也许是因为老婆比他好，他感到嫉妒。小老弟，卡希林父子可不喜欢好人，他们嫉妒好人，容不下他们，非除掉不可！你可以去问问你外婆：他们是怎样把你父亲从这个世界上撵走的。她会都告诉你的——她不喜欢撒谎，也不会撒谎。虽然她又喝酒，又嗅鼻烟，但她纯洁得像个圣徒。看上去有点傻气。你一定要好好跟着她……"

他推开了我，于是我向院子里走去，心情非常糟糕，也感到害怕。瓦纽什卡[1]在过道里追上了我，一把抱住我的头，小声跟我说：

"你不要怕他，他是个心地善良的人。你要直接看着他的眼睛，他喜欢这样。"

这里的一切都很奇怪，使人忐忑不安。我不了解别的生活，但我模糊地记得，我父亲和母亲的生活就不是这样：他们的言谈话语不同。娱乐方式也不同；他们无论是外出，还是在家里待着，总是成双成对，非常亲热。他们晚上久久地坐在窗前，有说有笑，大声地唱着歌，街上的人们看着他们。他们仰着脸往上面瞧，样子非常滑稽，使我想起了午饭后的一张张脏碟子。这里人们很少发笑，而且往往不清楚他们在笑什么。他们经常互相喊叫，相互威胁，躲在没人的地方，叽叽喳喳地议论着什么。孩子们都不声不响，很少被人注意，他们像是被雨水冲到地上的尘土。我感到自己在这个家里完全是个外人，而且，这里的整个生活，使人感到荆棘丛生，到处暗藏着杀机，它使我遇事多疑，对身边的一切不得不瞪大眼睛，处处小心，事事留意。

我和伊万的友谊越来越深。外婆从早到晚忙于家务，我几乎整天围着"小茨冈"转。他和往常一样，外公一打我，他就把自己的手伸过去，挡着树枝子，第二天给我看他被打肿的手指头，向我抱怨说：

"不行，总这样挡也不是个办法！你并没有少挨打，可我呢——瞧，成了什么样子！下次我不想再挡了，你自己瞧着办吧！"

可是到了下一次，他又承受着这不必要的皮肉之苦。

---

[1] "小茨冈"伊万的昵称。

“你不是说不想再挡了吗？”

“说是不想，可到时候手就伸过去了……”

没过多久，我打听到关于“小茨冈”的一件事，这件事更加激发起我对他的兴趣和我对他的喜爱。

每逢礼拜五，“小茨冈”便套上那匹叫沙拉普的枣红色的骟马，拉着大雪橇去集市上采购吃的。沙拉普很受外婆的宠爱，这畜生既滑头，又调皮，而且嘴馋，爱吃甜食。“小茨冈”穿一件到膝盖长的短皮大衣，戴一顶沉甸甸的帽子，腰里紧紧扎一条绿颜色的宽腰带。有时候已经很晚了他还没有回来，全家人都非常着急，不时地走到窗子跟前，用嘴里哈出的热气把玻璃上的冰化开，向外面张望。

“还没回来？”

“没有！”

最担心的人是外婆。

“哎呀，”她对两个舅舅和外公说，“连人带马，都让你们给毁啦，全毁啦！你们怎么这样不知羞耻，没有良心呢？家里的东西还少吗？唉，简直是一群废物，贪得无厌的东西——上帝会惩罚你们的！”

外公耷拉着脸，嘟囔说：

“算啦，别说了，这是最后一次——”

有时候“小茨冈”一直到晌午才回来；两个舅舅和外公急忙跑到院子里，外婆像一头大狗熊似的紧紧跟在他们身后，拼命地嗅着鼻烟；不知为什么，每到这个时候，她总是显得特别笨拙。孩子们跑了出来，他们从雪橇上兴高采烈地把东西卸下来，雪橇上满载着小猪崽、宰杀好的家禽、鲜鱼、肉类，品种齐全，应有尽有。

“该买的都买了？”外公问道，一面用敏锐的目光打量着拉回来的东西。

“该买的全都买了，”伊万高兴地应答着，一面不停地拍打着手套，满院子地又蹦又跳，想借此暖和暖和身子。”

“别拍了，手套都是花钱买的，”外公厉声叫道，“找回零钱了没有？”

“没有。”

外公围着雪橇慢慢地转了一圈，声音不高地说：

“你又拉回来这么多东西。该不是买东西不要钱吧？我可没有说要买这些东西。”

童年

说罢，他皱着眉头，迅速走开了。

舅舅们高兴地冲到雪橇前，拿起鸡鸭、鲜鱼、鹅内脏、小牛腿、大块的鲜肉，在手里掂量着，一面吹着口哨，一面赞许地嚷嚷道：

"好，你真会挑选！"

米哈伊尔舅舅特别兴奋：他围着雪橇又蹦又跳，伸着他那啄木鸟似的尖鼻子闻来闻去，垂涎三尺地直吧嗒嘴唇，一双从不安分的眼睛美滋滋地眯成了一条线。他长得像外公一样的干瘦，但个子比外公高一些，黑黑的头发像一把烧焦了的木柴。他把冻僵了的双手抄在衣袖内，开始盘问起"小茨冈"来了：

"我父亲给了你多少钱？"

"五个卢布。"

"可这些东西值十五个卢布。你到底花了多少钱？"

"四卢布十个戈比。"

"这么说，有九十个戈比落进了你的腰包。瞧见了吗，雅科夫，钱究竟是怎么攒起来的？"

雅科夫舅舅穿一件衬衫，站在寒风里，望着凛冽的蓝天直眨巴眼睛，他轻声笑道：

"万尼卡[1]，你给我们俩人来半瓶伏特加酒吧。"他懒洋洋地说。

外婆在卸马。

"说什么呀，孩子们？什么，小猫们？是不是想玩呀？好，那就好好玩吧，上帝是允许的！"

高大的沙拉普抖动浓密的鬃毛，用洁白的牙齿轻轻地蹭着外婆的肩头，扯下她头上的丝巾，两只欢快的眼睛看着外婆的脸，忽闪忽闪地将凝结在睫毛上的白霜抖落一空，它发出轻微的嘶鸣声。

"想吃面包吗？"

她把一大块咸面包塞进它嘴里，一面将围裙伸到马头下面接着，现出一副若有所思的样子，看着它怎么个吃法。

"小茨冈"像一匹小马驹似的，也欢蹦乱跳地跳到外婆跟前。

"我说，奶奶，这骟马真叫棒，非常聪明……"

"一边待着去，少跟我耍滑头！"外婆跺了跺脚，冲他喊道，"知道吗，

---

[1] 伊万的爱称。

今天我不喜欢你。"

她跟我解释说，"小茨冈"在集市上与其说是买东西，还不如说是在偷盗。

"你外公给他五个卢布，他用三个卢布买东西，另外十个卢布的东西都是他偷来的，"外婆闷闷不乐地说，"他喜欢偷东西，都是给惯出来的！头一回试着偷一下——得手了，家里人都笑了，还夸他干得很麻利，这样他就养成了偷盗的习惯。你外公打小受穷，吃了不少苦——老了老了，变得贪心了，把钱看得比亲生儿女还金贵，爱占个便宜，喜欢白拿人家的东西！而米哈伊尔和雅科夫……"

她挥了挥手，没有再说下去，等一会儿，她看了看打开的鼻烟壶，唠唠叨叨地又补充说：

"这里，廖尼亚[1]，都是些花边活计，而编花边的人是一个瞎眼老婆子，我们哪懂得那上面的花纹！一旦伊万卡[2]偷东西时被逮住了——人们会往死里打的……"

她停了片刻，又低声说：

"唉——唉！我们有许多规矩，可真理却没有……"

第二天，我求"小茨冈"以后不要再偷了。

"不然人家会把你打死的……"

"他们逮不着我——我会及时脱身的：我手脚麻利，是一匹快马！"他说着，嘿嘿一笑，但他立刻又皱起眉头，一脸的忧愁。"我当然知道：偷东西不好，也很危险。我这样做是出于无聊。我又攒不着钱，你的两个舅舅不出一个礼拜能把我的钱全都骗走。我不感到心疼，拿去就拿去吧！我能吃饱饭就行。"

他突然把我举起来，轻轻地摇晃着。

"你身子很轻，很单薄，可是骨头很硬，你会成为大力士的。听我一句：你一定要学会弹吉他，求雅科夫舅舅教教你，真的！你还小，容易学！你人不大，可气性不小。是不是不喜欢你外公，啊？"

"不知道。"

"我可是除了你外婆，卡希林一家人我都不喜欢，让恶魔喜欢他们去吧！"

"包括我吗？"

"你不是卡希林家的人；你是彼什科夫家的，血统不一样，另一个家族……"

突然，他紧紧把我抱住，几乎是在发出呻吟，说：

---

[1] 阿列克谢的爱称。
[2] 即"小茨冈"伊万的爱称。

"唉，要是我能有一副好嗓子，上帝啊！你瞧，我准能让人们听得热血沸腾……走吧，小兄弟，该干活去了……"

他把我放在地上，往嘴里塞一些小钉子，然后把一幅湿的黑布料抻平，钉在一块方方正正的大木板上。

没过多久他便死了。

事情是这样的：院子大门旁紧靠围墙的地方，停放着一个很大的橡木十字架，主干体很粗，下面有许多枝杈。它在那里停放很久了。我到这个家的最初几天就看见它在那里放着——当时它还比较新，也比较黄，但是经过一个秋天，风吹雨淋，颜色已经变得黑多了，而且散发出一种被雨水浸泡过的橡木的苦涩气味，而且，在这个狭小脏乱的院子里，它在这里显得完全有些多余。

雅科夫舅舅买下这个十字架，是想把它竖立在自己妻子的墓前，而且他曾经许下诺言，说等她去世一周年时他将亲自把十字架扛到墓地里去。

这天是个礼拜六，初冬时分。天寒地冻，还刮着风，房上的积雪被吹得纷纷扬扬，到处都是。大家都从屋子里出来，到了院子里，外公和外婆领着三个孙子，提前去墓地准备祭奠的事了。我因为犯了什么错误被留在家里，以示惩戒。

两个舅舅身穿着同样的黑色短皮袄，将十字架从地上扶起来，自己则站在十字架的左右两翼下面。格里戈里和另外一个什么人费了很大劲才把十字架沉重的底部搭在"小茨冈"宽阔的肩膀上；"小茨冈"的身子摇晃一下，两腿叉开，站住了。

"受得了吗？"格里戈里问道。

"不知道。好像挺沉的……"

米哈伊尔舅舅吼叫道：

"把大门打开呀，你这瞎鬼！"

雅科夫舅舅则说：

"你好意思说吗，瓦尼卡，我们俩加起来也没你的身体结实！"

不过格里戈里打开大门时严肃地嘱咐伊万说：

"当心，别压坏身子！上帝保佑你！"

"这个头上不长毛的蠢货！"米哈伊尔舅舅从外面喊了一嗓子。

院里的人都笑起来，开始大声地议论，好像大家都很乐意把十字架从这儿搬走。

格里戈里·伊万诺维奇拉着我的手，领我去了作坊，他说：

"兴许今天外公不会打你了，他的样子看起来很和善……"

在作坊里，他让我坐在一堆待染的毛线上，细心地用毛线围好我的肩部；他闻了闻染锅里冒出来的蒸气，若有所思地说：

"我呀，亲爱的，认识你外公已经有三十七年了，他干这一行，前前后后我全清楚。我和他以前是朋友关系，我们共同策划、创立了这个染坊。你外公这个人很聪明！所以就当了老板，我不行。然而上帝比我们大家都更聪明：他只用微微一笑，即使最聪明的人也会变成傻瓜。你现在还不明白人们言谈话语的意思，也不知道他们要干什么，可是这一切你都应该了解。孤儿的生活是很艰难的。你父亲马克西姆·萨瓦捷伊奇仪表堂堂，是个人才；他什么事都明白——所以你外公才不喜欢他，不承认他……"

听这些良言佳话是很愉快的。我一面听，一面观看红色和金色的火焰如何在炉膛内嬉戏玩耍，染锅里升起一团团乳白色的蒸气，飘过屋顶的斜坡，在倾斜着的木板上留下一层瓦灰色的霜迹——透过许多参差不齐的缝隙，条条蓝天尽收眼底。风减弱了，太阳不知从哪儿照了进来，整个院子像撒满了一层玻璃粉末，到处都在闪闪发光。外面传来雪橇行进时滑板发出的刺耳的响声，缕缕青烟从屋顶的烟囱中袅袅升起，一道道隐约可见的影子随之便滑落在皑皑的白雪上，它们仿佛也在诉说着什么。

个子高高、骨瘦如柴的格里戈里，一脸大胡子，两只大耳朵，没戴帽子，活像一位善良的魔法师。他一面搅拌着煮开的颜料水，一面开导我说：

"要敢于正视所有人的眼睛，就是一条狗向你扑来也要敢于正视，——这样它就会停下来……"

沉重的眼镜压在他的鼻梁上，和外婆一样，他鼻梁下凝结着发紫的血斑。

"等一等，怎么了？"他突然说，一面仔细地倾听外面的动静，然后他用一只脚关上炉门，迅速跑到院子里。我也跟着他冲了出去。

"小茨冈"仰面躺在厨房的地上。从窗子里射入的两束阳光，一束照在他的脑袋和胸上，另一束照在他的腿上。他的额头奇怪地发亮；两道眉毛向上扬起，那双斜视的眼睛直盯着漆黑的天花板；发紫的嘴唇一直在抽动，不停地向外吐着粉红色的泡沫；鲜血从嘴角里流出来了，顺着面颊流向脖子和地板；浓浓的血的溪流正从他的背后向外流出。伊万的两条腿僵直地伸着，看得出，肥大的裤腿已经湿透，紧紧贴在地板上。地板已经用粗沙子清理过，非常干净，在阳光的照射下闪闪发光。血的小溪经过太阳照射在地板上的光带，向门口缓

童年

缓地流去，颜色显得非常鲜艳。

"小茨冈"一动不动，只有放在身边的两只手的手指还稍微有点会动，不时地在地板上抓挠几下；他的染了色的指甲在阳光的照耀下非常醒目。

保姆叶夫根尼娅蹲下身子，把一根细蜡烛往伊万的手里塞；伊万攥不住，蜡烛掉了下来，烛芯杵到了血泊里；保姆捡起蜡烛，用围裙角擦了擦，又试着在他颤动的手指头间把蜡烛塞好。厨房里一片叽叽喳喳，有人在窃窃私语；这声音像一阵风，把我从门口向前推去，但是我紧紧地抓住门把手不动。

"他脚底绊了一下，"雅科夫舅舅说，声音有些无精打采，而且一个劲地直摇晃脑袋。他整个人都显得蔫头耷脑，萎靡不振，两只眼睛黯然失神，而且不时地眨巴着。

"他摔倒了，于是被压到了下面——砸在背上了。我们一看不妙，赶紧撂下十字架，不然我们也会被砸着的。"

"是你们把他砸死的。"格里戈里闷声闷气地说。

"是的——有什么办法……"

"你们啊！"

血一直在流，门口流了一大摊，颜色已经发黑，好像都鼓了起来。"小茨冈"口吐血沫，像在梦中似的一直在哼哼，他整个人都瘫软了，身子越来越往下塌，紧紧贴着地板，好像要陷进去似的。

"米哈伊尔骑马请教堂神甫去了，"雅科夫舅舅小声说，"我把他往马车上一放就赶紧回来了……好在当时我不在十字架底下，不然我也会被……"

保姆叶夫根尼娅又在把蜡烛往"小茨冈"手里塞，烛泪和眼泪一起落在"小茨冈"的手掌上。

格里戈里粗声粗气地说：

"把蜡烛一头粘在地板上呀，笨蛋！"

"那倒是。"

"把他的帽子摘下来！"

保姆从伊万的头上把帽子拽了下来，他的后脑勺在地板上着着实实地被磕了一下。现在他的头歪向一边，流出来的血更多了，但只从一边的嘴角里流出。这种状态延续的时间非常长。起初，我期待着"小茨冈"休息一会儿便会起来，坐在地板上，吐一口唾沫说：

"呸，真热呀……"

他每个礼拜天午睡醒来后总是这样说。但这次他再也没有起来，一直瘫躺在那里。阳光已经照射不着他了，明亮的光束渐渐变短了，后来只能照到窗台上。他整个人变得都发青了，手指头已经不再动弹，嘴角的血沫也没有了。他的头顶和左右两个耳朵旁边竖着三支蜡烛，金黄色的烛焰来回摇晃，映照着他那蓬乱乌黑的头发，颜色发黄的一个个光点在他那发黑的脸上不停地抖动，尖尖的鼻子和红红的嘴唇在光照下闪闪发亮。

保姆叶夫根尼娅跪在地上一边哭，一边小声地诉说：

"你是我的心肝宝贝，我的快乐的小鹰……"

我感到毛骨悚然，全身发冷。我钻到桌子底下，藏了起来。后来，外公和外婆风风火火地闯进了厨房。外公穿一件貂皮大衣，外婆穿一件带尾领的斗篷式的女外套，此外还有米哈伊尔舅舅、几个孩子和许多不相识的人。

外公脱下皮大衣，往地上一扔，叫道：

"浑账东西！一个多好的小伙子，让你们白白给毁了！要知道，再过四五年他可是个无价之宝啊……"

地板上堆放的衣服挡住了我的视线，我看不见伊万，于是我从桌子底下爬出来，刚好爬到外公的脚边。他一脚把我踢开，举起红彤彤的小拳头，冲舅舅们恶狠狠地骂道：

"狼心狗肺的东西！"

然后他坐在长凳上，双手撑着凳面，干号了几声，真是欲哭无泪，于是用嘶哑的声音说：

"我知道，他是你们的眼中钉，肉中刺……唉，瓦纽舍奇卡[1]……一个小傻瓜！现在可怎么办，啊？我是说，该怎么办呢？别人的马——缰绳易断啊。孩子他妈，这些年上帝老跟我们过不去，是不是？你说呀，孩子他妈？"

外婆趴在地板上，伸手抚摸着伊万的脸、头和胸部，她对着他的两只眼睛直呼气，抓着他的手，又搓又揉，把蜡烛全都给弄倒了。后来，她好不容易地站了起来，黑色的连衣裙闪闪发光。她铁青着脸，眼睛瞪得老大，声音不大地说：

"滚，你们这些该死的东西！"

除了外公，所有的人都跑出了厨房。

……"小茨冈"被不声不响地埋葬了，没有任何悼念。

---

[1] "小茨冈"伊万的昵称。

第四章

我躺在一张很宽的床上，身上裹着叠成四折的厚毛毯，只听见外婆在向上帝做祷告。她跪在地上，一只手按住胸前，另一只手不时地画着十字，动作从容不迫。

外面寒气袭人。浅绿色的月光，透过窗户玻璃上的冰花，清楚地照见外婆那张慈善的、鼻梁高高的面孔，使她那双乌黑的大眼睛闪闪发光，像燃烧的磷火。外婆用来包扎头发的丝巾光彩夺目，像精心锻造出来的一样[1]。她身上的黑色连衣裙在微微地颤动，从肩头飘然下垂，拖落在地板上。

祷告完毕，外婆默默地脱去衣服，精心把它叠好，放在屋角的柜子上，然后走到床前，而我则假装已经睡着了。

"我知道你在装睡，捣蛋鬼，没睡着吧？"她轻声地说，"看来还没睡着，在装蒜，是不是？喂，把毯子给我！"

我早知道她会这样，所以忍不住就笑了。于是她冲我大叫：

"好哇，你竟然拿老外婆开起玩笑来了！"

她抓住毯子边，使劲往回一拽，动作非常麻利，于是，我便被悬空抛了起来，打了几个转身，落在柔软的羽绒垫子上，而她却哈哈大笑说：

"怎么样，小萝卜头？吃亏了吧？"

不过有时候她会祷告很久，我真的睡着了，不知道她是怎么睡下的。

一般总是在有了烦恼、吵架、打架之后的日子里，外婆才会做很长的祷告。听她祷告非常有意思。外婆总是把家里发生的一切事情，详详细细地告诉上帝。她跪在那里，臃肿庞大，像一座山丘。起初她嘟嘟哝哝，说得很快，听不清楚，后来就大声抱怨起来：

---

[1] 这种丝巾通常为已婚妇女所系戴。高尔基在《论童话》（1930 年）一文中写到的外婆就系着这样的丝巾（见《高尔基 30 卷集》第 27 卷，392 页）。

"上帝啊，你明明知道——谁都希望日子过得好一些。米哈伊尔是老大，原本该留在城里，让他到河那边去住，他感到冤屈得慌。再说，那是个新地方，没人住过，到底怎么样还很难说。而老爷子——他更喜欢雅科夫。对孩子们有亲有疏——难道这样好吗？老爷子死心眼，固执得很——上帝啊，但愿你能够开导开导他。"

她用一双明亮的大眼睛望着黑乎乎的圣像，向上帝进言道：

"上帝啊，你能不能好好给他托个梦，让他明白应该怎样把孩子们分开！"

她又是画十字，又是趴在地上磕头，宽大的前额，在地板上磕得直响，然后，她再次把身子伸直，认真严肃地说：

"你能不能对瓦尔瓦拉露出点儿笑脸，让她也有点高兴事儿！她什么地方惹你老生气了，什么地方比别人的罪孽更重？这到底是怎么了？一个年轻女子，身强力壮，可整天生活在愁苦之中。上帝啊，请关心关心格里戈里吧——他的眼睛越来越不行了。一旦两只眼瞎了，流浪街头，这有多不好！他给老爷子干了一辈子，真是力气使尽，可老爷子难道帮助过他吗！……唉，上帝呀，上帝……"

她半天不说话，恭顺地低着头，耷拉着双手，好像睡着了或冻僵了似的。

"还有什么呢？"她微微皱起眉头，大声回忆道，"救救所有的东正教徒吧。请宽恕我这个该死的蠢人吧——要知道：我犯的罪过都不是出于恶意，而是因为头脑愚蠢。"

她深深地叹了一口气，然后态度亲切、非常满意地说：

"亲爱的主啊，你明察秋毫，无所不知。"

我非常喜欢外婆的这个上帝，他和她是那样的亲近，我常常请求外婆：

"讲讲上帝的事吧！"

她讲起上帝时有其独到之处：声音很低，莫名其妙地把语调拉得很长，双目微阖，而且一定要坐着。先是稍微欠欠身，然后再坐下，理理头发，系好头巾，一讲，时间就很长，直到你睡着为止：

"上帝就住在山丘上，周围绿野芳草，景色宜人，他端坐在银色椴树下镶有蓝宝石的宝座上，这种树四季常青，花香不断。天堂里既没有寒冬，也没有深秋，因此那里鲜花似锦，永不凋谢，专门愉悦各位神灵。而上帝身边，天使们成群结队地飞来飞去，他们像飘舞的雪花，成群的蜜蜂，又像一群群白鸽，一会儿飞临人间，一会儿又飞回天上，将我们人间的万事万物一一禀告给上帝。

童年

这里你、我、外公——每个人都有一位自己的天使，上帝对大家一视同仁。比如，你的天使就会向上帝禀告说：'列克谢咬了外公！'而上帝则吩咐说：'嗯，让老头子抽他一顿吧！'就这样，上帝对所有的人都就事论事，赏罚分明。而且上帝这样做一直都很好，天使们兴高采烈地扇动着翅膀，不停地对上帝唱道：'上帝啊，光荣属于你，光荣属于你！'而他，亲爱的，只对他们微笑，意思是说：得了吧！"

外婆自己也露出了笑容，频频地直摇头。

"这你都看见过？"

"没看见过，但是我知道！"她若有所思地回答说。

她一谈起上帝、天堂和天使们，马上就变得像小孩子似的，人变得温顺了，脸也变得年轻了，两只水汪汪的眼睛流露出特别温柔的目光。我攥着她那像丝绸一样沉甸甸的发辫，把它绕在自己的脖子上，一动不动地倾听她那没完没了的、永远也听不够的故事。

"凡人是无法看见上帝的———看见了眼睛就会瞎。只有圣徒睁大眼睛才能够看见。不过我看见过天使；当人们心灵纯洁、排除杂念的时候，他们就会出现。一次，我在教堂里做早祷，就看见祭坛上有两位天使，他们像云雾一般，全身透明，透过他们什么都能够看见，一切都那么清澈明亮，毫发可鉴。他们的翅膀一直垂落到地面，像镂空的花边，又像轻薄的绸缎。他们穿梭于祭坛宝座的周围，帮助年迈的伊利亚神甫：当他举起衰弱无力的双臂向上帝祈祷的时候，天使们便往上托着他的肘腕。伊利亚神甫已经是老态龙钟，双目失明，走路跌跌撞撞，后来很快就离开了人世。当时，我一看见天使便高兴得愣住了，心里怦怦直跳，眼泪哗哗地直往下流——啊，真是美妙极了！哎呀，廖尼卡[1]，我的宝贝，无论是在天上，还是在人间，上帝身边的一切都是美好的，真是妙极了……"

"我们这里不是也很好吗？"

外婆在自己胸前画了个十字，回答说：

"托圣母的福———切都很好！"

这下我可就纳闷了：很难说这个家里一切都很好，我觉得这里的生活越来越糟。

---

[1] 阿列克赛的小名，昵称。

有一次，我从米哈伊尔舅舅门口经过，看见纳塔利娅舅妈穿一身白衣服，双手抱着胸口，满屋子乱滚，喊叫的声音不大，但是非常可怕：

"上帝啊，把我招去吧，带我走吧……"

我明白她这话的意思，我也懂得格里戈里抱怨的含义，他说：

"一旦我眼睛瞎了，我就满世界去流浪，那也比在这儿好……"

我希望他快点瞎——这样我就可以要求给他带路，我们一块儿出去，浪迹天涯。这话我已经跟他说了，格里戈里师傅撅起大胡子嘿嘿一笑，回答说：

"那好啊，咱们一起走！到时候，我就满大街地喊着：'这位是行会会长瓦西里·卡希林的外孙子！'那才叫有意思呢……"

我不止一次看见纳塔利娅舅妈的两眼发呆，眼眶下有肿起来的淤斑，蜡黄的脸上——嘴唇肿着。

我问外婆：

"舅舅在打她吗？"

她叹了口气，回答说：

"他悄悄地打她，这个挨千刀的畜生！你外公说了：不许打她，可是他夜间打。他这个人非常歹毒，而她——又太软弱……"她说着说着便激动起来。

"毕竟他现在不像以前那样打她了！喏，他朝她嘴上打，耳朵上打，偶尔还揪她的辫子，而以前他能一连几个小时地折磨她！你外公有一次打我，从复活节头一天的午祷开始，一直打到傍晚。打累了，休息一会儿再打。连绳子什么的都用上了。"

"因为什么事？"

"已经不记得了。有一次，他把我打得死去活来，五天五夜不给我吃东西——当时勉强活了下来，要不他还要……"

这事太让我吃惊了：外婆的体格比外公大两倍，因此很难相信他能够打得过她。

"难道他比你的力气大吗？"

"力气不比我大，可是年龄比我大呀！再说了，他是我丈夫！上帝让他来管我的，我注定只能忍耐……"

看着她把圣像上的灰尘拂去，把神袍擦拭干净，我觉得很有意思，也感到很愉快；那些圣像都很珍贵，他们一个个都披金戴银，浑身珠光宝气。外婆麻利地捧起一尊圣像，满面笑容地仔细端详着，而且很动情地说：

"多慈爱的面孔啊！……"

她一面画着十字，一面吻了吻圣像。

"上面落满了灰尘，烟熏火燎的。你啊，万能的圣母，你是永远伴随着我的欢乐！瞧呀，廖尼亚，乖孩子，这笔划画得多细腻啊，圣像上的人物这么小，可是个个显得活灵活现，出神入化。这是十二节[1]，中间是费奥多罗夫斯卡娅圣母[2]，大慈大悲，乐善好施。这个是在说，圣母啊，不要看见我躺在棺材里就痛哭流涕……[3]"

有时候我觉得，外婆侍弄这些圣像态度十分虔诚，非常地投入，就跟我表姐卡捷琳娜受委屈时摆弄木偶玩具一样。

外婆时常看见鬼，有成群结队的，也有单个的。

"有一次，在大斋[4]期间的夜里，我从鲁道夫家门口经过；当时明月当空，天气贼冷，我忽然看见：屋顶烟囱旁边有一个黑乎乎的东西，头上长着犄角，正低着头，在烟囱上闻来闻去，还打着响鼻。这东西个头很大，身上毛茸茸的。它一边闻，一边甩尾巴，把屋顶扫得沙沙作响。我冲它画了个十字，嘴里念道：'愿上帝兴起，使他的仇敌四散'[5]。这时只听见它低声尖叫一下，叽里咕噜地从屋顶滚到院子里——转眼间便消失了！兴许那天鲁道夫家在炖肉，让小鬼儿给闻见了，一高兴……"

一想到小鬼儿从房顶上滚了下来，我不禁笑了，外婆也笑了，她说：

"这些鬼非常喜欢恶作剧，完全跟小孩子们一样！比如，有一次，我在浴室里洗衣服，已经是半夜了。这时，壁炉的火门突然大开！成群的小鬼儿从里面纷纷跳出来，一个比一个小，红的、绿的、黑的全有，跟蟑螂似的。我赶紧往门口跑，但已经无路可走。我被小鬼们团团围住，整个浴室都被它们挤满了，我被挤得无法动弹，想转身都不可能。它们在我脚下到处乱钻，又扯又拽，搞得我连画个十字的工夫都没有！它们一身茸毛，软绵绵、热乎乎的，很像小猫，

---

[1] 指东正教复活节后的12个节日，其中纪念耶稣的有8个，纪念圣母的有4个。它们是：圣母圣诞节、圣母进堂节、圣母领报节、基督圣诞节、主进堂节、主领洗节、主易圣容节、主进圣城节、耶稣升天节、圣灵降临节、圣母升天节和举荣圣架节，统称为"12节"。

[2] 俄国东正教著名的圣徒，这里所指的显然是她的画像的仿制品，真品从14世纪一直保存在科斯特罗马伊帕季耶夫圣三一修道院。

[3] 这里是指一幅著名的圣像画《勿哭我，圣母》，源于东正教会赞美歌第9歌《大礼拜六》的首句，描绘圣母站在耶稣棺材旁哭泣的情景。

[4] 基督教规定的斋期，即在复活节前7个礼拜内不许吃荤，禁止娱乐，不许结婚等。

[5] 见《旧约全书》，《诗篇》第68篇第1节。

只不过它们个个都能直立行走。它们围着你转呀，闹呀，龇着像老鼠一般细小的牙齿，小小的眼睛闪着绿光，头上的犄角刚露出一点儿，鼓起一个个小圆包，尾巴很像小猪的尾巴——哎呀，我的主啊！我一下子便晕过去了！等我醒过来时——蜡烛已经快熄灭了，洗衣盆里的水也凉了，洗过的衣服被扔得满地皆是。哎呀，我说你们这帮小鬼，真应该统统把你们轰走！"

我闭上眼睛，就看见那些五颜六色的毛茸茸的小东西从炉口和炉壁灰色的圆石头上蜂拥而出，把小小的浴室挤得水泄不通。它们乱吹蜡烛，伸出故意捉弄人的粉红色的小舌头。这的确很逗，但却很瘆人。外婆摇了摇头，停了片刻，突然来了劲头，好像整个人都兴奋起来了：

"此外，我还看见过恶鬼；这事也是发生在夜里。冬天，暴风雪天气。我正穿过久科夫峡谷；还记得吗？以前我说过这个地方，就是雅科夫和米哈伊尔要把你父亲淹死在池塘冰窟窿的那个地方。唔，当时我正在往前走，走着走着，忽然摔了个跟头，顺小路滚了下去，一直滚到谷底。这时峡谷里传出一片口哨声和喊叫声！我一看，一辆由三匹马拉着的雪橇正在向我奔来，驾驭雪橇的是一个戴红色尖顶帽子的大个子鬼，他站在驾驭的位置上，像伫了一根木头桩子，两只手向前伸着，紧紧拉着用铁链子做的缰绳。可是峡谷中无法行驶，雪橇直奔被白雪覆盖着的池塘而去。雪橇上坐的也全是厉鬼。它们吹着口哨，喊叫着，挥动着帽子——身后紧跟着还有七辆三匹马拉的雪橇，它们像消防车似的急驰而过，拉雪橇的马清一色全是黑的，而且所有这些马都是人变的，全是遭父母诅咒而被逐出家门的人。这些人现在专门供群鬼取乐，给它们拉雪橇，每夜被驱赶着，送厉鬼们参加各种节庆活动。这次我看见的这些鬼，大概正要去参加一个鬼的婚礼……"

很难不相信外婆说的话，她讲的是那么实在，那么令人信服。

不过外婆念起诗来特别好听，诗中讲述圣母如何察访人间疾苦[1]，如何规劝女强盗"公爵夫人"安加雷切娃不要打骂和抢劫俄罗斯人，还有讲述神人阿

---

[1] 主要讲她在天使长和米哈伊尔的陪同下，亲临地狱，明察暗访，祈求上帝能为罪孽深重者减轻一些痛苦。

列克谢[1]和勇士伊万[2]的诗；关于绝顶聪明的瓦西里萨[3]的故事，关于波佩科焦尔[4]和上帝的教子[5]的故事；关于玛尔法夫人[6]、强盗首领女强人乌斯塔[7]、埃及女罪人玛丽娅[8]，以及强盗母亲的诸多苦衷等可怕故事。她知道的故事、传说和诗歌不计其数。

无论什么人，包括外公和各种妖魔鬼怪，外婆都不害怕，但是对黑黢黢的蟑螂却怕得要命，离得很远她都能感觉到它们的存在。有时候她半夜里把我叫醒，小声跟我说：

"阿廖沙，亲爱的，有个蟑螂在爬动，看在上帝的份上，快去把它打死！"

我睡眼惺忪地点着蜡烛，趴在地板上来回寻找敌人，并不是一下子就能够发现蟑螂在哪里的。

"哪儿也没有。"我说。可是，别看外婆躺在那里不动，用毯子蒙着脑袋，她却用勉强听得见的声音要求我：

"哎呀，有的！你再找找，求求你了！我知道它还在那儿爬……"

她从来没有说错过——我在离床很远的一个地方，果然发现了蟑螂。

"打死了吗？好，感谢上帝！也谢谢你……"

于是她掀去头上蒙的毯子，松了一口气，露出了笑容。

要是我找不到这个小虫子，她便无法入睡。我感觉得到，在悄无声息的深夜，只要有一点点动静，她就会浑身打哆嗦，而且我听见她连大气都不敢出，小声跟我说：

"它就在门槛附近……在柜子下面爬……"

[1] 俄国宗教诗中的传奇人物，说他离家出走后，一直漂泊他乡，最后沦为乞丐；回到家里后，家里人已经认不出他了，因而受了许多委屈。

[2] 尤里安（背教者）时代著名的基督徒。尤里安（331—363），信奉基督教，361 年成为罗马皇帝后，便一反常态，改信多神教，在新柏拉图主义的基础上对多神教进行改革，并颁布法令，反对基督教。因而基督教宣布他为"背教者"。

[3] 俄国民间故事中的女主人公。她聪明过人，容貌出众，意志坚定，且富有正义感。

[4] 波佩科焦尔（Попекозёл），意思是"公羊神甫"。

[5] 教子，指在教堂已接受洗礼的人。

[6] 15 世纪下半期俄罗斯诺夫戈罗德市行政长官博列茨基的遗孀，曾领导诺夫戈罗德的贵族反对莫斯科将其土地划归莫斯科管辖。1478 年沙皇伊万三世把诺夫戈罗德并入莫斯科大公国后，玛尔法夫人被监禁。

[7] 传说中伏尔加河流域一带的女强人。俄国作家叶·安·萨利阿斯（1840—1908）根据她的故事写过一部小说，题名叫《头领乌斯塔》。

[8] 传说中埃及 6 世纪的一名荡妇改邪归正的故事。

"你干吗害怕蟑螂呢？"

她理直气壮地回答说：

"因为我不知道它们要干什么？爬来爬去，黑黢黢的。上帝给每个小生命都分派有任务：潮虫表明家里太潮湿；臭虫——说明墙壁太脏；虱子咬人——说明这个人健康有问题。这都能够理解！可是这些蟑螂——谁知道它们有什么用处，派它们来做什么呢？"

有一次，外婆正跪在地上跟上帝推心置腹地进行交谈，外公突然推门进来，声音嘶哑地说：

"喂，老婆子，上帝光顾我们了——失火啦！"

"你说什么呀？"外婆喊道，赶紧从地上站起身来，两人捶胸顿足地向黑洞洞的正堂屋奔去。

"叶夫根尼娅，快把圣像取下来！纳塔利娅，赶快给孩子们穿好衣服！"外婆严厉地、语气坚定地在进行指挥，而外公却在那里低声哭泣：

"哎哟——哟——哟——"

我跑进厨房，冲院子的窗户被火光照得一片金光灿灿，地板上有许多黄色的斑点在不停地晃动。光着脚的雅科夫舅舅一面在穿靴子，一面在黄色的斑点上蹦来蹦去，仿佛他的脚底被烫着了似的，这时他大声喊道：

"这是米什卡[1]放的火，他放完火便跑了，没错！"

"呸！狗东西。"外婆说着，使劲把他朝门口推了一把，差点把他给推倒了。

透过玻璃窗上的冰花，可以看见染坊屋顶的熊熊大火，火舌借着风势，打着旋从门里一个劲儿地往外窜。在寂静的夜里，红色的火焰看不见浓烟，只见高空处有一块灰蒙蒙的浮云在飘动，不过仍能够看见乳白色的银河。积雪被映红了，建筑物的墙壁在颤抖，在摇晃，好像争着想要到院中火势烧得最欢的炽热角落里去，染坊墙壁上宽大的裂缝被烧得通红，墙缝里露出许多被烧扭曲了的钉子。房顶上干燥发黑的木板很快被大火包围了，金黄色的火舌蜿蜒而上，细长的陶制烟囱刺目地伫立在那里，冒着浓烟；窗户上的玻璃不时发出轻微的破裂声和窸窸窣窣的响声。火势越来越猛，整个作坊被火光映照得光怪陆离，蔚为壮观，很像教堂中珍藏圣像的殿堂，强烈地吸引着人们离它近一些，再近一些。

---

[1] 米哈伊尔的小名。

我把挺沉的一件短皮袄往头上一蒙，把一双不知是谁的皮靴往脚上一套，便跌跌撞撞地跑进过道，来到台阶上一看，顿时就被吓傻了：冲天大火照得人们睁不开眼睛，外公、格里戈里和雅科夫舅舅的喊叫声和大火发出的噼噼啪啪的响声，震耳欲聋。外婆的举动简直把我给吓坏了：

她把一条空麻袋往头上一顶，把一块马被往身上一裹，一边喊叫，一边向大火直冲过去：

"硫酸盐，这些蠢货！硫酸盐会爆炸的……"

"格里戈里，拉住她！"外公绝望地喊道，"哎呀，这下她完了……"

但这时外婆已经从大火中钻了出来，她浑身冒着烟，摇着头，弯着腰，双手抱着一个水桶般大小的硫酸盐瓶子。

"老爷子，快把马牵出去！"她咳嗽着，声音嘶哑地喊道，"赶快把马被从我肩头拽下来呀——没看见我身上在着火吗？……"

格里戈里把烧煳了的马被从她身上拽下来，一撕两半，然后开始用铁锹大铲大铲地往染坊门里扔雪。雅科夫舅舅手里拿一把斧头在他身边跳来跳去。外公围着外婆跑前跑后，一直在往她身上撒雪。外婆将硫酸盐瓶子埋进雪堆里，跑到大门口，把门打开，向跑过来的众人鞠了一躬，说：

"库房，街坊们呀，赶紧去抢救库房！大火会烧到库房的，会烧到干草棚——等我们家的东西烧光后，也会烧到你们家的！快把房顶给掀了，干草——扔到园子里去！格里戈里，往房上扔呀，你怎么老往地下扔哪？雅科夫，别光跑来跳去，把斧子拿给大家，还有铁锹！街坊乡亲们呀，一起动手干吧——上帝会保佑你们的！"

外婆像大火一样灿烂夺目，光彩照人，火光仿佛一直都在紧跟着她，她身上的黑衣服被照得通明锃亮，她满院子忙个不停，哪里需要她就出现在哪里，指挥着人们的行动，一切都躲不过她的眼睛。

那匹骟马沙拉普跑到院子里，它的后腿忽然直立起来，把外公掀到一边，两只大眼睛被火光照得通红，闪闪发亮。它打着响鼻，两只前蹄高高扬起。外公松开了手里的缰绳，闪到了一边，大声喊道：

"老婆子，快笼住它！"

她跑过去，站在直立起来的沙拉普的面前，伸展开双臂，像一尊十字架；沙拉普不耐烦地嘶叫着，慢慢地向她走去，眼睛不时斜视一下大火。

"你不用害怕！"外婆低声说，拍了拍马的脖子，拉住了缰绳。"我能丢下你不管，让你担惊受怕吗？哎哟，你呀，我的小耗子……"

个头儿比她大三倍的"小耗子"老老实实地跟着她向大门口走去，一面望着她那通红的面孔，不时地打着响鼻。

叶夫根尼娅保姆从屋里领出来几个穿得严严实实、哇哇直哭的孩子，她喊道：

"瓦西里·瓦西里奇，没看见列克谢……"

"走吧，赶快走吧！"外公答道，一面挥着手。为了不让保姆把我也带走，我躲藏在台阶下面。

染坊的屋顶已经坍塌，细小的房架椽木，冒着浓烟，指向天空，燃烧着的火炭还在发着亮光。只听见染坊内一片噼噼啪啪的响声，一团团绿色、蓝色、红色的火焰借着风势，直接向院里和人们身上扑去，大家面对这一大团篝火，纷纷用铁锹向火中抛撒积雪。染坊里的几口黑色大染锅早已经沸腾，蒸气和浓烟形成了团团云雾，院子里弥漫着一种古怪的气味，呛得人们直流眼泪。我从台阶下钻出来，正好来到外婆腿边。

"走开！"她喊道，"会砸着你的，快走开……"

这时一个骑马的人闯进了院子，他头戴铜盔，铜盔上有一个像鸡冠似的东西。他座下的枣红马嘴里吐着白沫，骑马人高高扬起手中的鞭子，样子很凶地喊道：

"都快闪开！"

铃声急促而欢快地响了起来，一切都像过节一样，煞是好看。外婆把我往台阶上一推，说：

"没听见我的话吗？快走开！"

此时此刻，不听她的话是不行的。我走进厨房，重又贴紧窗户往外看，但隔着黑乎乎的人群已经看不见火光了——只能看见一些铜盔在许多黑色棉帽间闪闪发亮。

火势很快被扑了下去，浇灭了，踩实了。警察驱散了众人，最后外婆来到了厨房。

"这是谁呀？是——你？你没有睡，害怕吗？别怕，一切都过去了……"

她在我身边坐下来，一声不响地摇晃着身子。多么好啊，寂静、黑暗的夜晚重新又恢复了常态，只可惜不见了大火。

外公走进来，站在门口，问道：

"是老婆子吗？"

"怎么啦？"

"烧伤了吗？"

"没事儿。"

他划着了一根火柴，蓝色的火苗，照亮了他那张沾满烟尘的黄鼠狼脸，他看清楚了桌上的蜡烛，然后慢不吞吞地坐在外婆身边。

"洗把脸去。"她说，其实她自己也是一脸烟黑，身上有一股刺鼻的烟熏味。

外公叹了口气，说：

"上帝对你总是宠爱有加，赋予你过人的胆识……"

然后，他抚摸着她的肩膀，咧嘴嘿嘿一笑，又来了一句：

"时间虽短，只一个小时，可是真有你的！……"

外婆同样嘿嘿一笑，想说点什么，但外公忽然拉下脸来，说：

"应该找格里戈里算账——是他没有尽到责任！这个乡巴佬是干够了，活得不耐烦了！雅什卡[1]正坐在台阶上哭呢，蠢东西……你去看看他……"

外婆站起身出去了。她把一只手举到脸前，对着手指头直吹气，外公则看看我，小声问道：

"大火你都看见了吧，一开始就看见了？你外婆怎么样，啊？一个老太婆……一辈子吃苦受累，体弱多病……尽管这样！……可是你们这些人啊……"

他弯下腰，半天没说话，然后直起身，用手指头掐去烛花，又问道：

"你害怕吗？"

"不怕。"

"是没什么好怕的……"

他气鼓鼓地脱下衬衣，走到屋角洗手池前。那里一片漆黑，他跺着一只脚，大声说：

"这场火灾真是愚蠢透顶！应该把遭灾者拉到广场上抽一顿鞭子，因为他不是傻瓜，便是小偷！就应该这么办，这样以后就不会有火灾了！……去吧，睡去吧。干吗老坐着？"

我去睡了，但这夜我怎么都睡不着：我刚躺到床上——一声非人的吼叫把我从床上惊了起来。我赶紧跑到厨房，这时外公正站在厨房中间，没有穿衬衫，

---

[1] 雅科夫的小名。

手里拿一根蜡烛。蜡烛一直在抖动，他两只脚在地上蹭来蹭去，始终不离开那个地方；他声音嘶哑地说：

"老婆子，雅科夫，这是怎么回事？"

我跳到壁炉上，躲进一个角落，家里人忽然又忙乱起来，跟失火时差不多；有节奏的、声嘶力竭的喊叫声越来越大，像波浪似的冲击着天花板和四周的墙壁。外公和雅科夫舅舅急得跑来跑去，外婆大声喊叫着，把他们往外赶。格里戈里将劈柴"扑通"一声放在地上，拿起来便往炉膛里塞，然后又往大铁锅里添水，在厨房里忙个不停，脑袋一摇一晃的，像一头阿斯特拉罕大骆驼。

"你还是先把炉灶生起来！"外婆吩咐道。

格里戈里急忙去找引火用的松明子，一下子摸着了我的脚，惊叫道：

"谁在这儿？呸，吓我一大跳……哪儿不该去，那里准少不了你……"

"你这是要干什么？"

"你舅妈纳塔利娅要生孩子了。"他冷冷地说了一句，从壁炉灶台上跳了下来。

我记得母亲生孩子的时候并没有这样大喊大叫。

格里戈里把铁锅放到火上，又爬到壁炉灶台上面来找我，他从口袋中掏出一个陶制的烟斗给我看。

"为了眼睛，我开始抽烟了！你外婆劝我闻鼻烟，可我认为抽烟更好一些……"

他坐在灶台边上，两条腿耷拉着，眼睛向下看着微弱的烛光。他的一只耳朵和一边脸已经被烟熏黑了，衬衫的一侧也破了，我看见他那宽宽的像桶箍似的一根根肋骨。他的眼镜有一块镜片被打碎了，眼镜框里几乎没有了镜片，透过这个空眼镜框能够看见他的眼睛：湿乎乎、红霞霞的，像个伤口。他一面往烟斗里装烟叶，一面倾听着产妇的呻吟。他像喝醉了酒似的嘴里嘟嘟哝哝，前言不搭后语：

"你外婆么，毕竟手被烧伤了。她怎么能接生呢？听你舅母叫得多么痛苦！大家简直把她给忘了。她还是在刚失火时开始阵痛的——是吓的了……瞧，生孩子有多么的不容易，可是人们还不尊重妇女！你可要记住：应该尊重妇女，也就是说，要尊重母亲……"

我直打瞌睡，但是嘈杂的说话声，咣哩咣当的关门声和醉醺醺的米哈伊尔舅舅的喊叫声，吵得我根本无法入睡。一句很奇怪的话传进了我的耳朵：

童年

"赶紧把圣像壁中门打开……"[1]

"用长明灯里的油，掺上点罗姆酒和烟灰给她喝：半杯油、半杯罗姆酒，再加一汤勺烟灰……"

米哈伊尔舅舅死乞白赖地要求：

"让我进去看看吧……"

他坐在地板上，两腿叉开，一面往自己面前吐口水，一面用两只手拍打着地板。炉灶上热得实在让人受不了，于是我爬了下来，但我刚爬到米哈伊尔舅舅旁边，他一把抓住我一条腿，往回一拽，我就倒了下来，后脑勺被狠狠地磕了一下。

"浑蛋。"我冲他说。

他一下子跳了起来，伸手又抓住我，怒不可遏地使劲把我一抡：

"我在炉灶上摔死你……"

我醒来时是在一间正堂屋的一个角落，上面有许多圣像，我躺在外公的腿上。外公望着天花板，一面摇晃着我，一面轻轻地说：

"我们都脱不了干系，谁也不行……"

长明灯在他头顶上大放光明，屋子中间的桌子上点燃着一支蜡烛，然而窗外已经是冬日矇眬的早晨了。

外公弯下身子问我：

"哪儿疼？"

我浑身都疼；头上湿漉漉的，身子沉甸甸的，但我不想说这些——当时周围的情况非常奇怪：屋子里几乎所有的椅子上坐的都是外边的人——有穿着紫袍子的神甫，戴着眼镜、穿着军服的白胡子老头，还有其他许多人。他们坐在那里一动不动，跟木头人似的，在等待着什么，一面听着附近什么地方哗哗的流水声。雅科夫舅舅站在门框边，挺直身子，两只手藏在背后，外公对他说：

"喏，带他去睡觉……"

雅科夫舅舅用指头做个手势，让我过去，然后小心翼翼地向外婆房间的门口走去；我上床的时候他小声说：

---

[1] 圣像壁是东正教教堂中特意建造的一种隔墙，墙内供有圣像，并有雕刻精美的小门，它将祭坛和教堂的其他部分分开。中间的两扇门即圣像壁中门，连接祭坛和其他的殿堂。据说危难之时，只要神甫能打开圣像壁中门，一切都可化险为夷，遇难呈祥。

"你纳塔利娅舅妈死了[1]……"

这并没有使我感到惊讶——我已经很久没有看见她了，家里跟没有她这个人似的，既不见她下厨房，也不见她出来吃饭。

"那外婆在哪儿呢？"

"那边。"舅舅回答说，挥了挥手，然后便走了，仍是光着脚，踮着脚尖走的。

我躺在床上，四下打量，只见有许多人的脸紧贴在窗户的玻璃上，他们的头发全白了，披头散发，双目失明；屋角柜子上挂着外婆的衣服——这我知道——但现在那里好像藏着一个大活人，正在等待着什么。我把枕头往头上一蒙，露一只眼看着门口；我恨不得从床上跳下来，跑出去。我感到很热，有一种很重的、难闻的气味让人透不过气来，令人不禁想起"小茨冈"死时候血流满地的情形；我只觉得头脑发胀，心里堵得慌；我在这里所看到的一切，正在慢慢向我压来，它像冬天街上络绎不绝的载重马车一样，一路轧过去，把一切都碾得粉碎……

门轻轻地被推开了，外婆用肩膀顶开门，蹑手蹑脚地挤进来，背靠在门上，然后向长明灯蓝色的火苗伸出双手，小声地、像孩子似的抱怨说：

"我的手啊，我的手好疼啊……"

---

[1] 小说中纳塔利娅是米哈伊尔舅舅的妻子，实际上米哈伊尔的第一个老婆不叫纳塔利娅，而叫玛丽娅·基里洛夫娜（出嫁前姓哈尔拉莫娃），1869年她死于难产，同年，雅科夫的第一个妻子也死了，身后留下两个孩子：亚历山大和卡捷琳娜。

第五章

开春前，两个舅舅分开过了；雅科夫舅舅留在城内，米哈伊尔舅舅搬到河对岸去了。外公在波列瓦雅大街[1]购置了一幢很有意思的住宅：房子很大，底下一层是石头建筑；有一间小酒馆，阁楼上有一个很舒适的小房间；另外还有一个花园，走下去是一条沟壑，里面生长许多小柳树，看上去尽是些光秃秃的枝条[2]。

"树枝真不少啊！"外公说着，高兴地冲我挤了挤眼睛。察看花园时，我和他沿着冰雪消融的松软小路缓缓而行，"很快我就要教你学认字了，所以，这些树枝还是用得着的……"

整座住宅住满了房客。外公只在楼上为自己留了一个大房间，同时接待客人。外婆和我住在阁楼上。阁楼的窗户面对大街，每逢晚上和节假日，将身子探出窗外，可以看见东倒西歪的醉鬼们从酒馆里出来，在街头上大呼小叫，跌跌撞撞。有时他们被推出酒馆，像麻袋似的被抛在路边，但他们爬起来，仍一个劲儿地往酒馆门里挤。门被敲得砰砰直响，玻璃都快震碎了，门框发出咯吱咯吱的声音，接着便是一番打斗——这一切，从上面往下看，非常有意思。外公一大早就去儿子们的染坊，帮助他们料理事务。晚上回来又累又窝火，总是气不打一处来。

外婆做饭、缝衣服、侍弄菜园子和花园，整天忙个不停，像一个大陀螺，被一条无形的鞭子，抽得团团转。她不时地闻着鼻烟，然后痛快地打上几个喷

---

[1] 又译田园大街，即现在的高尔基大街。

[2] 根据下诺夫戈罗德市保存下来的档案资料，米哈伊尔实际上在1867年已经开始通过老婆把他岳父身后留下的遗产往河对岸办了。同年，雅科夫得到了城里的家产，住了10年，然后他把全部家产变卖抵债了。至于波列瓦雅大街的住宅，高尔基的外公一直住到1872年才被迫变卖。所有的过户手续，高尔基博物馆里均有保存。(见《高尔基资料汇编》，1968年，第396—398页。)

嚏，擦着满脸的汗水说：

"常言道，吉人自有天相，好人一生平安！可不是吗，阿廖沙，我的心肝宝贝，我们可是过上安静的日子了！托上天圣母的福，一切都会好起来的！"

可我并不觉得我们生活有多么安静，房客们一天从早到晚总是在院子和房间里出出进进，忙个不停，有时候来一些女邻居，她们好像急着要到什么地方去，总是因为时间来不及而唉声叹气。她们打算要做一件什么事，总在喊我外婆的名字：

"阿库林娜·伊万诺夫娜！"

阿库林娜·伊万诺夫娜对所有的人都笑脸相迎，亲切友好，而且关怀备至，她用大拇指将烟草塞入鼻孔，用一块红方格子手帕仔细擦了擦鼻子和指头，说：

"亲爱的夫人，要想不长虱子，就应该勤洗澡，洗薄荷蒸汽浴；如果长了疥疮，就用一汤勺鹅油——要非常干净的，一茶匙氯化汞，三滴沉甸甸的水银，把所有这些东西放在盘子里，用一块陶瓷片研磨七遍，然后抹在患处就可以啦！要是用木勺或骨勺来研磨，水银就会跑掉，决不能用铜器和银器研磨——对人体有害！"

有时候，她若有所思地向别人建议说：

"大婶，您到佩乔雷修道院[1]去问问苦行僧阿萨夫吧——我解答不了您的问题。"

她给别人接生，调解家庭纠纷，为孩子们治病，《圣母梦》[2]讲得滚瓜烂熟——女人们学会它能"交好运"；她还能在操持家务方面给人出主意想办法：

"黄瓜自己会告诉你什么时候该腌制了；如果它不再有土腥味或别的什么怪味，那您就可以动手腌制了。克瓦斯[3]必须发酵，才能够芳香扑鼻，产生泡沫；克瓦斯不能太甜，放点葡萄干就可以了，要不放点砂糖也行，不过每桶只能放一点点。酸奶的做法有各种各样：有多瑙河口味的和西班牙口味的，此外，还有高加索口味的……"

我整天跟着她在花园和院子里转悠，有时到女邻居家去坐坐。她一坐就是几个小时，喝茶、聊天，不停地讲各种各样的故事。在这段日子里，我似乎成

---

[1] 佩乔雷修道院建于 1328—1330 年间，坐落在下诺夫戈罗德市郊外，高高耸立在伏尔加河岸边。1597 年因山体滑坡被毁。新建的修道院距市区更近了。1794 年在原修道院的旧址上修建了一座教堂。

[2] 一首宗教叙事诗，讲圣母梦见耶稣遇难，最后被钉在十字架上的故事。

[3] 一种俄国的清凉饮料，酸中带甜。

了她的一个组成部分，除了这位忙里忙外、慈眉善目的老太太外，我不记得还有别的什么事情。

有时候我母亲不知从哪儿回来待上一会儿。她显得很高傲，态度严厉，一双冷漠的灰眼睛，像冬季的太阳，对周围一切进行观察，然后很快便消失了，没有给我留下任何可回忆的印象。

有一次，我问外婆：

"你是女巫师吗？"

"嗻，亏你想得出！"外婆嘿嘿一笑，但立刻又若有所思地补充说，"我哪儿行呀，巫术是一门科学，可难学了。而我又没有什么文化——大字不识一个。你外公才是有文化的人，圣母没让我的脑子开窍啊。"

接着她又向我吐露一段她的生活往事：

"要知道，我打小长大，也是个孤儿。我妈两手空空，一无所有，还落个残疾，那还是她当姑娘时被老爷吓坏的。她夜里受了惊吓，从窗户里跳下去，把腰给摔坏了，肩膀也摔伤了。打那时候起，她的右手——最最紧要的右手——开始肌肉萎缩，而我妈原先可是一位织花边的高手。嗻，这样一来，老爷们就不需要她了，他们给了她自由——自己爱怎么过就怎么过，可是缺一只手日子怎么过呀？于是她便四处流浪，乞讨为生，而当时人们的日子比现在过得富裕，人也比现在善良——巴拉赫纳[1]的木工和织花边的女工们心肠都非常好——他们都是些与人为善的人！我们娘俩经常不分冬秋地外出乞讨，加百列[2]大天使将宝剑一挥，把冬天给赶走了，春天拥抱了大地——这时我们就往远处走，走到哪儿算哪儿。我们到过穆罗姆市[3]，到过尤里耶韦茨市[4]，沿伏尔加河往上走过，也曾沿着静静的奥卡河两岸乞讨过。春天，还有夏天，在野外行走是很惬意的，春暖大地，草木葱葱，圣母马利亚把鲜花撒向田野，此时此刻，不禁令人欢欣鼓舞，心旷神怡！而我妈则往往微微闭上蓝色的眼睛，引吭高歌起来，她的嗓音并不怎么好，但是非常响亮——周围的一切似乎已如醉如痴，一动不动地在倾听她的歌声。向基督保证，这种日子确实很不错！可是我九岁一过，

---

[1] 伏尔加河码头城市，位于高尔基州。

[2] 耶稣教神话中的大天使，他慰劳人类，同情人类，曾向希伯来人的先知但以理解释异象，向另一位希伯来先知、《圣经·旧约》中12小先知的第11名撒迦利亚预言其妻将生施洗约翰，向未婚的圣母玛利亚预言其子耶稣的降生。3月26日为加百列大天使日，是冬季结束的日子。

[3] 位于俄中部弗拉基米尔州，奥卡河一码头城市，12—15世纪曾是穆罗姆公国的都城。

[4] 俄伊万诺沃州城市，伏尔加河（高尔基水库）港口，1778年设市。

母亲觉得，再领着我到处讨饭，面子上不好看，挺难为情的，于是就在巴拉赫纳住了下来。她一个人沿街挨家挨户地乞讨，节假日时就到教堂门口接受大家的施舍。我就坐在家里，学习织花边，我拼命学习，想尽快地能够帮助母亲。有时候织坏了——急得我直掉眼泪。瞧，花两年多一点儿的时间，我学会了这个手艺，而且在城里还小有名气。只要有谁需要高质量的花边，马上就会来找我们，说：'阿库利娅[1]，帮帮忙，给织一件吧！'对此我非常高兴，我正求之不得呢！当然，这并不是因为我的手艺高超，而是因为有妈妈的指点。虽然她只有一只手，自己不能干活，但她能指导我怎么做。一个好的指导比十个学徒更为可贵。喏，这时我骄傲了起来，我说：'妈妈，你不要再出去讨饭了，现在我能够独自养活你了！'可是她却对我说：'你给我闭嘴，知道吗，我这是在给你积攒嫁妆。'后来，没不久，你外公出现了，他是一个很出色的小伙子：二十二岁已经当上了驳船上的工长！他母亲来相了我一次[2]，看到我会干活，是穷人家的女儿，就是说，老实听话，又很本分，于是……她是个卖面包的商贩，是个歹毒的女人，不说她的事了……唉，我们何必提这种歹人呢？上帝自己是能够看见他们的；上帝看见他们，魔鬼喜欢他们。[3]"

这时，她发自内心地笑了，她的鼻子不住地颤动，样子挺逗人的，而她的一双眼睛，在沉思中闪闪发光，使我感到非常亲切，它们所表达的一切情意，要比言词更加明白。

记得是一个宁静的傍晚，我和外婆在外公的屋子里喝茶。外公身体不舒服，坐在床上，没有穿衬衫，肩上披一条大浴巾。他呼吸急促，声音嘶哑，一刻不停地擦拭着他满身的大汗。他的两只绿眼睛变暗淡了，面部浮肿，颜色紫里透红，两只小耳朵红得尤为明显。他伸手接茶杯的时候，手哆嗦得很厉害，真是可怜。他变得很温顺，和以往的他已大不相同。

"为什么不给我放白糖？"他像一个被娇纵的孩子，用任性的口吻质问外婆。外婆态度和蔼但语气坚定地回答说：

---

[1] 阿库林娜的爱称。

[2] 高尔基的外公瓦西里·卡希林的父亲早年当兵，母亲是一位遗孀。1831 年 1 月 18 日外公瓦西里和外婆阿库林娜在巴拉赫纳市母亲家里结的婚。婚后头 10 年外公和外婆一直就住在这里（见《高尔基资料汇编》1968 年，第 344 页）。

[3] 据 1968 年的《高尔基资料汇编》记载，高尔基外婆的爷爷死后家境就一贫如洗了，奶奶带着几个孩子到处流浪，在下诺夫戈罗德以乞讨为生，风餐露宿，居无定所。后来外婆阿库林娜家的情况也是如此，日子过得非常艰难。

"和蜂蜜一块喝，对你身体更好一些！"

他上气不接下气地啊啊两声，迅速喝下热茶，然后说：

"你瞧着点儿，别让我死了！"

"别怕，我瞧着呢。"

"这就好！要是现在我死了——那我就跟没活过一样——一切都完啦！"

"别说话，好好躺着！"

他闭上眼睛，沉默片刻，同时吧咂着发黑的嘴唇。随后，他突然像被针扎了似的，全身颤动，自说自话起来：

"要尽快地给雅什卡和米什卡成个家，兴许老婆和新出生的孩子能够使他们的精神振作起来，是不是？"

接着他便历数起城里谁谁家有合适的姑娘。外婆一声不吭，只是一杯接一杯地喝茶。我坐在窗前，望着城市上空升起的红色晚霞，房子窗户的玻璃被映照得一片通红——我是因为犯了什么错误外公才不许我到院子里和花园里玩的。

花园里，一些甲壳虫围绕着白桦树飞来飞去，发出嗡嗡的叫声；桶匠在隔壁邻居家的院子里打制木桶；附近什么地方有人在磨刀；许多孩子在花园外的峡谷里嬉戏打闹，在浓密的灌木丛中胡乱奔跑。我非常想出去尽情地玩耍，傍晚常有的忧伤情绪不禁在心中油然而生。

突然，不知外公从哪儿摸出一本崭新的小书，在手掌上"啪"的一声拍了一下，兴致勃勃地叫我过去：

"喂，你这个小调皮，捣蛋鬼，快过来！坐下，你这个长着卡尔梅克人[1]高颧骨的家伙。看见这个字母了吗？这个念：阿斯。你念：阿斯！布基！维迪！[2]这个是什么？"

"布基。"

"念对了！这个呢？"

"维迪。"

"胡说，是阿斯！你仔细瞧：格拉戈尔，多布罗，叶斯季[3]。这个是什么？"

"多布罗。"

"对啦！这个呢？"

---

[1] 俄国少数民族，主要居住在卡尔梅克自治共和国，首府埃利斯塔市。语言属蒙古语系。

[2] 这是古教会斯拉夫语中字母名称的读音，是用俄语字母拼写的。

[3] 这3个译音词分别为"глаголь"、"добро"、"есть"，即动词、善良、是或吃的意思。

"格拉戈尔。"

"没错儿！那么这个呢？"

"阿斯。"

外婆插话了：

"老头子，你还是老老实实地躺着吧……"

"拉倒吧，你给我闭嘴！这样对我正好，反正脑子也闲不住。接着念，列克谢！"

他用一只滚烫的、汗津津的胳膊从后面搂着我的脖子，隔着我的肩膀指着摊在我面前的书上的字母。他身上散发出的那种热烘烘的汗酸味和烧洋葱味，熏得我几乎透不过气来，可是他却来了劲头，哑着嗓子在我耳边大喊：

"泽姆利亚！柳季！"[1]

这些词我都认识，但斯拉夫语字母的写法和发音并不一致："泽姆利亚"像"蚯蚓"的发音[2]，"格拉戈尔"则像弯腰拱背的"格里戈里"的发音，"亚"[3]——像外婆和我，外公身上则具有某种和字母表上所有字母共同的东西。他督促我把字母表念了很久，正着念念，倒着念念。他的满腔热情感染了我，我也念得满头大汗，放开喉咙大声地念。这下可把他给逗乐了，他捂着胸口，不住地咳嗽，把书都给弄皱了。他声音嘶哑地说：

"你瞧呀，老婆子，你看他念得有多带劲儿，啊？哎呀，你这个阿斯特拉罕的学习狂，你喊什么呀？有什么好喊的？"

"是您在喊……"

我看着他和外婆，感到非常开心。她用胳膊肘撑着桌子，一只手托着脸，望着我们，声音不高地笑着说：

"你们别再扯着嗓子喊了！……"

外公友好地对我解释说：

"我大声喊，是因为我有病，可你喊什么呢？"

然后，他晃着满头大汗的脑袋对外婆说：

"已故纳塔利娅说他的记忆力很差，她这话不对。他的记忆力，托上帝的福，像马的记忆力一样好！往下念，翘鼻子！"

---

[1] 这两个词的原文是"земля"和"люди"，意思分别是：土地、人们。

[2] "蚯蚓"——"землянойчервяк"，俄语译音为"泽姆利亚诺依契尔维亚克"。

[3] "我"的意思。

最后，他开玩笑地把我推下了床。

"行了。拿好书。明天你给我把字母表整个念一遍，不许有错。念对了，我给你五个戈比……"

当我伸手去接书的时候，他又把我拉到自己身边，神情忧郁地说：

"小家伙，你妈呀，把你扔在这个世上……"

外婆不禁一愣，说：

"哎，我说老头子，你说这干吗呀？……"

"是不应该说——可我心里难受呀……哎，好好一个姑娘家，净犯糊涂……"

他使劲推了我一下。

"去吧，玩去吧！不许到外面去，只能在院子里，在花园里玩……"

正好我也只想到花园里去玩，因为我在花园的小山上一露面，峡谷里的孩子们便开始向我扔石子，而我则可以痛痛快快地回击他们。

"贝里来了，"他们一看见我就这样喊，并且赶紧做好战斗准备，大叫，"用石头砸他！"

我不知道"贝里[1]"是什么意思，因此我对这个绰号并不感到生气，不过我一个人能够抵挡他们许多人，我还是很高兴的。看见我扔出去的石子准确无误地击中敌手，迫使他们狼狈逃窜，纷纷躲进灌木丛中，心里非常得意。这种战斗没有什么恶意，最后双方几乎都没有伤感情。

学习认字对我毫不费力，外公对我越来越关心了，打我的次数也少了，尽管在我看来，他应该比以前更经常地打我，因为随着年龄的增长，我的胆子变得越来越大，违反外公清规戒律的次数也多了，但他只不过是责骂几句，顶多拍打我几下也就完了。

我想，以前他打我也许都是冤枉的，有一次，我把这个想法跟他说了。

他轻轻地托起我的下巴，使我的脑袋向上扬起，然后眼睛一眨一眨的，拉长声调说：

"你说——什么？"

然后，他嘿嘿一笑，说道：

"我说你呀，这个邪教徒！你怎么知道应该打你多少次？这事除了我，还

[1] 绰号，公火鸡的意思，因人们呼唤火鸡的时候嘴里发出"贝里—贝里"的叫声，故得名（见《高尔基自传三部曲词典》第1卷，173页，列宁格勒大学出版社，1974年）。

有谁能知道？走吧，赶快走吧！"

可他立刻又抓住我的肩膀，再次盯着我的眼睛，问道：

"你说：你是个狡猾的人，还是个老实的人？"

"不知道……"

"不知道？那么我来告诉你吧。还是狡猾一点儿好，老实——就是愚蠢，懂吗？绵羊老实。要好好记住！去吧，玩儿去吧……"

不久，我已经能够按照拼音朗读圣诗了。通常我都是在喝完晚茶之后进行朗读，而且每次都由我来读赞美诗。

"布吉－柳季－阿斯－拉－布拉；日维－捷－伊热－布拉热；纳舍尔－布拉任。"我指着圣诗的章节念完后，觉得非常无聊，于是我问道：

"布拉任－穆日[1]，是指雅科夫舅舅吗？"

"我这就照你的后脑勺上来一巴掌，好叫你明白谁是幸福的人！"外公气鼓鼓地说，但我感到他这种生气只不过是出于习惯，装装样子而已。

而且我几乎从未猜错：过不了一会儿，外公看来已经忘记了我刚才的问话，嘟囔着说：

"是啊，在唱歌和娱乐方面，他称得上是大卫王[2]，可做起事来则像押沙龙[3]一样狠毒！他能编能唱，能说会道，幽默诙谐……哎，我说你们这些人啊！'用你们轻快的双腿尽情地跳吧。'可是能跳出个什么名堂呢？我是说——能长久跳下去吗？"

听他这么一说，我就停下来，不接着往下读了。我望着他那阴沉沉的、心事重重的面孔。他眯缝起眼睛，越过我，向什么地方看去，眼睛里流露出忧伤、温暖的感情。于是我明白了：此时此刻，外公平常的严厉在他身上已经冰消雪融，荡然无存。他用干瘪的手指有节奏地敲击着桌子，染了色的指甲在闪闪发光，金黄色的眉毛在微微地颤动。

[1] 布拉任－穆日，意思是有福之人。源自《旧约全书》中《诗篇》第1篇。原话为："不从恶人的计谋，不站罪人的道路，不坐亵慢人的座位，惟喜爱耶和华的律法，昼夜思想，这人便为有福。"

[2] 以色列犹太国国王（公元前11世纪末—公元前约950年）。

[3] 大卫王的第三个儿子，很受父亲宠爱，活动时期约在公元前1020年前后。他容貌俊美，不守法度，刚愎自用。他因胞妹他玛被自己同父异母的哥哥暗嫩奸污，而杀死暗嫩为胞妹雪耻，因此被放逐。但因大卫的侄子约押从中斡旋而重又得宠。后因王位继承问题他发动叛乱，曾迫使大卫及其臣仆逃过约旦河，但叛乱终于失败，在今约旦西部以法莲树林中全军覆没，押沙龙骑马逃跑时头发刚好被树枝缠住了，约押不听大卫的命令，趁机杀死了押沙龙，大卫闻听，痛哭不止，临终前命所罗门杀死约押。

"外公！"

"嗯？"

"给讲点什么吧。"

"你往下念啊，懒家伙！"他抱怨地说，好像他刚睡醒似的，还用手指头擦了擦眼睛。"爱听故事，不爱念圣诗……"

但我猜想他自己也是喜欢故事甚于喜欢圣诗，不过他几乎能够从头到尾把圣诗背下来，他发誓每晚入睡前一定要大声朗读一段赞美诗，就跟教堂的执事朗读日课经一样。

我诚心诚意地求他，老头子的心渐渐变软了，向我作了让步。

"那么，好吧！《圣诗集》你可以永远保留在你身边，我很快就要去见上帝了，去接受审判……"

他往一把老式安乐椅上一坐，仰靠在绣花靠垫上，身子缩成一团，仰头看着天花板，小声地、若有所思地开始讲一些陈年往事，讲自己父亲的故事。

"有一次，一伙强盗到巴拉赫纳来抢劫商人札耶夫，我爷爷的父亲赶紧跑向钟楼去敲钟，可是强盗们追上了他，用马刀将他劈死，抛到钟下。"

"当时我年纪还很小，这件事没有亲眼见到，根本不记得。我开始记事，是因为法国人的原因，那是一八一二年，我刚好满十二岁。当时有三十多个法国俘虏被押解到我们巴拉赫纳来了。他们长得全都又瘦又小，穿得五花八门，破烂不堪，连叫花子都不如。一个个冻得浑身发抖，有几个甚至都冻僵了，连站都站不住。有几个农民想要打死他们，可是押解人员不让打，后来地方驻军来了，才把农民们驱散[1]。日后大家习惯了，相处得还算可以。这些法国人都很机灵能干，甚至相当乐观——有时候还唱歌。从下诺夫戈罗德来了几位老爷，他们坐着三驾马车来看这些法国俘虏。他们来后，有的破口大骂，伸出拳头威胁这些法国人，甚至还打了他们；有的和他们用法语交谈，态度和蔼，给他们钱和各种御寒物品。有一位上了岁数的老爷双手捂着脸哭了起来，说拿破仑到头来把法国人给害苦了！瞧，俄国人怎么样，连一位贵族老爷的心肠都这么好，对外国人也不乏怜悯之心……"

---

[1] 1812年6月，拿破仑为夺取欧洲霸权，率领50万大军，入侵俄国。战争初期，俄军处于劣势，8月，库图佐夫任俄军总司令，与法军血战，堵截法军前进。为保存俄军有生力量，库图佐夫下令撤出莫斯科，并放火烧之。法军入城后，四面受敌，弹尽粮绝，无奈于10月往回撤退，俄军和游击队则乘胜追击，大败法军。12月拿破仑逃回巴黎，残部所剩无几。这里讲的显然就是法军惨遭失败的情形。

他沉默片刻，闭上眼睛，用手掌抚摸一下头发，仔细地回忆着往事，继续说道：

"冬天，外面狂风大作，寒气一个劲儿地往屋里钻，可他们这些法国人常常跑到我们窗前，又是敲玻璃，又是喊叫，跳来跳去，求我母亲——她是卖烤面包的——给他们块热面包吃。我母亲不放他们进屋来，只是把面包递到窗外。法国人抓过面包就揣进怀里，趁着热乎劲儿，把它直接贴在身上，贴在心窝里。他们怎么能受得了这份苦——我真不理解！有许多人被冻死了，他们是温带人，不习惯这种严寒天气。我们园子里有间浴室，里面住着两个人：一位军官和他的勤务兵米朗。这位军官个子很高，瘦得皮包骨，穿一件女人的外套，因此只到膝盖长。他人非常和气，酗酒；我母亲私下自酿自卖啤酒，他买回去一喝醉便开始唱歌。他学会了说我们的话，时常抱怨说：你们这边没有白的天，天总是黑乎乎的，很恶劣！他的俄语讲得很糟，但是可以听懂，而且他的话说得也对：我们伏尔加河上游这一带气候确实很不招人喜欢，下游的气候要暖和一些，而一过里海，根本就见不到雪。这话确实不假。无论是《福音书》里，《使徒传》里，还是《圣诗集》里，都不曾提到过雪，连冬天也没有提到过，而耶稣生活的地方就在那边……等读完《圣诗集》，我们就开始读《福音书》。"

他又沉默不语了，好像要睡着的样子；他在思考着什么，斜着眼睛向窗外望去，整个人显得既瘦小，又精明。

"往下讲啊。"我小声提醒他。

"好，我这就讲，"外公不觉一怔，然后开始说，"就是说，法国人！法国人也是人，一点也不比我们这些戴罪之人差。有时他们冲我母亲高喊：玛达姆、玛达姆，[1]——这就等于是在喊太太、贵妇人——可面包店的贵妇人能够扛五普特[2]重一口袋的面粉。她力气大得简直不像个女人，我二十岁之前，她能够轻而易举地揪着我的头发摇来晃去，其实我二十岁时身体已经很不错了。而那个叫米朗的勤务兵非常喜欢马。他在院子里转来转去，用各种手势表示：能不能让他来给马洗澡！起初人们担心，怕他使坏，毕竟是敌人嘛。后来农民们开始主动喊他：米朗，快过来呀！他总是嘿嘿一笑，低着头，老老实实地走过来。他有一头棕色的头发——甚至有些发红，大鼻头，厚嘴唇。他很会养马，还是一位给马看病的高手。后来，他就在下诺夫戈罗德这个地方凑合着当起了兽医。

---

[1] 法语：夫人、太太的意思。

[2] 又译俄担，俄国重量单位，一普特相当于16.38公斤。

但他最后得了疯病，被消防队给打死了。那个法国军官开春前就病倒了，尼古拉节[1]那天也不声不响地死了，他坐在浴室窗前想什么心事，想着想着就死了，脑袋还伸在窗外呢。我觉得他很可怜，甚至还为他悄悄流过泪。他性情非常和蔼，常摸着我的耳朵，亲热地用法语自说自话一通，虽然我听不懂，但觉得他这个人挺好的！人的情义在市场上是买不来的。他本想教我学他的语言，但母亲不允许，甚至把我领到神甫那里，神甫让人把我打了一顿，对法国军官也颇有微词。当时啊，小伙子，人们对生活的管理很严，这你没有体验过，是别人替你吃了这份苦，受了这份罪，这一点，你可要牢牢记住！就说我吧，这种事我可经历过……"

天黑了下来。在黑暗中，不知为什么，外公的形象变得高大起来，他的眼睛像猫的眼睛一样闪闪发光。讲别的事情时，他的声音不高，谨小慎微，深思熟虑，可是一讲到他自己——他的热情便高涨起来，滔滔不绝，而且有些自我夸耀。我不喜欢听他讲自己的事，也不喜欢他总是在命令人：

"要记住！这一点你一定得记住！"

他讲的事情，有许多我都不愿意去记，但这些不愿意记的事，即使没有外公的命令，也能使我牢记不忘，刻骨铭心。他从来不讲童话故事，只讲发生过的真事，而且我发现他不喜欢别人提问题，所以我一定要缠着他问个究竟：

"到底谁更好一些，法国人，还是俄国人？"

"喏，这怎么好说呢？我又没看见过法国人在自己家里是怎样过日子的。"他气鼓鼓地嘟哝着说，然后又补上一句：

"黄鼠狼在自己的洞穴里也是好样的……"

"那俄国人是好样的吗？"

"什么样的人都有。地主时代人要好一些，因为人们事事都被束缚着。现在，大家都自由了——面包没有了，盐也没有了！当然，地主老爷的心肠没那么仁慈，可他们的脑子更聪明一些。不是说所有的老爷都这样，不过要是碰上个好的老爷，那也是一种福分！有时候遇上个草包老爷，傻瓜蛋一个——你说什么就是什么。我们有许多虚有其表的东西，看上去是个人，但仔细一瞧——肚子里没有东西，整个一个饭桶。应该让大家受教育，智慧是磨炼出来的，可真正的磨刀石又没有……"

---

[1] 俄国东正教会纪念尼古拉显灵的节日（旧历 5 月 9 日）。

"俄国人的力气大吗？"

"有大力士，但问题不在于力气大小，要看是否机灵。你力气再大，总大不过马吧。"

"那法国人为什么要攻打我们呢？"

"嗐，战争是沙皇的事，这种事我们是搞不清楚的！"

但当我问他拿破仑是怎样一个人时，外公的回答给我留下了很深的印象：

"他是个勇猛彪悍的人，想征服整个世界，让大家过同样的生活，什么老爷、官吏统统不要，而是简简单单，过不分等级的日子！[1] 大家只是名字不同，权利上一律平等。信仰也只有一个。当然，这样想很愚蠢。只有虾才无法区分，鱼就各种各样，彼此不同。鲟鱼和鲶鱼就不是同类，鲟鱼和青鱼也很难为伍。这种拿破仑式的人物我国也有过几位——斯杰潘·季莫菲耶夫·拉辛[2]、普加奇·叶米里扬·伊万诺夫[3]。他们的事，我以后再跟你讲……"

有时候他一声不响，眼睛睁得老大，长时间地望着我，好像头一次看见我似的。他这样叫人很不舒服。

他从未跟我讲起过我父母的事。

我和外公谈话的时候，外婆也时常过来，悄悄地往屋角一坐，很长时间一声不吭，一点儿也不惹人注意，但她偶尔也会突然问上一句，声音柔和亲切得好像要把你搂在怀里似的：

"老头子，还记得我们俩到穆罗姆[4]朝圣的事吗？多么好啊！这是哪年的事了？……"

外公想了想，郑重其事地回答说：

"确切的年份说不准了，不过是在霍乱大流行[5]之前，记得那年森林里到

---

[1] 1812 年拿破仑入侵俄国，他本想借俄国农奴对沙皇制度的不满情绪为我所用，在法军占领的地方革除农奴制，谁知 9—10 月间他攻下莫斯科后不仅没有颁布解放农奴的法令，反而残酷地镇压了当时外省的一些农民起义。

[2] 斯杰潘·拉辛（约 1630—1671），农民战争领袖，顿河哥萨克，很有军事和组织才能。因被人出卖，沙皇政府在莫斯科将其杀害。

[3] 指另一位农民战争领袖、顿河哥萨克普加乔夫（1740—1775），参加过 7 年战争和俄土战争，1773 年 8 月他发动起义，次年被阴谋分子出卖给沙皇政府，在莫斯科沼泽广场被处死。

[4] 位于俄罗斯弗拉基米尔州，奥卡河上一码头城市。12—15 世纪是穆罗姆公国的都城，有著名的科西玛和达米安教堂、圣三一修道院。

[5] 1848 年下诺夫戈罗德市曾经流行霍乱，而且疫情很严重。

处在缉拿奥洛涅茨人[1]。"

"对了！我们还怕他们……"

"没错儿。"

我问道："奥洛涅茨人是些什么人，他们为什么要逃进森林？"外公不大乐意地解释说：

"奥洛涅茨人——不过是些普通农民，因为不愿受官府管制，不愿到工厂做工才逃出来的。"

"怎样抓捕他们呢？"

"怎样抓捕？跟小孩子玩游戏一样：一些人跑，另外一些人搜寻、抓捕。逮住了，就用鞭子、树条对他们一顿猛抽。也有把鼻孔刺穿的，在额头上烙上印记的，以示惩戒。"

"因为什么？"

"因为需要。这事很难说清楚究竟是谁的错，是逃跑的人呢，还是追捕的人——我们弄不明白……"

"你记得吗，老头子，"外婆又说，"那次大火之后……"

凡事喜欢一丝不苟的外公严厉地反问：

"哪次大火？"

他们一心在回忆往事，把我给忘了。他们说话的声音不大，非常投机，有时让人感到他们好像是在唱歌，是在唱一支关于疾病、火灾和遭受鞭打的悲歌，一支关于意外死亡、营私舞弊的歌，一支关于——看在耶稣基督的份上——痴呆者和满腔怒火的老爷的歌。

"活得越久，见识就越广！"外公小声嘟哝道。

"难道我们的日子过得不好吗？"外婆说，"你想想，我生完瓦里娅[2]后，那年春天的日子过得多好啊！"

"那是——1848年，镇压匈牙利[3]那年的事。洗礼过后第二天，她的教父

---

[1] 指居住在俄西北部的卡累利河自治共和国内的居民。他们因不愿进工厂做工而纷纷逃进森林，官方曾进行过大规模的搜捕行动。

[2] 瓦尔瓦拉的小名。

[3] 尼古拉一世（1796—1855），1825年起为俄国皇帝。他对内镇压十二月党人起义，建立"第三厅"，镇压革命运动，迫害普希金、莱蒙托夫、赫尔岑等自由思想家；对外镇压1830—1831年的波兰起义，1848年又派兵镇压1848—1849年的匈牙利革命，积极扮演了"欧洲宪兵"的角色。

吉洪就被拉去当兵了……"

"从此便没了消息。"外婆叹了口气。

"没错，杳无音讯！从那年起，上帝的恩赐，像流水载着木筏似的向我们家滚滚而来。唉，瓦尔瓦拉呀……"

"你算了吧，老头子……"

外公生气地皱起了眉头。

"什么叫算了吧？无论从哪方面讲，你看看这些孩子，他们没有一个成器的。我们花的心血都到哪儿去了。我和你一心一意想把他们往花篮里放，可上帝递到我们手上的却是一只破筛子……"

他大喊大叫，像被火烧着了似的，满屋子乱跑，痛苦得直哼哼，破口大骂孩子，伸出干瘪的小拳头威胁外婆说：

"都是你把他们给娇惯坏的。这帮强盗，你总是护着他们！都怪你，老妖婆！"

他悲痛地喊叫着，声泪俱下地跑到屋角，面对着圣像，抡起拳头，在自己干瘪的胸口上捶打起来：

"上帝啊，难道我比别人的罪孽大吗？为什么呀？"

这时他浑身都在颤抖，满含泪水的眼睛，露出委屈、凶狠的目光。

外婆坐在暗处，默默地画着十字，然后小心翼翼地走到外公身边，劝说道：

"唉，你何必这样自寻烦恼呢？上帝知道自己应该做什么。比咱们孩子好的能有几家？老头子，家家都一样——吵吵嚷嚷，骂骂咧咧，没完没了。所有做父母的都得用自己的眼泪来赎自己的罪孽，不光是你一个人……"

有时候这些话对他能起到些安慰作用，他默默地、无精打采地在床上躺了下来，这时我和外婆便悄悄地离开，回到自己的阁楼上。

但是，有一次，当她走到外公身边好言相劝的时候，他却突然转过身来，挥拳朝她的脸上"啪"地就是一下。外婆身子摇晃一下，一只手捂住嘴唇，站稳脚跟，平心静气地低声说：

"唉，傻瓜……"

然后在他脚前吐了一口带血的吐沫，而他却一而再地挥动双拳，大声吼叫着：

"走开！不然我打死你！"

"傻瓜。"外婆向门口走去时又说了一遍，这时外公向她猛扑过去，但她不慌不忙地跨过门槛，将门一带，正好把外公挡住。

"老东西！"外公气呼呼地骂道，脸涨得像火炭一样通红；他抓着门框，乱挠一通。

我坐在暖炕上，吓得半死，简直不敢相信眼前所发生的事：外公头一回当着我的面殴打外婆，这实在让人无法容忍，令人厌恶，它暴露出外公身上某种新的、我难以忍受的品性，使我感到非常压抑。然而外公却一直站在那里，抓着门框，好像身上蒙了一层尘土，灰头土脑的，紧缩着身子。突然，他走到屋子中间，双膝跪下，因没有跪稳，身子向前倾斜下去，他急忙伸出一只手撑着地板，但他身子马上就跪直了，然后两只手在自己胸口上便捶打起来：

"哎呀，上帝啊……"

我从暖炕上像滑冰似的溜了下来，一溜烟地跑了出去。楼上，外婆在房间里走来走去，一直在漱口。

"你痛吗？"

她走到屋角，朝污水桶里吐一口水，平静地回答说：

"不碍事，牙齿没伤着，只伤了点嘴唇。"

"他为什么打你？"

她望着窗外的大街，说道：

"他心里有气，年纪大了，日子艰难，事情不顺心……你好好躺下睡吧，别操这份心……"

我又问了她点什么，但她一反常态地厉声喝道：

"你没听见我说让你躺下睡觉吗？怎么这样不听话……"

她坐在窗口，不时地吸吮着嘴唇，老是在往手绢里吐口水。我脱衣服时看了看她，透过她黑色头影上方蓝色的窗框，可以望见闪烁的群星。外面悄无声息，屋内——一片漆黑。

我躺下后，她走了过来，轻轻地抚摸着我的脑袋，说：

"好好睡吧，我下楼到他那儿去看看……你不要太为我难过，亲爱的，因为我自己也有不对的地方……睡吧！"

她吻过我后便下楼走了。当时我心里难受极了，我从宽大、柔软、暖和的床上跳下来，走到窗口，望着下面空荡荡的大街，沉浸在难以忍受的苦闷之中。

第六章

又一件可怕的事接踵而至。一天晚上，喝过了茶，我和外公一起坐下读圣诗，外婆开始收拾餐具。这时雅科夫舅舅忽然闯进屋来，像往常一样，头发乱得像一把破笤帚。他跟大家连招呼也不打，把帽子往屋角一扔，激动得浑身直发抖，挥舞着双手，急不可待地讲起来：

"爸爸，米什卡[1]闹得太不像话啦！他在我那儿吃午饭，酒喝多了，便胡闹起来，简直是在发疯：他把餐具打得粉碎，把一件染好的毛料衣服撕成了碎片，窗户也打破了，还把我和格里戈里臭骂了一顿。现在他正在往这里来，还大喊大叫地威胁说：'要把老爷子的胡子揪下来，非打死他不可！'您可要当心……"

外公两只手按着桌子，慢慢站起身来。他紧绷着脸，肌肉向鼻子收缩，看上去怪瘆人的，像一把斧头。

"听见没有，老婆子？"他吼叫道，"怎么样，啊？要打死自己老子了，你听听，这是亲生儿子呀！到时候啦！孩子们，到时候啦……"

他伸展着双肩，在屋内走了一圈，然后走到门口，猛然把门上的挂钩扣上，转身对雅科夫说：

"你们不是一直想把瓦尔瓦拉的嫁妆据为己有吗？喏，给你！"

他紧握拳头，做出一个轻蔑的手势[2]，伸到雅科夫舅舅的鼻尖下。雅科夫舅舅恼怒地赶紧闪到了一边。

"爸爸，这跟我有什么关系？"

"跟你有什么关系？我还不了解你！"

---

[1] 米哈伊尔的小名。

[2] 俄国人表示嘲弄或蔑视对方的一种表示，即握紧拳头，将大拇指从食指与中指间伸出来。这是一种严重失礼的侮辱性手势。

外婆一声不吭，急忙把茶具收拾好，放进橱柜里。

"我是来保护您老人家的呀……"

"是吗？"外公冷笑道，"那好哇！谢谢你了，儿子！老婆子，给这只狐狸一件什么东西——火钩子什么的，要不铁熨斗也行！而你，雅科夫·瓦西里耶维奇，只要你哥哥一闯进来，你就替我照他脑袋上狠狠地打！……"

雅科夫舅舅把两只手往口袋里一插，退到屋角去了。

"要是您不相信我……"

"相信你？"外公跺着脚叫道，"不，什么动物我都相信——狗呀、刺猬呀，可是对于你，我得等着瞧！我知道，是你把他灌醉的，是你教唆的！来吧，现在你就打吧！由你选择：是打他，还是打我……"

外婆悄悄跟我说：

"快到上面去，从窗口向外盯着，只要米哈伊尔舅舅在外面一出现，你就赶紧跑过来说一声！快去吧……"

我呀，对于狂暴的米哈伊尔舅舅威胁要打外公的事，是有些害怕，但是对于我所肩负的任务，我又感到很自豪。我站在窗口，注视着外面的大街。街道很宽，蒙着一层厚厚的尘土，一个个大鹅卵石，像凸起的肿块，从尘土下面显露出来。大街向左延伸很远，穿过一道峡谷，通往监狱广场，一座古老的监狱就牢牢伫立在这片粘土地上。这是一幢灰色的建筑，四角各有一座瞭望塔，看起来庄严威武，有一种忧郁的美。从我们家往右过三幢房子就是干草广场，广场占地面积很大，两边是犯人连队的黄色楼房和灰色的消防瞭望塔。一个值勤的消防队员围绕着瞭望塔的瞭望孔来回不停地走动，像一只用链子拴住的狗。整个广场被峡谷分割成数块；其中一块谷底有一个浅绿色的池塘，靠右一点儿，是一个臭气熏天的久科夫大水塘，据外婆讲，我两个舅舅冬天就是在这里把我父亲扔进冰窟窿的。差不多正对着窗户，是一条胡同，胡同里尽是些五花八门的小木屋。胡同尽头是矮墩墩的三圣教堂。放眼望去，能够看见教堂的屋顶，它像一只小船，倒扣在花园绿色的波浪中。

漫长冬季的风雪侵蚀，连绵不断的秋雨冲刷，我们这条街上的房屋已经是面目全非，满目疮痍了。它们相互拥挤在一起，像教堂门前乞求施舍的乞丐。各个窗口也和我一样，瞪大怀疑的眼睛，在期待着什么人的到来。街上行人不多，他们不慌不忙地走着，好像炉灶前小平台上优哉悠哉爬行的蟑螂。我感到身上一阵阵的闷热，闻到一股我讨厌的大葱胡萝卜馅饼的浓重气味。这种气味总是让我感到非常沮丧。

苦闷。不知为什么感到特别的苦闷，简直难以忍受。我胸中灌满了热乎乎的铅水，这铅水由里向外，一个劲儿地鼓胀，眼看就要把我的胸腔和两肋给溢满了。我觉得我像一个气囊似的自我膨胀起来，在这小小的斗室里，在这棺材似的天花板下面，我感到憋得发慌。

是他，米哈伊尔舅舅果然来了。他出现在胡同一幢灰色楼房的拐角处，他把帽子往下拉得很低，以至两个耳朵都被压得向外支棱着。他穿一件棕红色的加克，一双沾满灰尘的长筒皮靴。他一只手插在方格子布的裤兜里，另一只手摸着胡子。我看不清楚他的脸，但他站立的那个架势，仿佛打算纵身跃过大街，用他那双毛茸茸的黑手紧紧抓住外公家的房子。必须跑下楼去告诉一声，就说他来了，但是我无法离开窗口，我眼见米哈伊尔舅舅蹑手蹑脚地穿过大街，好像直怕把他的灰色皮靴弄脏似的。我听见他推开小酒店的门——门"吱呀"一声，门上的玻璃哗哗直响。

我跑到楼下，敲响外公房间的门。

"谁呀？"外公没有开门，粗暴地问道，"是你？什么事？进小酒店啦？好，你去吧！"

"我怕在那儿……"

"再坚持一会儿！"

我又守候在窗口。天黑了下来，街上尘土飞扬，显得更浑浊、更黑暗了。各家的窗户内透出黄色的烛光，像融化中的点点油脂。对面房子里传出了乐声，众多琴弦的演奏，听上去既忧郁，又动听。小酒店里人们在演唱。店门一开，一个疲惫、沙哑的声音便传了出来。我知道，这是独眼乞丐尼基图什卡的声音。这个大胡子老头的右眼红得像一块火炭，左眼紧紧地闭着。到酒店关门时，他的歌声就像被斧子砍断了似的，戛然而止。

外婆很羡慕这个乞丐，她听着他唱歌，叹息道：

"真是个有福之人，能记住这么好的诗句，真是幸运！"

有时外婆把他叫到院子里，他坐在台阶上，扶着拐杖，唱一会儿，说一会儿。外婆就坐在他身旁，边听边问。

"停一下，难道圣母也到过梁赞[1]这个地方吗？"

---

[1] 城市名,今俄罗斯梁赞州的行政中心,奥卡河码头,铁路枢纽。有著名的圣母升天大教堂、救主修道院等古代建筑。

独眼乞丐用低沉的声音信心十足地说：

"圣母无处不在，各个州都去……"

睡意与困倦无形地在大街上流动，它挤压着我的心房和眼睛。要是外婆能来这里该有多好啊！就是外公来也行啊。我父亲究竟是怎样一个人，为什么外公和两个舅舅都不喜欢他，可外婆、格里戈里和保姆叶夫根尼娅谈起他时都认为他很好呢？我母亲究竟到什么地方去了？

我越来越经常想到母亲，把她当作外婆所讲的故事和传说中的核心人物。至于母亲不愿住在自己家里，这愈加抬高了她在我心目中的地位。我觉得，她下榻在交通要道旁边的大客栈里，与绿林强盗们为伍。他们抢劫过往富人，把劫来的财物分给穷人。也许她生活在森林和山洞里，当然，也是跟好心的强盗们在一起，给他们做饭，看守劫来的金银财宝。也许她跟"女公爵"延加雷切娃 [1] 一样，带着圣母像，云游四方，圣母也会像规劝"女公爵"那样，劝说我的母亲：

> 贪得无厌的奴隶啊，
> 你收不尽天下的金银财宝；
> 欲壑难填的灵魂啊，
> 世间一切财富也遮不住你裸露之身……

然后，母亲用强盗"女公爵"的话回应圣母道：

> 宽恕我吧，至高无上的圣母，
> 可怜可怜我有罪的灵魂，
> 我打劫不是为了我自己，
> 只为独生儿子能够长大成人！……

于是，圣母像慈善的外婆，宽恕了我母亲，她说：

> 你呀，你，玛留什卡——

---

[1] 著名女强盗，外号"女公爵"。据称，东正教会不接受东西教会分裂后所制订的信条，包括教徒可以用不义之财为自己赎罪等。

你这个鞑靼人的血亲，
怎么竟成了基督眼中之钉！
去吧，走你自己的道——
路任你挑，泪任你流！
林中去抢莫尔德瓦人，
草原去劫卡尔梅克人[1]，
但是对俄罗斯的百姓，
千万不要伤损！

回忆着这些童话故事，我仿佛置身在梦中。楼下过道和院子里的脚步声、吵闹声和吼叫声把我从梦境中惊醒过来。我探头窗外，看见外公、雅科夫舅舅和酒店跑堂的——一个滑稽可笑的切列米斯人[2]——麦里扬，他们使劲将米哈伊尔舅舅从侧门里往外推。米哈伊尔舅舅死活不肯走开，于是他们便朝他手上、背上、脖子上一通乱打，用脚踢他。最后他只好溜之大吉，逃进街上的尘雾之中。侧门被关上了，传来了锁门的声音，一顶皱巴巴的帽子被扔出了大门。一切又恢复了平静。

米哈伊尔舅舅在地上躺了一会儿，慢慢站起身来，他身上的衣服全被撕破了，一头乱发。他随手捡起一块石头，照准大门扔了过去，只听"扑通"一声，像砸在桶底上似的。酒店里蹿出几个黑乎乎的人影，他们挥舞着拳头，大喊大叫。各家窗口的人们探出头来——街面上活泛了，有了生气，笑的笑，叫的叫。这一切也是一种童话故事，令人好奇，但让人不愉快，使人感到心惊肉跳。

转眼间，一切都消失了，沉寂了，踪影全无。

……外婆弯着腰，坐在门槛旁的箱子上，屏住呼吸，一动不动。我站在她面前，抚摸着她那温暖、柔软、湿润的面颊，但她似乎并未感觉到我的触摸，她神情忧郁地嘟哝说：

"上帝啊，你的关怀难道就不能施给我和我的孩子们一些吗？上帝啊，请发发慈悲吧……"

我觉得，外公在波列瓦雅大街这幢房子里住了不到一年——从春天到秋天，但就在这段时间里，这个地方已经是名声大噪了，孩子们几乎每个礼拜天都要

[1] 莫尔德瓦人、卡尔梅克人均为居住在俄罗斯平原中部的少数民族。
[2] 居住在伏尔加河中游地区的少数民族，1918 年后叫马里人。

童年

跑到我家大门口来看热闹，高兴地满大街直嚷嚷：

"卡希林家又打起来啦！"

通常，米哈伊尔舅舅总是晚上过来，在周围转悠，弄得全家整夜不得安宁，人心惶惶。有时他带两三个帮手，都是些社会上的混混儿，库纳维诺当地的无赖。他们从峡谷里悄悄潜入花园，趁着酒力，大发酒疯，把成片的马林浆果和醋栗统统拔掉。有一次他们把浴室也给拆了，里面的东西能毁的全都毁掉——浴架、长椅、锅炉等，炉灶被捣毁了，几块地板也给拆了，门窗被砸坏了。

外公站在窗口，黑丧着脸，一声不吭，听着他们在毁坏他的家产；外婆在院子里跑来跑去，因为天黑也看不见她人影，只听见她在求告他们：

"米沙[1]，你这是干什么呀？米沙！"

花园里回答她的是俄国不堪入耳的辱骂声，这些乌七八糟的骂人话的含义，也许连这些骂人的畜生们在理智和感情上也无法理解。

这种时候，根本找不着外婆，可是没有她，我又感到害怕。于是只好下楼去外公的房间，但他迎面冲我大声吼叫：

"滚开，该死的东西！"

我转身又跑回阁楼，通过气窗望着黑洞洞的花园和院内，眼睛紧盯着外婆，只怕她被人打死了，我大声呼唤着她。但是她没有上楼来。喝醉酒的米哈伊尔舅舅听到我的呼唤声，开始对我母亲破口大骂，言语之污秽，令人发指。

有一次，也是这样一个晚上，外公身体不舒服，躺在床上，头上包一块毛巾，在枕头上翻来覆去地折腾，唠唠叨叨，抱怨个没完：

"这算怎么回事儿，活了一辈子，吃苦受累，积下家产，为了什么？！要不是嫌丢人现眼，真该去叫警察了；明天我就去找省长……真丢人啊！哪有父母向警察局告自己儿女这样的事呢？唉，老头子，还是好好躺着吧。"

他突然将腿伸下床，摇摇晃晃地向窗口走去，外婆急忙抓住他的胳膊，说：

"你要到哪儿去，到哪儿去？"

"把灯点着！"他吩咐道，一面呼哧呼哧地直喘气。

外婆点着蜡烛后，他接过烛台，像战士拿枪似的把它端在胸前，然后对着窗口用嘲弄的口气大声喊道：

"喂，米什卡，你这个夜行窃贼，一条发疯的癞皮狗！"

---

[1] 米哈伊尔的小名。

话音未落，"哗啦"一声，窗户上面的一块玻璃被打碎了。外婆身边的桌子上掉下了半截砖头。

　　"没有砸着！"外公吼叫道，一面在笑，也许是在哭。

　　外婆像对我那样，一把将外公揪过去，放到床上，惊魂未定地说：

　　"你怎么样？你怎么样？耶稣保佑你！他这样闹可是会被送到西伯利亚去的[1]。他正在气头上，难道他知道什么叫去西伯利亚吗？！……"

　　外公两条腿拼命地乱蹬，一个劲儿地扯着嗓子干号：

　　"让他把我砸死好了……"

　　窗外，咆哮声、跺脚声、撞墙声不绝于耳。我抓起桌子上的砖头，跑到窗口。外婆一把揪住我，将我推到屋角，咬牙切齿地低声说：

　　"我说你呀，不要命啦……"

　　另外有一次，米哈伊尔舅舅拿着一根大木棍，从院里闯进了过道，他站在黑乎乎的台阶上拼命地砸门。外公拿着木棍，两位房客手提大棒，人高马大的酒店老板娘手持擀面杖在门里边等着他。外婆在他们身后急得团团转，一个劲儿地央求他们：

　　"你们让我去见见他！我去跟他说……"

　　外公站在那里，像《猎熊图》上手持钢叉的勇士那样，一条腿向前跨出一步。当外婆跑到他跟前时，他一句话不说，用胳膊肘和一条腿把她挡到了一边。四个人站在那里，严阵以待。高处墙上挂着一盏灯，灯光闪烁不定，影影绰绰地照着他们的脑袋。这些我都是从阁楼的楼梯上看见的，我很想把外婆拉到楼上来。

　　米哈伊尔舅舅拼命地砸门，而且他得逞了。门轴松动了，上面的轴孔，眼看就要掉下来——下面的已经脱开了，而且发出刺耳的声音。外公也用他那刺耳的声音对自己的战友们说：

　　"你们给我往他的胳膊和腿上打，不要打脑袋……"

　　门边墙上有一个小窗口——只能伸进一个脑袋。米哈伊尔舅舅已经把小窗的玻璃打碎了，因此，这个残留着玻璃碎碴儿的小窗口，看上去黑洞洞的，很像是一只被挖掉眼珠的眼睛。

　　外婆直奔小窗口，把手伸到院子里，一面挥手，一面喊道：

---

[1] 指被判流放到西伯利亚服役。

童
年

"米沙，看在耶稣的份上，你快走吧！他们会把你打成残疾的，快走吧！"

米哈伊尔舅舅对准她的胳膊就是一棍子，眼瞅见一根很粗的东西在窗口一闪，着实打在她胳膊上，紧接着，外婆一屁股跌坐在地上，仰面倒了下去，嘴里还在喊着：

"米——沙，快跑……"

"啊，老婆子？"外公惊恐地大叫一声。

门被打开了，米哈伊尔舅舅闯进了这黑乎乎的门洞，但立刻他便像垃圾一样，被从台阶上铲了出去。

酒店老板娘把外婆扶到外公的房间里，外公很快就过来了，他神情忧郁地走到外婆跟前。

"骨头没伤着吧？"

"哎哟，看来骨头是断了，"外婆说着，眼睛并没有睁开，"你们把他怎么样了，把他怎么了？"

"拉倒吧，你！"外公严厉地说，"怎么，难道我是头野兽不成？捆起来了，在草棚子里躺着呢。我往他身上浇了点冷水……嗒，真够恶的！这一点也不知道像谁？"

外婆呻吟起来。

"我已经叫人去请正骨大夫了——你先忍一下！"外公说着，挨着她坐到床边。"老婆子，他们能把你我都折磨死，早早就折磨死！"

"你把东西都给他们吧……"

"那瓦尔瓦拉呢？"

他们谈了很久，外婆轻声细语，如怨如诉，外公则大呼小叫，怒气冲冲。

后来，来了一个小老太婆，驼背，嘴巴很大，嘴角一咧能咧到耳根。她的下巴直哆嗦，嘴巴像鱼似的，老是张着，她的鹰钩鼻子越过上唇，直往口腔里张望。看不见她的眼睛，她用拐棍在地上探路，勉强移动着双脚，手里拿着一个叮当作响的小包。

我觉得这是外婆的死神来了，我跑到她面前，使尽全身力气，大吼一声：

"滚开！"

外公一把抓住我，不容分说地把我拖上了阁楼。

第七章

我很早就知道，外公有一个上帝，外婆另有一个上帝。

有时候，外婆醒来，长时间地坐在床上，她用梳子梳着自己非常靓丽的头发。她歪着脑袋，咬紧牙关，一把一把地梳理那一绺绺又黑又长的秀发，因为怕把我吵醒，嘴里一直在小声地责骂：

"哎呀，真是讨厌！这该死的头发……"

最后，头发总算梳通了，她很快就把头发编成粗粗的辫子，然后赶紧去洗脸，大声地哼哧着鼻子。还没等从她那张睡得满是褶皱的大脸上把怒气洗掉，她已经站到了圣像的面前——只有这个时候，一种真正意义上的晨祷才算开始，她整个人立马来了精神劲儿。

她挺直腰板，昂起头，亲切地仰望着喀山圣母圆圆的脸庞[1]。她庄重而虔诚地在胸前画着十字，满怀激情地低声祷告道：

"至高无上的圣母，求你大发慈悲，保佑未来平安吧，圣母啊！"

她深深地鞠了一躬，脑袋都快要碰到地面了，然后慢慢地挺起身，重又小声祷告起来，语气更热烈，也更令人感动：

"圣洁美丽的圣母啊，你是快乐的源泉，你是鲜花盛开的苹果树！……"

她差不多每天早晨都能想出些新的溢美之词，而这一点总使我不能不全神贯注地倾听她的祷告词。

"我的纯洁之心，上天之灵啊！你是我的保护神，我的庇护者，我的金色的太阳，圣母啊，祈求你能够为我们消灾祛邪，保一方平安，让任何人都不要受欺侮，也不要让我无端受气！"

她乌黑的眼睛里含着微笑，仿佛一下子变得更年轻了。她再一次抬起沉重

---

[1] 一幅奇妙无比、活灵活现的半身圣母像，她左臂抱着幼子，右手向前伸出，作祝福状。

的右手，动作缓慢地在胸前画了个十字。

"求上帝之子，耶稣基督，看在圣母的份上，能够施恩于我这个有罪之人……"

她的祷告从来都是一片赞美，至诚至信，发自肺腑。

早晨她祷告的时间不长，她必须得把茶炊的火生着，因为外公已经不雇佣人了。如果外婆茶水准备得晚了，过了外公规定的时间，那么他就会非常生气，大骂不止。

有时候，他醒得比外婆早，便会走上阁楼，看见外婆在做祷告，口中念念有词，他会听上一会儿，轻蔑地撇了撇两片发青的薄嘴唇，等喝茶的时候便会唠叨说：

"怎样进行祷告，你这个橡木脑袋，我都教过你多少次了，可是你仍然在坚持你自己那一套，整个一个异教徒！也不知道上帝怎么竟容忍了你！"

"他会明白的，"外婆有把握地说，"不管跟他说什么，他都能听清楚……"

"该死的楚瓦什[1]女人！唉，你们这些人呀……"

外婆的上帝整天和她形影不离，她甚至跟动物们也谈论上帝。我非常清楚，无论是人、狗、鸟、蜜蜂、花草，都非常乐意听命于这位上帝的安排。对于世间万物，这位上帝是一视同仁，亲近而友善。

酒店老板娘养了一只郎猫，娇惯得不得了，这猫非常狡猾，爱吃甜食，很会讨人喜欢。它长着一身烟色茸毛，两只金黄眼睛，全院的人没有不喜欢它的。有一次，它从花园里叼来一只椋鸟[2]，外婆急忙把那只被折磨得半死不活的鸟夺下来，开始数落那只猫：

"你就不怕上帝惩罚吗？你这个无赖！"

酒店老板娘和看院子的人听见她这样说都笑了，但外婆生气地斥责他们说：

"你们以为动物不理解上帝，是不是？其实任何动物都理解，而且不比你们差，这些冷酷无情的家伙……"

她在给那匹体态肥胖、萎靡不振的骟马沙拉普上套时总要和它唠叨几句：

"你这上帝的奴仆，为什么总这样愁眉苦脸，啊？你已经老了……"

---

[1] 俄罗斯的少数民族，分布在伏尔加河流域，建有楚瓦什自治共和国，首府切博克雷萨，人口不到百万。

[2] 鸟类的一科，雀形目，长18—43厘米，分布在东半球的热带和亚热带，喜群飞，吃樱桃、葡萄和昆虫，会模仿别的鸟叫，如八哥、欧椋鸟等。

沙拉普喘着粗气，摇了摇脑袋。

不管怎么说，上帝的名字在外婆那里，并不像外公那样，经常挂在嘴上。外婆的上帝我能够理解，而且不觉得有什么可怕，不过在她的上帝面前不能够撒谎——也羞于撒谎。他在我心目中激起一种不可战胜的羞耻感，所以我从不对外婆撒谎。对这位善良的上帝，简直无法对他隐瞒什么，甚至压根儿就没有要隐瞒的想法。

有一次，酒店老板娘和我外公发生口角，她把没有参与争吵的外婆也一起给骂了，而且骂得很难听，甚至还往她身上扔胡萝卜。

"嗳，我的老板娘，这就是你的不对了。"外婆心平气和地跟她说，但我却被这女人气得够呛，决心要报复一下这个泼妇。

我琢磨很久，考虑用什么方法狠狠惩治她一下，让这个双下巴、红头发、眯眯眼的胖女人尝尝厉害。

根据我的观察，邻里间发生口角，他们相互进行报复的方法，不外乎是将对方的猫尾巴剁掉，把他们家的狗毒死，鸡打死，或者夜里钻进对方的地窖，往腌白菜和腌黄瓜的桶里倒上汽油，把桶里装的克瓦斯饮料放掉等——但这些办法我都不喜欢，必须得想出个更激烈、更可怕的办法。

我想出来了：趁酒店老板娘进入地窖时，我把地窖盖给合上了，还上了锁，还在上面跳了个复仇舞，然后，把钥匙往房顶上一扔，一溜烟地跑进了厨房——外婆正在那里做饭。她最初没有在意我洋洋得意的神情，可是当她明白是怎么回事后，立刻给了我两个巴掌，而且把我拽到院子里，让我到房顶上把钥匙捡回来。她对这事的态度使我感到非常惊讶，我一声不吭地把钥匙捡了回来，跑到院子的一个角落，看外婆怎样将我俘获的老板娘给放出来，看她们俩如何谈笑风生、亲切友好地在院里走着。

"看我怎么收拾你。"老板娘握紧胖乎乎的拳头吓唬我说，但她那看不见眼睛的脸上露出的却是宽厚的微笑。而外婆则揪住我的衣服领子，把我拉到厨房，问道：

"你为什么要这么干？"

"因为她用胡萝卜砸你……"

"你这是因为我呀？明白了！我这就把你这个没用的东西塞到炉灶底下喂老鼠去，这样你才会清醒过来！你算什么保护人，整个一个肥皂泡——不攻自破！要是我告诉你外公，他不扒了你的皮才怪呢！快到阁楼上念书去……"

童年

整整一天，她都不理我。晚上，做祷告之前，她坐在床上，语重心长地对我说了一番话，令我永志不忘：

"听着，廖尼卡，我的心肝宝贝，一定要记住：不要管大人们的事！大人们都变坏了，上帝正在考验他们，可你还没有变坏——因此，你要保持自己的一颗童心。等上帝要启发你的心智，他会指点你该做什么，该走什么样的道路。明白吗？至于什么人犯了什么错误——这不关你的事。上帝会评判和惩戒的。这是他的事，我们管不着！"

她停了一会儿，闻了闻鼻烟，然后眯缝起右眼，补充说：

"是啊，有时连上帝自己也搞不清楚谁对谁错。"

"上帝难道不是能够洞察一切的吗？"我惊讶地问道。外婆伤心地低声回答说：

"要是他能够洞察一切，那么好多事情人们便不会去干了。他老人家从天上俯视人间，看着我们大家，有时候也止不住落泪，甚至失声痛哭，说：'人们啊，我亲爱的子民！唉，我真为你们感到难过！'"

外婆自己也哭了起来，她没有擦拭脸上的泪水，到屋角祷告去了。

打那以后，我感到外婆的上帝变得更加亲近，更易于理解了。

外公教导我的时候也说上帝是无处不在，无所不能，无所不知。上帝在各种事情上都帮助大家，与人为善，但外公做祷告时却和外婆不一样。

早上，在他面对屋角的圣像祷告之前，光洗脸就要洗很长时间，然后要穿得整整齐齐，将棕红色的头发仔细地梳理好，修整完胡子，接着再照一照镜子，把衬衫拉拉平，将一条黑色的三角巾塞入马甲内，之后，这才小心翼翼地，好像偷偷摸摸地来到圣像前。他总是站在同一个地方，那里地板上有一个像马眼似的节疤。他低着头，像军人那样双臂贴身，默默地站上一会儿。然后他才挺直瘦小的身子，郑重其事地祷告说：

"以圣父圣子圣灵的名义！"

我好像觉得，这句话说过之后，屋里变得特别肃静——甚至苍蝇嗡嗡叫的声音都变小了。

外公站在那里，昂着头，扬起双眉，头发竖着，金黄的胡子平直地向前撅着。他做祷告时像是在课堂上回答问题，声音清晰，严肃认真。

"审判官不期而至，每个人的所作所为都暴露无遗……"

他用拳头不太使劲地捶打着自己的胸口，一再恳求道：

"我的罪孽只有你知道——请你背过脸去，不要盯住我的罪行……"

他一字一板地念着《祷告词》，右腿一颠一颠的，仿佛在悄悄地为他的祷告词踏着拍子。他全身心地向圣像倾斜着身子，他的个子好像长高了，人也更瘦了，更干瘪了，显得是那样整洁，那样一丝不苟：

"有了医生，我内心多年的欲念给治愈了！我打内心里一再向你呼唤：降福于我吧，主宰一切的圣母！"

这时，他的绿眼睛里饱含着泪水，大声喊叫着：

"信仰对于我绝对重于事业，我的上帝，请决不要用事业为我洗刷罪孽！"

这时他的手哆嗦着，连连在胸前画十字，不住地点头，像要用脑袋顶人似的。他的声音又尖又细，还夹杂着抽泣。后来，我多次去过犹太教堂，才明白外公是在按犹太人的方式做祷告。

桌上的茶炊早已煮开了，热腾腾的奶渣燕麦饼满屋飘香——让人食欲大增！外婆的两眼望着地板，神情忧郁地靠在门框上连连叹气。太阳欢快地从花园那边向窗内窥视，树上的晨露像颗颗珍珠在闪烁发光，早晨的空气散发着莳萝、醋栗和成熟中的苹果的芳香，而外公依然在做他的祷告，摇晃着身子，尖声尖气地念叨着：

"请扑灭我这个乞丐和恶人心中的欲火吧！"

所有晨祷和睡前的祷告词我全都铭记在心——我不光是记住，而且还聚精会神地进行跟踪监督，听外公会不会念错，哪怕是漏掉一个字。

念错或念漏的情况很少发生，一旦发生，总使我有一种幸灾乐祸的感觉。

做完祷告，外公对我和外婆说：

"你们好！"

我们向他躬身还礼，然后大家在桌旁就座。这时我对外公说：

"你今天把'理应'两个字给念漏了！"

"你在瞎说吧？"外公有些不安和疑惑地问道。

"就是念漏了！你应该说：'但我的信仰理应高于一切。'可是你漏念了'理应'两个字。"

"原来是这样！"他惊叫道，一面抱歉地眨巴眨巴眼睛。

以后他肯定会因为我指出他的纰漏找茬儿狠狠地报复我，但当时我看见他尴尬的样子觉得很开心。

有一次，外婆开玩笑地说：

"老头子，上帝听你做祷告，大概会觉得非常乏味，因为你总是唠叨同样一些话。"

"你这是哪里话？"他恶狠狠地拉长声调说，"你胡扯些什么呀？"

"我是说，我听了多少遍了，你从来没有对上帝说过掏心窝子的话，一句也没有！"

他气得满脸通红，浑身哆嗦，然后从椅子上一跳而起，抄起碟子便向外婆头上扔去，边扔边大声尖叫，就像锯子锯到木节疤一样：

"滚出去，你这老妖婆！"

外公跟我讲上帝的威力无所不在时，他总是，而且首先是，强调这种威力的严酷性。比如，有些人造了孽——后来被洪水淹死了，又有些人造了孽——后来活活被烧死了[1]，他们的城市也被毁于一旦；还有，上帝常用饥荒和瘟疫来惩戒世人，他历来都是悬挂在大地上方的一把宝剑，是惩罚罪人的鞭子。

"不管什么人，谁违反上帝的戒律，他就会受到苦难与死亡的惩罚！"他用瘦骨嶙峋的手指敲着桌子，语重心长地说。

我很难相信上帝会这样残酷。我怀疑这是外公有意编造出来吓唬我的，目的不是要我惧怕上帝，而是惧怕他。于是，我开门见山地问他：

"你讲这些话的目的是要我听你的话，是不是？"

他同样直截了当地回答说：

"那当然了！你还敢不听话吗？！"

"那外婆会怎么说呢？"

"你不要信她的话，她老糊涂了！"他严厉地教训我说，"她打小就很笨，既没有文化，脑子又不好使。我这就吩咐她，不让她跟你谈论这种大事情！我问你：天使分多少等级[2]，知道吗？"

我做了回答，并反问道：

"他们都是什么官衔？"

"看你扯到哪里去了！"他嘿嘿一笑，眯缝起双眼，蠕动着嘴唇，不太情愿地解释说：

---

[1] 据圣经故事讲，上帝为惩罚人们所犯的罪行，决心要将世界一举毁灭，使天下洪水泛滥，涤荡众生，将生活在所多玛和蛾摩拉这两个城市的荒淫无度的居民用天火统统烧死。

[2] 据说基督教神话中天使分为六翼天使、带翅膀的智慧天使、大天使等九个等级。

"这跟上帝没关系。官员是人间的事！官员是吃法律的人 [1]，他们把法律都吃下去了。"

"什么样的法律？"

"法律？法律就是习惯，"老人说，他忽然来了兴致，也愿意说话了，两只聪明、讥讽的眼睛炯炯发光，"人们活着，活着就得商量着办事：这是为人处世的最好办法，我们把这称为习惯，定出规矩，奉为法律！打个比方：一群小孩子在一起玩，说好怎么个玩法，什么规则。喏，这种约定的规则就是法律！"

"那官员们呢？"

"官员就好比调皮捣蛋的孩子，他一来，所有的法律全都被他破坏了。"

"为什么呢？"

"喏，这你就不懂了吧！"他严厉地皱着眉头说，而且再次语重心长地言道：

"人们的一切事，应由上帝来主宰！人们希望这样，而上帝希望那样。人间的事都是靠不住的。上帝只用吹一口气——一切都化为灰烬，变为尘土！"

有许多原因使我对官员们发生了兴趣，于是我刨根问底地说：

"可是雅科夫舅舅是这样唱的：

　　上帝的官员是光明的天使
　　世上的官员是魔鬼的走狗！"

外公用手托起胡子，把它塞进嘴里，双目紧闭。他脸上的肌肉在颤动。我明白了：他在偷偷地乐。

"真该把你和雅什卡的腿捆起来扔进河里去！"他说，"这些歌他不应该唱，你也不应该听。这是库鲁古尔们 [2] 耍的把戏，是异教徒们用来搞分裂的。"

这时，外公陷入了沉思，他将目光投向我身后的某个地方，声音很低地拉长音调说：

"唉，你们这些人啊……"

不过，虽然他认为上帝很厉害，而且高高在上，但他也和外婆一样，事

---

[1] 吃法律的人（законоед）和研究法律的人（законовед）俄语中只相差一个字母，这里老人显然是用错了字。

[2] 17世纪发生的反官方教会的运动，参加该运动的教徒被视为分裂派，"库鲁古尔"是对分裂派教徒及古老信徒派教徒的蔑称。

无巨细，都要把上帝拉扯进来——不光是上帝，还有他的难以计数的众多圣徒[1]。外婆除知道尼古拉、尤里、弗罗尔和拉夫尔这几位圣徒外，别的圣徒似乎一概不知，尽管他们也非常善良，对人们也非常亲切。他们走遍乡村和城市，关心人们的生活，具有他们的一切品性。而外公的圣徒差不多都是受难者，他们不承认偶像，同罗马教皇争论，为此，他们被拷打，被烧死，被剥皮。

有时外公也有幻想：

"要是上帝能帮我把这幢房子卖掉就好了，哪怕能赚上五百卢布也行——我一定会为圣徒尼古拉做一次祷告！"

外婆觉得好笑，对我说：

"要是圣徒尼古拉果真帮这个老糊涂卖起房子来，那就说明尼古拉这位老爷子手头实在没什么更好的事情可做了！"

外公的教历[2]上有他亲自做的各种各样的批注，它在我身边保存了很久。比如，教历上的约雅敬节和亚拿[3]节那一页的背面就有用棕红色墨水写下的字："恩人使我摆脱一场灾难。"

我记得这场"灾难"：为帮助两个不争气的孩子，外公开始放高利贷，暗中收受别人典当的东西。有人告发了他。一天夜里，警察突然来进行搜查。一通乱翻，最后平安无事。外公一直祷告到日出，一大早当着我的面在教历上写下了上面那句话。

晚饭前，他和我一块儿读圣诗、日课经或叶夫列姆·西林[4]那本非常难懂的书，饭后他又去做祷告，在宁静的夜色中，可以长时间听到他那单调乏味的忏悔声：

"大慈大悲、永世不朽的上帝啊，我该怎样酬谢或报答你的恩情……请你保佑我们不要受各种幻想的诱惑……上帝啊，保佑我不要受某些人的气……请发发慈悲，不要忘掉我……"

---

[1] 圣徒一般是对基督教或其他宗教中已去世的冠有"虔诚"、"遵守教规"、"顺从神旨"的教士和信徒们的尊称，他们被认为是神与人之间的神话人物，很受一般信徒们的崇拜。

[2] 一种教堂日历，上面有圣徒的名字和各种宗教节日，12圣徒像按月份排列其中。

[3] 据基督教传说，约雅敬和亚拿是圣母马利亚的生身父母，但正典《圣经》中未记载这方面的任何事迹，有关传说仅见于古代的"旁经"或"外典"之中，据称约雅敬来自拿撒勒，亚拿来自伯利恒，二人因无子女，虔诚求告上帝，乃于老年蒙赐而生马利亚。作为圣徒，纪念他们的宗教节日定在旧历每年的9月9日。

[4] 公元4世纪的一位教堂神甫，写过许多祷告词和颂诗，他的诗情调低沉，禁欲主义色彩很重。

而外婆则常说：

"哎呀，我今天可累坏啦！看来，躺下前做不成祷告了……"

外公常带我到教堂去：每逢礼拜六——我们通宵达旦地祷告，遇上节日——我们只做晚弥撒。我在教堂里也能够分辨出人们什么时候对什么样的上帝做祷告：凡是神甫和执事念的祷告词——都是念给外公的上帝听的；而唱诗班唱的祷告词，从来都是给外婆的上帝听的。

当然，我的分辨只是一个孩子对不同上帝的粗略划分。我记得这种划分曾使我感到很苦恼，在我心里造成很大矛盾，但外公的上帝令我感到恐惧，产生恶感，因为他不爱任何人，只是严厉地盯住大家。他在人们身上寻找和看到的首先是丑恶、凶狠、犯罪的一面。他不相信人，总是等着人们去忏悔，喜欢惩罚他们。

那些天，对上帝的思考与感悟，是我主要的精神食粮，是我生活中最美好的经历——而其他各种印象都使我感到非常窝火，因为它们太残酷、太肮脏了，只能让人产生反感和憎恶。在我的周围，上帝是万事万物中最美好、最光明的化身了——外婆的上帝是一切生灵的最亲密的朋友。当然，有个问题不能不使我感到烦恼：为什么外公竟看不到这样一个仁慈善良的上帝呢？

家里不让我出去玩，由于外面对我太有吸引力了，外面给我的印象让我如醉如痴，因此差不多每次出去都要闯祸，惹是生非。我没有伙伴，邻居家的孩子们对我都抱有敌意。我不喜欢他们叫我卡希林家的人，这一点他们知道，可是他们一看见我反而叫得更欢。

"快来看呀，抠门儿瘦老头卡希林的小外孙出来啦！"

"收拾他！"

于是便打了起来。

我年纪不大，但力气不小，打起架来动作也很机敏——这一点我的对手们自己也承认，他们对付我的办法总是合着伙子一哄而上。因此，经常是满大街的孩子打我一个，所以通常我回家时总是被打得鼻青眼肿，脸上青一块紫一块的，衣服被撕破，浑身是土。外婆看见我，大吃一惊，心疼地说：

"怎么，小萝卜头，又打架啦？这算怎么回事儿呢，啊！我简直想伸手给你两巴掌……"

她给我洗了洗脸，在青肿的地方敷上些海绵，上面压块铜钱，再不就是抹上些铅水洗剂，然后对我劝说道：

童年

"唉，你怎么老是打架呢？在家里老老实实的，怎么一出去就变了呢？真不害臊。我这就告诉你外公，让他别放你出去……"

外公看见了我脸上的紫块，但他从来不骂我，只是咂吧咂吧嘴，嘟哝着道："又挂彩啦？你这位阿尼卡武士[1]，以后别再往外跑啦，听见没有？"

要是街上没什么动静，我也不急着往外跑，但是，当我听见孩子们嬉笑打闹的声音，我就顾不上外公的禁令，从院子里跑了出去。被打得鼻青眼肿，伤痕累累，我都不生气；但最让我气不过的，是那些极其残忍的恶作剧——这种残忍，我太熟悉了，简直达到疯狂的地步。孩子们唆使狗跟狗咬架，或者公鸡斗架。他们虐待小猫，驱赶犹太人家的山羊，侮辱喝醉酒的乞丐，耍弄绰号"短命鬼"的傻子伊戈沙——这种事我实在忍受不了。

伊戈沙个子高高的，人很干瘪，像被烟熏过似的；他身上穿一件厚厚的羊皮袄，面容消瘦、焦黄，一脸胡子拉碴。他在街上走起路来弯腰躬背，身子莫名其妙地东摇西晃，而且不哼不哈，一门心思地只盯着自己的脚下。他那张铁青脸上长着一双忧郁的小眼睛，这使我有一种敬畏的感觉——心想，此人正在从事一件大事，他这是正在寻找什么东西，不应当打扰他。

小孩子们跟在他背后追着跑，直朝他的驼背上投掷石子。有很长时间，他好像根本没发现有人用石子砸他，也不觉得有什么疼痛，但是，他走着走着，忽然停了下来，抬起戴着皮帽子的头，伸出哆哆嗦嗦的手，扶了扶帽子，回头看了看，好像刚才睡醒似的。

"短命鬼伊戈沙！你要到哪儿去？要当心——那死鬼可就在你口袋里啦[2]！"孩子们喊道。

他用手捂住口袋，然后迅速弯下腰，从地上捡起石头、碎木块或土坷垃之类的东西，笨拙地挥动长胳膊，嘴里嘟嘟囔囔地骂着。他骂人时用的总是那么两三个脏字——在这方面孩子们的用词儿可就比他多多了。有时候他一瘸一拐地跑着追赶他们，长羊皮袄在脚下一绊便摔倒在地上，他只好用干瘪得像枯树枝一样的两只黑手撑着地面，两条腿跪在地上。这时候孩子们便向他的腰部和背上扔石块，胆子大的径直跑到他跟前，朝他头上撒一把土便迅速逃之夭夭。

---

[1] 俄国古代民歌中的英雄人物，自持武艺高强，所向无敌，结果因向死神挑战，自取灭亡。

[2] 关于传说中的短命鬼伊戈沙，高尔基在后来写的文章中还曾经提起过，说"他的眼睛有些发直，怪吓人的，特别是他的两只手，总是不停地东摸摸，西摸摸，仿佛想确认一下他摸的这些东西到底是真的还是假的，伊戈沙这种感受世界的做法，我觉得很有意思"（见《高尔基文集》30卷集，第25卷第294页）。

另外，格里戈里·伊万诺维奇师傅在大街上的境况叫人看着就更加难受了。他的眼睛已经完全瞎了，靠沿街乞讨为生；他个子高高，仪表堂堂，像哑巴似的一声不吭。一个头发灰白的小老太婆拉着他的手，来到人家窗下，她的眼睛总是朝旁边看着，尖着嗓子喊道：

"行行好吧，看在上帝的份上，可怜可怜这瞎了眼的穷苦人吧……"

格里戈里·伊万诺维奇默不作声。他戴着墨镜直勾勾地看着房屋的墙壁、窗户和迎面过来的行人的面孔，他的被颜料浸泡过的一只手轻轻地抚摸着他的大胡子，两片嘴唇紧紧地闭着。我常常看见他，但从来没有从他那双唇紧闭的嘴里听到任何声音，老人的沉默，使我产生一种痛苦的压抑感。我没有走近过他，从来没有，相反，我一看见他就赶紧往家里跑，告诉外婆说：

"格里戈里在大街上讨饭呢！"

"是吗？"外婆不安地叫道，很是同情，"拿着，快给他送去！"

说什么我都不肯去，而且态度非常坚决。于是外婆只好亲自走出大门，跟格里戈里在人行道上谈了很长时间。他嘿嘿地笑着，胡子一直在抖动，但他自己很少说话，只不过只言片语。

有时外婆把他叫到厨房里，让他喝茶，吃东西。有一次，格里戈里问我在哪儿？外婆就喊我，但我跑出去躲在柴火垛里。我不能去见他——在他面前，我感到羞愧难当。我知道外婆也非常尴尬。只有一次，我跟外婆谈到了格里戈里：她把格里戈里送出大门后，默默地低着头，在院子里，边走边哭。我走到她身边，拉着她的手。

"你为什么跑出去，躲着不见他呢？"外婆小声问我，"他很喜欢你，他可是个好人……"

"为什么外公不养活他呢？"我问。

"你外公？"

她停住脚步，紧紧搂着我，用几乎是耳语的声音预言道：

"记住我的话，因为你外公这个人，上帝会狠狠惩罚我们的！肯定会惩罚的……"

她没有说错，十年之后，当时外婆已经长眠于地下，外公自己果然也沦为乞丐，流浪街头，变得疯疯癫癫的，在别人的窗下哀声乞讨[1]：

"好心的厨师们呀，给块馅饼吃吧，请给我一个馅饼吧！唉，你们这些人啊……"

从他过去生活中留下来的也只有这一句痛苦、持久、动人心魄的话了：

"唉，你们这些人啊……"

除伊戈沙和格里戈里·伊万诺维奇外，使我感到心情压抑，一看见就想从街上躲开的人，就是那个行为放荡的女人沃罗尼哈了。她身材高大，头发蓬乱，经常醉醺醺的，每逢节日总少不了她。她走路的样子非常特别，好像不是迈动双脚在地上走，而像腾云驾雾似的，脚不着地地向前飘动，而且嘴里唱一些淫秽的歌曲。所有遇见她的人都急忙回避，拐进别人家的大门，躲进墙角和小店里——她简直将大街上的行人一扫而光。她的脸几乎呈铁青色，肿得像个气囊，一双灰色的大眼睛瞪得溜圆，看上去既吓人，又带些嘲弄人的意味。不过有时候她边喊边哭：

"我的孩子们，你们在哪里呀？"

我问外婆：这是怎么回事儿？

"这种事你不应该知道！"外婆忧郁地回答说，但她还是简要地讲了一些：这个女人原来有丈夫，姓沃罗诺夫，是一名小官员，他想另谋高就，就把老婆出卖给了自己的顶头上司，而那位上司把她不知带到什么地方去了，有两年时间她没有着家。她回来时，两个孩子——一男一女——已经死了。丈夫因为赌输了公款，被关进了大牢。经受了这样的打击，她便开始喝酒，放荡不羁，胡作非为起来。每到节假日的晚上，她便被警察收容管制起来……

的确，在家里要比在外面好，特别是午饭后，那时外公到雅科夫舅舅的染坊去了，外婆坐在窗前给我讲非常好听的童话、故事，讲我父亲的事情。

外婆从猫嘴里救出的那只椋鸟，翅膀被咬断了，她把它剪了去，而在被咬伤的那条腿上精心地绑上了一根小木棍，小鸟被医治好后，她便开始教它说话。有时，她靠在窗口，对着鸟笼，一站就是整整一个小时，像一头体格庞大、性

---

[1] 外婆死前和外公是分开过的，住在沃斯克列先斯基教堂辖区内。1968年的《高尔基资料汇编》第348页上关于她的死有如下的记载："下诺夫戈罗德女市民阿库林娜·伊万诺夫娜·卡希林娜因年老体弱，死于1887年2月16日，18日安葬，享年70岁。"从1886年末起，外公卡希林就住在下诺夫戈罗德市奥卡河对岸的车站大街4号。年老后患痴呆症。外婆死后两个多月——1887年5月1日——外公去世，享年80岁。5月8日葬于库纳维诺弗拉季米尔教堂公墓（见《高尔基及其时代》第551页）。

情温和的野兽，用低沉的声音，教那只黑得像煤块似的、爱学舌的小鸟一遍一遍地说话。

"喂，说一个：给小椋鸟喂食啦！"

小椋鸟歪着脑袋，用活泼的圆眼睛看着她，显得非常滑稽。它用腿上绑的小木棍敲击着薄薄的笼底，伸长脖子，学习黄莺的啼鸣，滑稽地模仿着松鸦和布谷鸟的叫声，还一再学猫的咪咪叫声和狗的狂吠声，但学人说话总是不像。

"你不要调皮！"外婆严肃地对它说，"你快说：'给小椋鸟喂食啦！'"

这个长着羽毛的猴崽子大叫一声，听上去很有点像外婆说过的话——老太太开心地笑了起来，赶紧用指头粘些玉米粥喂喂它，并且说：

"我知道你在耍滑头，故意装蒜——其实你都能模仿，什么都会说！"

后来她确实教会这只小椋鸟说话了，没过多长时间，它会相当清楚地向人要粥吃，一看见外婆，就扯着嗓子叫："你好哇……"

起初，小椋鸟挂在外公的房间，但很快外公就把它送到我们阁楼上来了，因为它老是学外公说话。外公一字一板地做祷告，小椋鸟把它的小黄嘴伸到笼子外面，叽叽喳喳地乱叫：

"啾啾啾，咿咿咿；啾咿，啾咿！"

外公感到有些不耐烦了，有一次，他把祷告停下来，跺着脚，大声吼道：

"把它拿开，这鬼东西，非打死它不可！"

这个家里有许多有意思和令人开心的事，不过有时我又感到一种难以摆脱的苦闷，我好像被什么东西重重地压住了；又好像掉进了黑暗的深渊，在里面待了很久，看不见，听不见，没有任何感觉，又聋又瞎，半死不活……

第八章

　　我外公出人意料地将房子卖给了酒店老板，在卡纳特大街购置了另外一处住宅[1]；这条街的路面未铺过石子，杂草丛生，但却清洁、安静。街道直接通往田野，两旁都是漆得五颜六色的小房子。

　　新住宅比原先的住宅要漂亮一些，可爱一些。房子正面油漆成温暖、安详的暗红色，上面开了三个窗子，三个窗子的护板都是浅蓝色，顶楼上窗子装的是单扇网状护栏，看上去非常招眼；左边的屋顶被榆树和椴树的浓阴遮掩，显得非常好看。院内和花园里有许多舒适幽静的去处，仿佛是专门为玩捉迷藏游戏设置的。这里的花园尤其漂亮，园子不大，但花木繁茂，纵横交错，景色宜人。花园的一角有一间浴室，小巧玲珑，看上去像是个玩具；花园的另一角有一个相当深的大坑，里面杂草丛生，草丛里仃着几根烧焦了的粗大木头，它们是以前被烧浴室的残留物。花园左边隔墙是奥夫相尼科夫上校的马厩，右边是贝特连格家的房子，园子深处紧靠着卖牛奶的女人彼得罗夫娜家的宅院。彼得罗夫娜体态肥胖，面色红润，说起话来哇啦哇啦，像一只响铃。她的房子很矮，紧贴着地面，而且又黑又旧，上面长了一层很厚的青苔，两个窗户像眼睛一样温厚地眺望着沟壑纵横的田野，远处的森林则像一块沉重的乌云。田野里整天有士兵们在跑步和操练，刺刀在秋天阳光斜晖的映照下银光闪闪，发出耀眼的光芒。

　　整座房子住满了我从未见过的人：前院住着一名鞑靼军人，他的妻子又矮又胖，像个圆球。她从早到晚都在大呼小叫，嘻嘻哈哈，在装饰豪华的吉他的伴奏下引吭高歌，大多是唱一些挑逗性的歌曲：

[1] 卡希林一家在这里住了两年（1875—1876），这条街如今叫柯罗连科大街。

爱一个姑娘不算快活，

你必须再找一个！

大胆地去寻找吧，

只要你方法得当，

肯定能得心应手，如愿以偿！

噢，等待你的将是：

甜甜蜜蜜，逍遥舒畅！

那位军人也胖得圆鼓鼓的，像只气球。他坐在窗口，绷着他那张铁青脸，两只红棕色的眼睛，明显地往外凸着。他不停地抽着烟斗，咳嗽起来声音非常奇怪，像狗叫似的：

"呜汪，呜汪，呜……"

地窖和马厩上面有一间暖和的小屋，里面住着两个拉货的车夫——小个子、灰头发的彼得伯伯和他的哑巴侄子斯捷帕。斯捷帕长得敦敦实实，体格健壮，脸庞像一只红铜托盘；这里还住着一位个子高高、愁眉苦脸的鞑靼人，他是个勤务兵，叫瓦列伊。这几个人对于我都是新面孔，许多情况我都不了解。

但特别使我感兴趣，而且使我不能不接近的人，是一个叫"好事儿"的包伙的房客。他在住宅的后半部租了一间房子，紧邻着厨房，房子很长，有两扇窗户——一扇对着花园，另一扇对着院子。

此人面目清瘦，驼背，白白的面孔留着两绺黑胡子。他的目光和善，戴一副眼镜。他寡言少语，也不引人注意，每当我们请他吃午饭或者喝茶时，他总是回答说：

"好事儿。"

于是，无论当面还是背后，外婆就这样叫他"好事儿"了。

"廖尼卡，喊'好事儿'来喝茶！"；"您呀，'好事儿'，怎么吃得这么少呢？"

他房间里堆满了各种各样的箱子和许多大厚本的书，这些书上印刷的是社会上通用的字形，我都不认识[1]；屋里放了许多盛着各色液体的瓶子、铜片、铁片和铅条。从早到晚，他都穿一件棕红色的皮加克，一条灰色的格子布裤，

---

[1] 作者初学的识字课本是用教会使用的斯拉夫文编写的，跟社会上通用的俄文字母有所不同。

身上沾满了各种涂料，有一种很难闻的气味；他头发蓬乱，笨手笨脚地在熔化铅水，焊接什么铜件，在很小的天平上给什么东西称着重量，嘴里还不停地哼哼着，偶尔烫着了手指头，就赶紧吹一吹。有时他跌跌撞撞地走到挂在墙上的图纸前，擦了擦眼镜，他那白得出奇的尖细、端正的鼻子，仿佛在闻什么似的，几乎就挨到了图纸。有时候，他在屋内或窗前，突然驻足不动，一站就是很长时间；这时他两眼紧闭，仰着脸，一言不发，泥塑木雕一般。

我爬到草棚顶上，隔着院子，通过敞开的窗口，观察着他的动静，看见桌上冒着蓝火的酒精灯和他的黑暗的身影；看见他在一个破笔记本上写着什么，他的眼镜像冰一样泛出冷冷的蓝光。这个人的魔术师般的工作，深深地吸引了我，使我在草棚顶上一连待了几个小时，它极大地诱发了我的好奇心。

有时候，他站在窗口，仿佛，镶在镜框里似的，背抄着手，眼睛直望着棚顶，但他好像并没有看见我，这使我大为扫兴。突然，他急急忙忙跑到桌子前，使劲弯下腰，在桌子上一门心思地寻找着什么。

我想，如果他是个有钱人，穿得很阔气，兴许我会怕他，但是他这个人很穷：他的夹克领口露出来的衬衫领子又皱又脏，裤子上污迹斑斑，打着补丁，脚上是一双破便鞋，而且还没穿袜子。穷人并不可怕，也不危险，这是我从外婆对他们的同情和外公对他们的蔑视态度中不知不觉悟出的道理。

住在这里的人没有谁喜欢"好事儿"，大家都用嘲笑的口气谈论他。那个爱嘻嘻哈哈的军官太太叫他"白灰鼻子"，彼得伯伯叫他药剂师和魔术师，外公则称他为巫师，共济会会员 [1]。

"他是干什么的？"我问外婆。她很严厉地回了一句：

"不关你的事。记住，少多嘴……"

有一次，我大着胆子，走到他窗子跟前，强压着内心的激动，问道：

"你在做什么呀？"

他被吓了一跳，从眼镜片上方打量我好一阵子，然后向我伸出一只他那被烧得满是溃疡和疤痕的手，说：

"从窗口爬进来吧……"

他没让我从门口进去，而是让我从窗口爬进去，这更加提高了他在我心目中的地位。他坐在一只木箱子上，让我站在他的对面，一会儿把我推远点，一

---

[1] 这里是指自由思想分子，无政府主义者，江湖骗子等。

会儿又把我拉近点，反复地一再打量，最后他低声问道：

"你是从哪儿来的？"

这就怪了：一天四次[1]在厨房里吃饭、喝茶，我都坐在他身边啊！我回答说：

"我是房东的外孙……"

"啊，没错儿。"他说。他看了看自己的手指，便没有再说什么。

当时我寻思，我得向他解释清楚：

"我不姓卡希林，而姓彼什科夫……"

"彼什科夫？"他疑惑地重复说，"好事儿。"

他把我推向一边，站起身，走到桌前说：

"喏，坐在那儿不要动……"

我坐了很长时间，看他在干什么；只见他用锉刀在虎钳上夹的一块铜片上打磨，金黄色的铜末纷纷落在虎钳下的硬纸板上。他把这些铜末收集起来，装在一个粗杯子里，又从一个小罐子里倒入一些像盐一样的白色粉末，再从一个深色的瓶子里倒进一点儿什么，于是，粗杯子里就发出嘶嘶的声响，开始冒烟，一股呛人的气味扑面而来。我连声咳嗽，直摇晃脑袋，而他，这位魔法师却得意洋洋地问道：

"气味不好闻吧？"

"没错儿！"

"这就对了！小老弟，这就太好了！"

我寻思："这有什么可炫耀的！"于是我冷冷地说：

"既然不好闻，那就说明不好……"

"什么？"他眨巴着眼睛，惊问道，"小老弟，这可不一定！你玩羊拐不玩？"

"是羊拐吗？"

"对，是羊拐，玩不玩？"

"玩。"

"想不想要我给你做一个灌铅的羊拐？打起来可好使了！"

"想。"

"拿好了，我现在就给你做一个。"

---

[1] 除一日三餐外，下午三四点钟还有一次茶点。

他又走到我跟前，手里拿着正在冒烟的杯子，一只眼睛往里面瞧着，说：

"我给你做一个灌铅的羊拐，而你以后就不要再到我这儿来了。好吗？"

这使我大为恼火。

"你做不做我以后永远都不会再来了……"

我气鼓鼓地去了花园。外公正在那里忙着给苹果树的根部施粪肥，已经是秋天啦，树叶早已开始脱落了。

"拿着，给马林果树打打枝。"外公说着，递给我一把剪刀。

我问外公：

"'好事儿'在搞什么名堂？"

"他把房子都给住坏了，"外公生气地回答道，"地板被烧坏了，糊墙纸也给弄脏了，有的地方给撕掉了。我这就要通知他——让他搬走！"

"就应该这样。"我表示同意，接着我就动手修剪马林果树的枯枝了。

但我的表态有点操之过急了。

每逢晚上下雨，只要外公不在家，外婆就在厨房里举办非常有意思的聚会，请各位房客前来喝茶：有车夫、勤务兵，性格开朗的彼得罗夫娜也常来凑热闹，有时连喜欢说笑的军官太太也到场助兴，"好事儿"总是站在屋角灶台旁边，一动不动，一言不发。哑巴斯捷帕跟那个鞑靼人在玩牌，瓦列伊抓过纸牌，拍了拍哑巴的大鼻子，说：

"这个恶魔！"

彼得伯伯带来一大块白面包和一大罐马林果酱，他把面包切成薄片，分别抹了好多果酱，然后捧在手里，躬身施礼，把这一片片美味可口的马林果酱面包分送给大家。

"请赏光，尝一尝！"他亲切地请求道。当对方从他手里接过面包后，他总是很仔细地察看一下自己那黑乎乎的手掌，一旦发现手上粘有果酱，便立刻用舌头把它给舔了。

彼得罗夫娜带来一瓶樱桃酒，那位快乐的军官太太带的是花生和糖果。外婆最喜爱的盛大宴会就这样开始了。

就在那次"好事儿"向我行贿，叫我以后不要再到他那儿去之后不久，外婆举办了这样一次晚会。秋雨连绵，金风凄凄，树枝划在墙壁上发出沙沙的响声。厨房里温暖如春，十分惬意。大家挤坐在一起，不知为什么，显得特别亲切、安详，外婆很少像今晚这样慷慨大方，故事接连不断地讲，而且一个比一个精彩。

她坐在炕沿上，两脚踩着炕前的踏板，身子略微前倾，正好面对着被小马灯照亮的几个听众；每次都是这样：只要她来了精神劲儿，她一定会坐到炕上去，而且还解释说：

"我要坐在高处讲——从高处讲效果会好一些！"

我坐在宽宽的踏板上，偎依在外婆的腿边，几乎就在"好事儿"的头顶上方。外婆讲的是关于武士伊万和隐士米隆的美丽故事[1]，美妙动人、字字珠玑的诗句从外婆的嘴里脱口而出，娓娓道来：

有个将军叫戈尔季昂
心狠手辣，灵魂肮脏，
他像树洞里的恶枭，坏事做绝，
欺压群众，丧心病狂。

戈尔季昂最恨的是哪一个？
就是那隐姓埋名的老米隆，
老米隆无私无畏讲实话，不声不响把名扬。
将军开口把武士叫，勇敢的伊万你听端详：
"你赶快去除掉老米隆，
这家伙为人太张狂！
你把他的首级割下来
抓紧他的胡子手别放，
提着他脑袋来见我，
我要叫几条恶狗来品尝！"

伊万闻听不敢怠慢，
边走、边想、边思量：
"我的命怎么这么苦，

---

[1] 关于武士伊万和隐士米隆的故事，1929 年 2 月 15 日高尔基曾经写道："90 年代我写过几十首歌谣，毫无疑问，都是民间故事性质。但非常可惜，未能保存下来。只在《童年》中有一首《关于武士伊万和隐士米隆的故事》，它是我从外婆那里听来的（《高尔基资料汇编》，193 页）。

童年

将军的命令怎敢违抗！"

伊万把利剑衣内藏，
上前向隐士道吉祥：
"你老贵体可安好？
上帝可保你安然无恙？"

隐士当时嘿嘿一笑，
心里早明白伊万之所想，
于是机智地对他讲：
"伊万你不必把真相瞒，
上帝对一切都了如指掌，
是善是恶他自有公断！
为何你来找我，
我心里明镜一样！"

面对隐士的一席话，
伊万虽然羞愧万分，
但却不敢把军令违抗。
他从皮鞘里抽出宝剑，
在宽大的衣襟上挡了又挡。
"米隆，我本想一剑杀了你，
让你根本看不见宝剑相向。
现在你可以向上帝祈祷了，
这是你祷告的最后时光，
为你自己，为了我，也为了全人类，
然后我再取你的首级也无妨！……"
老米隆双膝着地，
默默跪在小橡树旁，
小橡树连忙向他还礼相让。
老米隆面带微笑开言道：

"哎呀，伊万，你听我讲：
这样你等的时间会很长！
为全人类进行祈祷，
这件事可非同凡响！
还不如你干脆一剑将我刺死，
也免得劳驾你再等一场！"

伊万闻听心中不悦，
眉头一皱，大言不惭地开了腔：
"君子一言，驷马难追！
你祈祷吧，我等一辈子也无话可讲！"

老隐士祈祷到傍晚，
又从傍晚到天亮，
再从早晨到深夜，
又从盛夏直祈祷到满院春光。
老米隆年复一年地在祈祷，
小橡树直插云天，一直往上长，
橡树林已是黑压压一片，
可神圣的祈祷声还在回响！

这祈祷至今一直在继续，
老隐士对上帝仍在诉说衷肠：
他祈求上帝能够降福人间，
祈求圣母赐给人们希望。

伊万武士伫立在一边，
他的宝剑早已化成了灰烬，
铁盔铁甲也已被锈蚀殆尽，
华贵服饰已面目全非，朽败不堪；
严冬盛夏，伊万全然不为所动，

烈日暴晒，晒不干他的躯体，

蚊虫叮咬，吸不尽他身上的汗血，

风雪严寒，奈何他不得，

豺狼熊豹，看见他便逃之夭夭，

但他自己，手举不起来，话说不出来，想动也动弹不得。

瞧，他遭受的惩罚有多么惨厉，

他不该助纣为虐，为虎作伥！

也不该以恶人的马首是瞻。

老隐士一直在为我们有罪之人进行祈祷，

他的祷告声，

像清澈的河水，流向大海，

直到现在，一直未间断！

外婆的故事刚开始讲，我就发现"好事儿"有点不对劲儿：他的两只手莫名其妙地直哆嗦，一会儿把眼镜摘下来，一会儿又戴上，随着外婆优美动听地叙述，他的手来回摆动，频频点头，不时地摸摸眼睛，使劲地揉一揉，好像用手掌在迅速抹去额头和脸上的汗水似的。要是听众中有人动一下，咳嗽几声，或是脚下有声音出来，这位房客便会严厉地发出"嘘"声：

"嘘——嘘！"

当外婆一讲完故事，他马上一跃而起，手舞足蹈，很不自然地转着圈子，嘴里嘟哝道：

"简直太好听了，应该把它记录下来，一定要记下来！故事太真实动人了，它是我们的……"

这时明显可以看出：他哭了——两眼满含泪水，泪水正在由上往下移动，整个眼睛都浸润在泪水中。这简直太奇怪了，令人非常感动。他在厨房里跑来跑去，笨手笨脚地又蹦又跳，手里拿着眼镜，在鼻梁前挥来舞去，想戴上，可眼镜腿就是挂不到耳朵上。彼得伯伯看着他，嘿嘿直笑，大家都沉默不语，感到很尴尬，这时外婆赶忙说：

"那就记下来吧，这事儿没什么坏处，这种故事我还多着呢……"

"不，就记录这一个！这是地道的俄罗斯的东西。"这位房客兴奋地喊道，这时，他在厨房正中间忽然停下来，一动不动，开始高谈阔论，右手在空中不住地挥舞，左手里的眼镜在不停地抖动。他讲了很久，情绪非常激动，声嘶力竭，捶胸顿足，他总是重复着这样一句话：

"不能只听别人的，对，太对了！"

然后他好像嗓子坏了似的，忽然不说话了，他看了看大家，随后悄悄地、像做错了什么事似的低着头走了。大家面面相觑，嘿嘿一笑，颇有些尴尬，外婆在炉炕上往后面挪了挪，坐在黑影里，然后深深叹了口气。

彼得罗夫娜用手掌擦了擦鲜红的厚嘴唇，问道：

"他是不是生气了？"

"不，"彼得伯伯回答说，"他就是这个样子……"

外婆从炉炕上下来，一声不吭地把茶炊点着，而彼得伯伯则不慌不忙地说：

"老爷们都是这个样子——非常任性！"

瓦列伊愁眉苦脸地嘟哝道：

"单身汉向来都很固执！"

大家都笑了，彼得伯伯慢条斯理地说：

"眼泪都流出来了。显然，以前连狗鱼都上钩，如今鳊鱼也未必来了……"

我感到很没意思，觉得心里有一种说不出的难受。"好事儿"的表现让我非常惊讶，我觉得他很可怜——他那双泪汪汪的眼睛，我一直记得很清楚。

那天夜里他没有回来，次日午饭后他才回来，不声不响，衣服皱皱巴巴的，明显感到很不好意思。

"昨天我失礼了，"他抱歉地对外婆说，像小孩子似的，"您没生气吧？"

"有什么好生气的？"

"我是说，是不是我不该插嘴，乱说话？"

"您并没有伤害着谁……"

我觉得外婆有点怕他，不敢直接看着他的脸，说话也有些不一样——声音特低。

他走到外婆跟前，极其坦诚地说：

"您瞧，我形单影只，孤身一人，没有任何亲友！整天闷声不响，一句话不说——可是，突然间，我的心沸腾了，冲出来了……我要说话，哪怕是跟石头，对树木……"

外婆从他身边退后一步，说：

"您可以结婚嘛……"

童
年

"唉！"他皱着眉头叹息道，然后挥挥手便走开了。

外婆闷闷不乐地望着他的背影，闻了一下鼻烟，然后严厉地对我说：

"你给我听着，不要跟他太接近了。天晓得他是怎样一个人……"

可是我对他又发生了兴趣。

我发现，当他说"我形单影只，孤身一人"时，他的脸一下子全变了，变得鼻子不是鼻子，眼睛不是眼睛。他这些话里有某种我能够理解而且令我感动的东西，于是我便找他去了。

从院子里透过窗户往他屋子里看，屋内空空荡荡的，像个贮藏室，里面胡乱堆放一些杂七杂八的废旧物品；这些东西跟它们的主人一样——怪里怪气。我走进花园，在那里，在一个土坑里，我看见了他。他弯着腰，双手抱着脑袋，胳膊肘顶着膝盖，非常不舒服地坐在一根烧焦了的木头的一端。木头的一头埋在土里，另一头露在外面，伫立在艾蒿、荨麻、牛蒡的枯枝败叶丛中，木头尽端烧焦的地方还有点光泽。他这种很不舒服的坐姿，更使人对他产生一种好感。

有很长时间他都没有发现我，他那双像猫头鹰似的灰眼睛一直在向远处什么地方望去，后来，他好像有点不高兴似的，忽然问道：

"是找我的吗？"

"不是。"

"那你来干什么？"

"不干什么。"

他摘下眼镜，用一块有红黑斑点的手绢擦了擦，说：

"喂，你过来吧！"

当我和他并排坐在一起的时候，他使劲搂着我的肩膀。

"坐好！我们就这样，坐着，别说话。好不好？就这样……你脾气挺拗的吧？"

"没错。"

"好事儿！"

我们沉默了很久。这是个寂静而温馨的傍晚，是秋高气爽时节人们常有的多愁善感的黄昏，身边的花木依然繁茂，但不知不觉间已渐渐失去光泽，每时每刻都在萧疏，败落，大地那沁人肺腑的芳香已经消耗殆尽，如今只散发着寒冷的潮气。空气显得格外清澈透明，寒鸦在殷红的天空中匆匆掠过，此番情景，令人愁肠百结，黯然神伤。周围一切都静悄悄的，万籁俱寂；每一种声音——

小鸟的喊喊，落叶的沙沙——听起来都很大，能把人吓一激灵，但是激灵过后，一切又沉浸在寂静之中——它拥抱着整个大地，填满了人们的心胸。

在这种时刻，常常会萌生出一些特别清新轻快的想法，不过这些想法非常精细，像蜘蛛网一样清澈透明，很难用言语来表达。它们像天上的流星，转瞬即逝；它们会勾起内心的某种忧思，然后给予慰藉或平添烦恼，于是你的内心便沸腾起来，熔化、形成你自己一种终生的模式，这样，一个人的心灵面貌就产生了。

我紧贴在这位房客温暖的身旁，和他一起，透过苹果树黑压压的枝杈，望着红彤彤的天空，注视着不断飞翔的朱顶雀，只见几只金翅雀在干枯的牛蒡子上拍打着翅膀，啄食它们那酸涩难吃的果实；朵朵白云参差不齐地呈现在大地的远方，周围环绕着一道殷红的边缘；白云下面，几只乌鸦吃力地向墓地上的鸟巢飞去。这一切是那么美好，那么别有情趣，不像通常感觉的那样——简单明白，亲切自然。

有时，他这个人会长长地叹一口气，问道：

"这里不错吧，小老弟？确实挺好！是不是有点潮湿，冷吗？"

当天色渐渐暗下来之后，周围的一切仿佛都膨胀起来，完全笼罩在湿气很重的暮色之中了。这时他说：

"喏，好啦！我们走……"

在花园门口，他停下来，小声说：

"你外婆这个人真好——啊，多么好的土地呀！"

他闭上眼睛，露出笑容，一字一板地低声念道：

> 这是上天给他的惩罚：
> 他不该助纣为虐，充当帮凶，
> 也不该对恶人唯命是从！……

"小老弟，你可要记住这一点，一定牢牢记住！"

这时，他让我走在前头，问道：

"你会写字吗？"

"不会。"

"要学会写字。学会了——把外婆讲的故事都记下来——这可是非常有用的，小老弟……"

我们成了朋友。从这天起，只要我想去，我就可以到"好事儿"那里去，坐在一只装破布的箱子上，随便看他如何熔化铅块，怎样给铜条加热，怎样把铁块烧红后放在一个小铁砧上，用一把带红把的小锤子反复捶打；我还看见他用木锉、钢锉、钢砂和线锯在做什么东西。所有的东西，他都在一个灵敏度很高的铜制天平上一一称过。他把各种不同的液体，倒进一只厚厚的白杯子里，然后观察它们冒烟的情况。房间里充满了刺鼻的气味，只见他皱着眉头，在厚厚的书本里查找着什么，嘴里一面哼哼，一面紧咬着发红的嘴唇，或者拉着声调，用沙哑的嗓音，低声唱道：

啊，沙仑的玫瑰花[1]……

"你这是要做什么？"

"一件小东西，小老弟……"

"什么东西？"

"哦，是这样，我也说不好，说了你也不懂……"

"我外公说，你可能是在造假钱……"

"你外公说的？嗯……喏，他这是在胡诌！钱嘛，小老弟，不值一提……"

"那用什么来买面包呢？"

"是啊，小老弟，买面包是得用钱的，没错儿……"

"怎么样？买牛肉同样要用钱……"

"买牛肉也要用……"

他像揪小狗似的，笑嘻嘻地轻轻揪着我的耳朵，特别亲切地对我说：

"我怎么也辩不过你——你可算把我给问住了。我们最好别争了……"

有时候，他放下手头的工作，和我并排坐下，这时我们久久地望着窗外，看雨滴如何洒落在屋顶和杂草丛生的院子里，看苹果树渐渐凋零，叶子纷纷落下。"好事儿"的话不多，但一开口总能说到点子上。经常是，他想让我注意一件什么事情时，总是轻轻地推我一下，眨巴眨巴眼，向我使个眼色。

我看不出院子里有什么特别的地方，但经他用胳膊肘这么一推和三言两语

---

[1] 是对《圣经》中所罗门的《雅歌》的转述，原句是："我是沙仑的玫瑰花（或作水仙花），是谷中的百合花"（见《旧约全书》，《雅歌》第2章）。

的点拨，眼前的一切就显得特别重要，一切都能够牢牢记住。比如，一只猫在院子里奔跑，在一个清水洼前停住了，它望着水里的影子，举起柔软的爪子，好像要抓挠自己的倒影似的——这时"好事儿"便轻声说：

"猫傲气，而且多疑……"

大红公鸡马迈飞上花园的篱笆，站稳后，两个翅膀一拍打，险些掉了下来，于是它恼羞成怒，气急败坏地伸着脖子，咯咯直叫。

"将军八面威风，可不见得非常聪明……"

笨手笨脚的瓦列伊走了过来，他像一匹年迈的老马，走在泥泞的道路上，显得非常吃力；他的颧骨很高，看上去一脸的不高兴。他眯缝起眼睛，仰望着天空，金秋的阳光直接照射在他的胸前——瓦列伊加克衫上的铜纽扣在阳光照射下闪闪发亮，于是这位鞑靼人停下脚步，用弯曲的手指一直摆弄着这枚铜扣子。

"他像得了一枚勋章似的，爱不释手……"

很快我对"好事儿"就有点恋恋不舍，形影不离了，无论是伤心受气的日子，还是欢欣鼓舞的时刻，我都离不开他。他自己寡言少语，但并不禁止我说话，我想说什么便说什么。然而，外公总是用严厉的斥责打断我的话：

"别胡诌八扯了，像鬼推磨似的，没完了你！"

外婆自己的事都忙不过来，根本没工夫听别人说话，管别人的事。

"好事儿"总是很仔细地听我胡诌八扯，而且常常笑着对我说：

"喏，小老弟，事情不是这样，这都是你自己编出来的……"

他的简短的点评总是来得很是时候，非常必要——他好像对我的所思所想，了如指掌，我所有的废话、错话，尚未说出来他已经猜到了，用一两句很亲切的话便把我挡了回去：

"小老弟，你是在瞎说！"

我常常故意验证一下他这种魔术师般的本领，我瞎编个故事，讲起来头头是道，煞有介事，但是他一听便直摇头：

"喏，小老弟，你在瞎编……"

"你怎么知道我是在瞎编呢？"

"我呀，小老弟，我一听就知道……"

外婆常常带我去干草广场打水，有一次，我们看见有五个城里人打一个农民——他们把他按倒在地，像狗咬架似的打成了一团。这时外婆把水桶往地下一扔，抢起扁担便向那几个城里人跑去，一面冲我喊道：

"快走开！"

但是我吓坏了，跟着她往前跑，并且捡起地上的砖头和石块便向那些人扔去；外婆勇敢地抢起扁担，朝那些人的肩上、脑袋上一通乱打。后来又来了几个人帮忙，那些城里人才被打跑了。外婆开始给挨打的农民擦洗伤处。他的脸被那些人踢得血肉模糊，一想起他用脏手捂着被打破的鼻子的情形，现在还让人感到不寒而栗。这个农民一边吼叫，一边咳嗽，鲜血从他的指缝里直往外流，一直溅到外婆的脸上和胸口。外婆也在大声地喊叫，气得浑身发抖。

我一回家就跑到"好事儿"那里，把这件事讲给他听。他放下手头的工作，站在我面前，手里举着一把像马刀似的长长的钢锉，从眼镜下面直盯着我，神态十分严厉。然后，他突然打断我的话，声色俱厉地说：

"太好了，就应该这样！非常之好！"

刚才的所见所闻使我太震惊了，对于他的话，我并没有感到有什么令人惊讶的地方，仍一个劲儿地接着往下讲。但是他搂住我，在房间里跌跌撞撞地走来走去，嘴里说：

"行了，不用多说了！小老弟，该说的你已经都说了——懂吗？全都说了！"

我不再说了，但心里很不高兴，不过仔细一想，我惊奇地——这一点我记得很清楚——发现，他非常及时地不让我再往下讲，因为该说的的确我已经都说了。

"你呀，小老弟，这种事没有必要老去说它——老讲这种事不好！"他说。

有时候，他出人意料地对我讲些我一辈子都不会忘记的话。我跟他讲起我的敌手克留什尼科夫——新街有名的打架好手，一个胖乎乎的大脑袋男孩。我打不过他，他也打不过我。"好事儿"仔细听了我心中的苦恼，说：

"这算不了什么，这种力量——算不上力量！真正的力量，在于动作迅速。动作越迅速，力量就越大，懂吗？"

到了礼拜天，我试着把出拳的速度加快，结果我轻而易举地战胜了克留什尼科夫。这使我更加看重这位房客说的话了。

"任何事情都要善于把握——懂吗？善于把握——非常困难！"

我一点儿都不懂，但我不由自主地记住了诸如此类的话——之所以能记住，是因为这些言简意赅的词汇中蕴含着某种神秘莫测的内容，因为抓取石头、面包、杯子、锤子并不需要任何特别的技巧！

可是大家越来越不喜欢"好事儿"，连性格快乐的女房客养的那只活泼可爱的小猫，谁的膝盖上它都爬，就是不往"好事儿"的膝盖上爬，对他的亲昵的呼唤也不理不睬。为此，我打过它，揪过它的耳朵。为了让它不要怕这个人，我苦口婆心地一再劝导过它。

"我衣服上有一股子酸味，所以小猫不愿意接近我。"这是"好事儿"的解释，但我知道，所有的人，包括我外婆，对此却有另外的、对这位房客怀有敌意的解释。这种解释既不正确，又带有侮辱人的意味。

"你为什么老待在他那里？"外婆生气地问我，"当心他教你学坏……"

而我每次到"好事儿"那里去，都瞒不过外公这只金毛黄鼠狼，而且为此总要狠狠地挨他一顿揍。当然，我没有告诉"好事儿"，说家里人不许我和他来往，但大家对他的态度，我坦率地告诉他了。

"我外婆怕你，她说你是个巫师；外公也怕你，他说你是上帝的敌人，是个危险分子……"

他像挥赶苍蝇似的甩了一下脑袋，惨白的脸上泛起红晕，露出一丝笑容，他的微笑不禁使我心头一紧，眼前一阵发黑。

"我也看得出来，小老弟！"他低声说，"这很让人伤心，是不是？小老弟！"

"是的！"

"很让人伤心，小老弟……"

最后，终于叫他搬走了。

有一次，喝过早茶，我到他那里去，看见他正坐在地板上把东西往箱子里装，一面低声在唱沙仑花[1]的玫瑰。

"喏，再见了，小老弟，我要搬走了……"

"为什么？"

他仔细地看了我一眼，说：

"难道你不知道吗？要腾出房子给你母亲住……"

"这话是谁说的？"

"你外公……"

---

[1] 见第 65 页注 [1]。

"他胡说！"

"好事儿"拽住我的手，把我拉到他身边。我坐在地板上，他小声对我说：

"别生气！小老弟，我以为你知道却故意不告诉我呢。这样可不好，我想……"

我真不忍心生他的气。

"听我说，"他像说悄悄话似的笑着对我说，"你记得我对你说过的话：别到我这儿来吗？"

我点了点头。

"当时你还生了我的气，是不是？"

"是的……"

"可我，小老弟，当时并不想惹你生气。不过我知道：如果我们成了朋友，你们家里的人肯定会骂你的——是吧？是这样吧？你明白为什么我要说这话吗？"

他说起话来像个跟我年纪一般大的小孩子，我非常爱听他说话，当时我觉得我甚至很早就了解他了，我也是这样说的：

"这我早就明白！"

"噢，原来如此！是这样呀，小老弟。这就对了，亲爱的……"

我心里非常难受。

"他们为什么都不喜欢你？"

他搂住我，让我紧紧地贴着他，眼睛一眨一眨地回答说：

"我是外人——懂吗？就是因为这个。跟他们不一样……"

我抓住他的衣袖，不知道该说什么，也不会说什么。

"不要生气，"他又说一遍，然后对着我耳朵小声补充说，"同样不要哭……"

可他自己却在哭，泪水在模糊的眼镜片后面直往下流。

后来，像往常一样，我们长时间地坐在那里，相对无言，只是偶尔说一句半句话。

晚上，他走了，和大家亲切地道了别，还紧紧地拥抱了我。我走出大门，看见他坐在马车上，车轮碾压着冰冻的泥巴疙瘩，一路颠簸。他刚一离开，外婆就动手打扫那间脏房子，而我则在屋子里走来走去，故意跟她捣乱。

"走开！"外婆撞到我身上，叫道。

"你们为什么要把他撵走？"

"用不着你说三道四！"

"你们全都是些蠢货。"我说。

外婆用湿抹布向我打来，嘴里喊道：

"你疯了吗，淘气鬼！"

"我没说你，其他人全是一帮蠢货。"我纠正说，但这并没有使外婆平静下来。

晚饭时，外公说：

"喏，谢天谢地！不然我一看见他就好像心上插了一把刀：唉，是应该把他撵走！"

盛怒之下，我把汤勺一撅两段，为此，我又挨了一顿毒打。

我和我认识的我国无数优秀陌生人中的第一个人的友谊就这样结束了……

第九章

　　我把自己的童年看作是一个蜂巢，各种各样的普通百姓、庸碌之辈——他们像蜜蜂一样，把自己生活的知识与思考的蜜汁带给了我。他们尽其所能，慷慨大方地丰富着我的心灵。这种蜜汁往往是肮脏的，苦涩的，但是任何知识——毕竟是蜜汁。

　　"好事儿"搬走后，彼得伯伯和我成了朋友。他长得很像外公：也是那么干瘦，穿戴整整齐齐，干干净净，但他的个子比外公矮一些，整个人都小一圈，像一个为了好玩才打扮成老头儿的半大小子。他的脸像一张筛子，布满了细小的皱纹，皱纹间一双眼白发黄、滑稽可笑、机智灵敏的眼睛不停地在跳动，像是关在笼子里的两只黄雀儿。他长着一头浅灰色的卷发，胡子也都卷成了小卷。他常吸烟斗，烟斗里冒出的烟，跟他头发的颜色一模一样，同样也打着卷儿。他说起话来也常爱兜圈子，而且净是些俏皮话。他讲话细声细气，显得很亲切，但我总觉得他是在嘲弄人。

　　"最初，伯爵夫人塔季扬·列克谢夫娜跟我说：'你去当铁匠吧，'过了一些时候，她又吩咐说：'你去帮帮园丁吧！'行，帮园丁就帮园丁吧。只不过我一个乡下农民，给我什么活我都干不好！有一次，她对我说：'你呀，彼得鲁什卡，打鱼去吧！'对于我来说，干什么都一样，于是我就去打鱼了……但打鱼的事刚刚入门——又不让我干了，和鱼再见了；让我到城里去赶马车，作为代役租[1]。好吧，赶马车就赶马车，还能叫我干什么呢？可是还没等到伯爵夫人再次调换我的工作，农奴制便废除了，我便留下来照料这匹马，现在它在我这里倒成了伯爵夫人了。

　　"这是一匹老马，好像曾经被一位喝醉酒的蹩脚画家在本来是白色的身上

---

[1] 地主每年向农民征收的货币和产品。在俄国，实物代役租由 1861 年 2 月 19 日法令宣布取消，货币代役租对临时义务农民一直保留到 1883 年以前。

乱涂一气，最后不了了之，因此，马的身上什么颜色都有。马的腿脱了臼，它的整个身子仿佛是用许多破布缝起来的，它的脑袋瘦得皮包骨，两眼浑浊，一副垂头丧气的样子，马身上青筋暴绽，只是披一张磨掉了毛的老皮而已。彼得伯伯很尊重这匹马，从未打过它，还亲切地管它叫塔尼卡呢[1]。"

外公有一次对他说：

"你怎么用一个基督徒的名字称呼一头牲口呢，这是为什么？"

"没有的事儿，瓦西里·瓦西里耶夫，绝无此事，尊敬的先生！基督徒可没有叫塔尼卡这个名字的——有叫塔季扬娜的！"

彼得伯伯识文断字，对《圣经》也很熟悉，经常和外公争论圣徒中谁是至圣；他们对古代那些违反教规者严加谴责，而且一个比一个严厉，对押沙龙的谴责尤其严厉。有时候，他们的争论纯系语法方面的争论，外公说"犯罪"、"违法"、"诈骗"三个词的词尾都是子音，念霍姆，属阳性名词[2]，而彼得伯伯则认为它们结尾的字母是母音，念瓦沙、希沙，应该是阴性名词。

"我说的是一码事，而你说的是另外一码事！"外公火了，脸涨得通红，而且故意学着他的腔调说：

"瓦沙，希沙！"

彼得伯伯一面在吞云吐雾，一面挖苦地问道：

"你那'霍姆'又有什么好？它们对上帝一点儿好处都没有！说不定上帝在听祷告时心里想：随你怎么祷告——分文不值！"

"出去，列克谢！"外公恶狠狠地叫道，两个绿眼珠子闪闪发光。

彼得伯伯非常喜欢干净、整齐，他走在院子里时总是把一些木片、砖头瓦块、碎骨头等踢到一边去——而且边踢，边骂：

"没用的东西，净碍事！"

他这个人喜欢说话，为人和善，总是乐呵呵的，但他的眼睛时不时地总是充血，显得很混浊，像死人的眼睛那样，一动不动。有时候，他随便坐在一个黑暗的角落，蜷缩着身子，虎着脸，和他侄子一样，一句话没有。

"你怎么啦，彼得伯伯？"

"一边去。"他低声说，态度很严厉。

在我们那条街上，有一家新搬来一位老爷。此人额头上长了一个瘤子，生

---

[1] 伯爵夫人塔季扬的爱称。

[2] 文中这三个词用的是古斯拉夫语，因词尾的念音不同而发生争论。

活习惯非常奇特：每逢节假日，他就坐在窗口，专门用猎枪的霰弹，射击狗、猫、鸡、乌鸦等小动物；对于过往行人，只要他看着不顺眼，也照射不误。有一次，他打出的霰弹，击中了"好事儿"腰部，霰弹末曾穿透他的皮夹克，掉进了他的口袋，我至今还记得那位房客透过眼镜仔细打量那些灰色霰弹的情形。外公劝"好事儿"去告那个房客，但"好事儿"把那几粒霰弹往厨房角落里一扔，说：

"不值得。"

又有一次，这位枪手的几粒霰弹打中了我外公的一条腿，盛怒之下，外公把他给告了，民事法官开始在这条街上召集受害者和目击证人，但这位老爷却突然消失了，不知去向。

事情也怪了，每当街上一响起枪声，彼得伯伯——只要他在家——便急忙把他那顶节日才戴的、已经褪了色的宽边帽子往头发灰白的脑袋上一扣，火烧火燎地就往大门外跑。这时他把两手藏在背后的长衫下面，把长衫撑得老高，活像只公鸡尾巴，昂胸挺肚，大摇大摆地沿着人行道，在枪手的面前走着：走过去，再走回来——来回走着。我们，所有住在这幢房子里的人，都站在大门口，那位军人房客，铁青着脸，从窗口里向外张望，在他的上方，是他老婆那一头金发的脑袋。贝特连格家院子里也有人出来观看，只有奥夫相尼科夫家那幢死气沉沉的灰房子里没有一个人出来。

有时候，彼得伯伯在街上溜达半天，一无所获——看来猎手不认为他是个值得猎取的猎物，但有时候听见双筒枪连发两枪：

"咚——咚……"

这时，彼得伯伯不慌不忙地走到我们跟前，一副洋洋得意的样子，说：

"打中长衫的下摆了！"

有一次，霰弹击中了他的肩膀和脖子。外婆一面用针把霰弹往外拨，一面责怪彼得伯伯：

"他这个人怪里怪气，你招惹他干什么？当心他把你眼睛打瞎！"

"不——会，决不会的，阿库林娜·伊万诺夫娜，"彼得伯伯轻蔑地拉长声调说，"他算不上什么射手……"

"你干吗要招惹他呢？"

"难道我是在招惹他吗？我是想逗逗这位老爷……"

然后，他把拨出来的霰弹放在手掌里仔细打量一番，说：

"算不上什么射手！伯爵夫人塔季扬·列克谢夫娜有一个临时丈夫——她更换丈夫就跟更换佣人一样——住在她家里，名叫马蒙特·伊里奇，是一位军人，喏，他的枪法可准了！他不用猎枪的霰弹，阿婆，而是用手枪子弹射击！他让傻子伊格纳什卡站在远处，距离约四十步的光景，腰里系一个瓶子，吊在两条腿中间。伊格纳什卡傻笑着，叉开双腿。马蒙特·伊里奇用手枪瞄准后，'砰'的一枪！瓶子被打得粉碎。只有过一次，伊格纳什卡不知是因为被牛虻还是别的什么虫子咬了——他的身子动了一下，结果子弹打着了膝盖，击中了髌骨！叫来了医生，当时就进行了截肢——一条腿就这样没了！被掩埋了……"

"那傻子呢？"

"他倒没什么。傻子用不着脚，也用不着手，就凭自己那副傻样，饱吃饱喝。人人都怜爱傻子，因为傻并不招谁惹谁。常言道：无论是教堂的执事，还是法院的录事——只要是傻子就不欺侮人……"

外婆对诸如此类的故事并不感到新奇，她自己就知道一大堆，然而我却感到有些毛骨悚然，于是我问彼得伯伯：

"那位老爷会把人往死里打吗？"

"怎么不会呢？会的。他们甚至互相还打呢。有一名枪骑兵[1]来找塔季扬·列克谢夫娜，他和马蒙特发生了口角，当即便掏出手枪，前往公园，在公园的一个池塘边的小路上，这位枪骑兵对马蒙特'砰'的就是一枪——打中了肝脏！结果马蒙特进了坟墓，枪骑兵被发送到高加索——事情就此才算了结！这是他们自己打死了自己人！要是打死农民什么的——那就根本不在话下！如今，对他们这种人来说，你瞧，压根儿不拿人当回事儿，因为已经不是他们的人了[2]，喏，不比以前，以前他们还有些心疼——自家的私人财产嘛！"

"唉，以前他们也不感到心疼。"外婆说。

彼得伯伯表示同意，说：

"这话没错：自家的财产，何况很廉价……"

彼得伯伯对我很好，跟我说话要比跟大人们说话和善一些，而且能够正眼地看着我，但他身上有一种我不喜欢的东西。他请大家品尝人们爱吃的果酱，

---

[1] 18—19世纪（俄国19世纪）欧洲军队的一种轻骑兵，枪骑兵的名称源于持矛的蒙古、鞑靼骑兵。

[2] 指俄国1861年废除农奴制以后，农奴名义上获得了自由的身份，不再是老爷的私有财产了。

给我的那片面包上抹得特别厚，还给我拿来在城里买的甜饼干和罂粟饼，而且和我谈起话来，总是一本正经，声音很低。

"将来想干什么，小少爷？是当兵，还是去做官？"

"去当兵。"

"很好。眼下当兵也不那么苦了。当神甫也不错，随便说几声'愿上帝保佑'也就完事啦！当神甫甚至比当兵还轻松，要想再轻松一些，那就是当渔公了，当渔公什么学问都不需要——只要习惯就行了！……"

他活灵活现地描述鱼儿怎样围着饵料转悠，鲈鱼、雅罗鱼、鳊鱼如何上钓等。

"外公打你时，你肯定非常生气，"他安慰我说，"其实，小少爷，根本用不着生那么大的气，他是为了让你有所长进才打你的，这种打，是对孩子的一种教育！而我的那位塔季扬·列克谢夫娜太太，嘿，她打起人来才叫那闻名呢！她手下养了个专门打人的人，叫赫里斯托福尔，在打人方面很有两下子，有时附近庄园的邻居们上门央求伯爵夫人：'塔季扬·列克谢夫娜夫人，请您让赫里斯托福尔把我们家的佣人揍一顿吧！'于是伯爵夫人就让他去了。

"他说：伯爵夫人身穿洁白的细纱连衣裙，头上系着轻薄透明的天蓝色丝巾，坐在门廊台阶上的一把红色安乐椅上，而赫里斯托福尔就当着她的面鞭打那些男女佣人。他讲得非常详细，而且毫无恶意。

"而且，小少爷，这个赫里斯托福尔虽说是梁赞省人，样子长得却像茨冈人和乌克兰人，八字胡一直留到耳根，嘴脸发青，下巴上的胡子刮得干干净净。不知道他是真傻，还是怕别人有事问他而故意装傻。有时他在厨房里往杯子里倒上水，逮着了苍蝇或者蟑螂、甲壳虫之类的东西，就用树枝把它们淹在水里，要淹很长时间。再不然就把从自己衣领上捉到的虱子放到杯子里淹死……"

这类故事我听得多了，许多都是从外婆和外公嘴里听来的。故事虽然五花八门，但它们彼此却出奇的相似：每个故事讲的都不外是折磨人、捉弄人和欺压人。这种故事我都听腻了，不愿意再多听，于是我恳求车夫说：

"讲点别的吧！"

他把脸上全部的皱纹集中到嘴角，然后又抬升到眼角，并表示同意说：

"好吧，你这么想听，我就讲点别的。话说我们那里有一个厨子……"

"谁们那里？"

"就是伯爵夫人塔季扬·列克谢夫娜那里。"

"你为什么叫她塔季扬？难道她是个男的吗？[1]"

他嘿嘿地笑了。

"不，她是位夫人，不过她长有小胡子，黑黢黢的——是黑头发的德国人所生，好像是阿拉伯人。咱们还是回到关于厨子的话题上来吧。小少爷，这个故事非常可笑……"

这个可笑的故事是这样：厨子把馅饼做砸了，主人逼着他把馅饼全都吃下去，他吃下去后便病倒了。

我愤愤地说：

"这根本不可笑！"

"那什么可笑呢？喂，你说个听听！"

"我不会……"

"这不结了——你就别挑三拣四了！"

他又编了些枯燥无味的所谓故事。

遇到节假日，两位表哥有时来做客，一个是愁眉苦脸、懒惰成性的萨沙——米哈伊尔舅舅的儿子，另一个是循规蹈矩、无所不知的萨沙——雅科夫舅舅的儿子。有一次，我们三个爬到房顶上玩，看见贝特连格家院子里有一位身穿绿色毛皮长礼服的老爷，他坐在墙边的木柴堆上，正跟几只小狗逗着玩。他的脑袋不大，谢顶头，黄黄的，没戴帽子。两个表哥中有一个建议偷走他一只小狗，于是我们当即便制订一个巧妙的偷狗计划：两个表哥先到街上去，在贝特连格家的大门口等着，由我来吓唬那位老爷，趁着把他吓跑的工夫，他们俩乘机溜进院子里，将小狗偷走。

"怎么吓唬他呢？"

一个表哥建议说：

"你往他那谢顶头上吐口唾沫！"

往一个人头上吐口唾沫，这能算多大的罪过？我听说的和亲眼见过的对一个人干的坏事，比这多了去了，于是我就当仁不让，忠实地完成了我所担负的任务。

谁知这下子可惹了大麻烦了，贝特连格家一大帮男女，由一位年轻漂亮的军官领着，找到我们院子里。因为在我干坏事的时候，两位表哥正在街上溜达，

---

[1] 塔季扬的词尾是阳性，是男人的名字，在"小少爷"看来，女人应该叫塔季扬娜才对。

童
年

外公根本不知道我们的恶作剧——所以他只是把我一个人打了一顿，为贝特连格家所有的人出气。

我挨过打后，躺在厨房的一张吊床上，这时穿着节日盛装、乐呵呵的彼得伯伯爬到我的吊床上。

"你想的这个主意太妙了，小少爷！"他小声地说，"他这是活该，这只老山羊，就该治治他——用唾沫啐他！用石头砸他那烂脑袋瓜才好呢！"

那位老爷没长胡子的、圆圆的娃娃脸浮现在我的眼前，记得当时他像小狗一样不停地低声喊叫着，如怨如诉，可怜巴巴。我感到万分羞愧，简直无地自容。我恨我这两个表哥，但是，当我仔细看清楚马车夫那张满是皱纹的脸时，这一切马上便全被忘记了：他的脸同样在颤抖，跟外公打我时的那张脸一样可怕，一样令人憎恶。

"你走开！"我喊道，一面手推脚蹬地赶彼得快走。

他嘿嘿地笑着，眼睛眨巴着，爬下了吊床。

打这以后，我再也不想跟他说话了，我开始躲避他，同时用怀疑的目光，注意着马车夫的一举一动，模模糊糊地觉得要有什么事情发生。

往老爷头上吐唾沫这件事发生后不久，还出过一档子事。奥夫相尼科夫那幢安静的房子早就引起了我的兴趣，我觉得这座灰色房子里人们的生活非同寻常，带有一种神秘莫测的童话般的色彩。

贝特连格家里一向很热闹，欢声笑语不断。那里有许多漂亮的小姐，军官、大学生是他们家的常客。他们说笑，喊叫，唱歌，弹奏乐曲。甚至这幢房子的外观看上去就令人心旷神怡，窗户的玻璃闪闪发光，窗内繁花似锦，五彩缤纷。但外公不喜欢这家人。

"都是些异教徒，不信仰上帝。"外公谈起这家人的时候总是这样说，至于说这家的女人，他用的词眼儿就很难听了。彼得伯伯有一次向我解释过这个词儿，意思非常下流，而且有点幸灾乐祸。

奥夫相尼科夫家的房屋庄严肃穆，令外公肃然起敬。

这是座单层建筑，但是房子很高，房前有一个庭院，植满了草皮，干净而僻静。院子里有一眼水井，有两根柱子支撑着井上的顶盖。这幢房子好像要避开大街似的，建造在距街道稍远的地方。三个狭长的拱形窗子距离地面很高，窗上的玻璃灰蒙蒙的，在太阳的映照下出现一片彩虹。大门的另一侧是一座仓库，从前面看，和正房的结构完全一样，也有三个窗子，但它们都是假的：只是在灰色的墙面上做了三个装饰性窗口，再用白色涂料画上窗框。这些虚有其表的假窗户让人看着很不舒服，而且整个仓库再一次向人暗示：这家人愿意深居简出，不喜欢显山露水。整个院落，包括院里闲置的马厩和两扇门很大但同样闲置不用的干草棚，让人有一种息事宁人、忍气吞声或深藏若虚、自命清高的感觉。

有时候，院子里有个老头——走路有点瘸，高高的个子，光头，小白胡子，胡子向上翘着，像一根根针似的。有时候，还有另一个老头——一脸络腮胡子，鼻子歪着，他把一匹胸窄腿细的长脸灰马从马厩里牵出来，这匹马一到院子里，便向周围不住地点头，好像一位性格温顺的修女。瘸子老头用手掌使劲拍了拍这匹马，吹着口哨，大声地直叹气，然后又把这匹马藏回黑暗的马厩里了。我觉得这老头很想离开这个家，但他无能为力，被魔法缠住了。

院子里每日都有三个小孩，从中午一直玩到晚上，几乎天天如此。他们穿着一样的灰衣裤，戴着同样的帽子，都是圆圆的脸，灰色的眼睛，彼此长得非常相似，我只能根据其个子的高矮来分辨他们。

我透过墙缝观察他们，他们看不见我，可我很想让他们看见我。看着他们玩我没玩过的游戏，玩得那么开心，那么默契，我非常高兴。我也很喜欢他们穿的衣服，喜欢他们相互之间的细心照料，尤其是两个哥哥对滑稽可笑、非常好玩的小胖子弟弟的特别关照。要是小弟弟跌倒了——他们会发出笑声，就像人们平常笑跌跤的人那样，但是他们的笑，不是在幸灾乐祸，他们会立刻把他搀扶起来。如果他的手或膝盖被弄脏了，他们会用牛蒡叶、手绢擦去他手上和裤子上的污垢，而那位当二哥的则会和善地说：

"瞧你真够笨的！……"

他们相互间从不吵骂，谁也不骗谁，而且三个孩子全都非常麻利，强壮有力，精力充沛。

有一次，我爬到树上，向他们打口哨——他们听见口哨声便立即站住了，然后慢慢地聚拢在一起，瞅着我，小声地在商量着什么。我想，他们肯定要向我扔石头，于是便从树上爬下来，捡些石头放进口袋里，抱在怀里，然后又爬回到树上，但他们这时已经跑到院子一个角落里去玩了，离我很远。看来，他们已经把我给忘了。这让我很扫兴，不过我不愿意第一个挑起战争，不一会儿，有人从气窗口冲他们喊道：

"孩子们，快回来！"

他们乖乖地、不慌不忙地回去了，像三只小鹅仔。

有好多次，我爬到树上，隔着围墙，我期待着他们叫我过去和他们一块儿玩——可是他们没有叫我。我心里早就想着和他们在一起玩了，有时候想得太入神，不禁喊出声来，甚至大声笑起来；这时他们三个人一齐看着我，小声地在说着什么，而我则被弄得怪不好意思的，便从树上爬了下来。

有一次，他们玩捉迷藏游戏，轮到老二去找。他站在仓库拐角的地方，老老实实地用两只手把眼睛捂住，一点儿也不偷看，他的两个兄弟跑着躲藏了起来。老大迅速、麻利地钻进仓库屋檐下一辆大雪橇里，小的一时没了主意，可笑地绕着井台直转圈，不知道藏到哪里好了。

"一，"老大喊道，"二……"

这时只见小的纵身一跳，跳到井架上，伸手抓住井绳，两只脚往空桶里一伸，这只桶便顺着井壁，磕磕碰碰地滑了下去，转眼便不见了。

眼见那收拾得好好的辘轳在无声地飞快旋转，我一下子愣住了，但我很快就明白会发生什么事，我一个纵身，跳到他们院子里，大喊：

"有人掉井里啦！……"

老二和我同时跑到井架旁，他一把抓住井绳，使劲往上拉，他的手被磨得火辣辣的，但这时我已经把井绳抓到我手里了，老大此时也跑了过来，帮助我往上拽井绳。他说：

"请轻一点儿！……"

我们很快便把小弟弟拉了上来，他自己也吓得够呛。他右手的指头流着血，一边脸也被蹭破了，腰以下全是湿的，脸色白里透青，但是他还露出微笑，身上直发颤，两只眼睛瞪得老大，边笑边拉长声调说：

"我是——怎么——掉进——去的……"

"疯了呗，这不明摆着嘛。"老二说，一面搂住他，用手绢擦去他脸上的血。老大皱着眉头说：

"咱们回去吧，反正也瞒不住……"

"你们会挨打吗？"我问道。

他点了点头，然后伸出手对我说：

"你跑过来得真快呀！"

听见他的夸奖，我很高兴。我还没来得及和他握手，他又对他二弟说：

"快回去吧，他会感冒的！我们就说他摔倒了，关于井的事——就别提了！"

"对，不要提，"小的表示同意，一面直打寒战，"就说我跌进水坑里了，行吗？"

他们走了。

这一切发生得是如此之快，当我回头看一眼我纵身跳进院子里时脚下蹬的那根树枝时，它还一直在那里摇晃呢，发黄的叶子正从上面纷纷落下。

兄弟三人有一个礼拜没到院子里玩了，后来出来了，比以前玩得更加起劲儿。那个大的看见我正在树上，冲我亲切地喊道：

"来我们这儿玩吧！"

我们钻进仓库屋檐下那辆宽大的旧雪橇里，面对面，彼此相望，谈了好长时间。

"打你们了吗？"我问道。

"打了。"大的回答说。

真让人难以置信，这三个孩子跟我一样，也会挨打，我真为他们感到委屈。

"你为什么要捕捉小鸟？"那个小的问。

"它们叫得可好听了。"

"不，别逮它们，最好让它们想怎么飞就怎么飞……"

"那好，以后我不逮了！"

"不过你得先逮一只送给我。"

"送给你——什么样的鸟？"

"欢蹦乱跳的，而且要装在笼子里。"

"那就是黄雀了。"

"猫会把它吃掉的，"那个小的说，"而且爸爸不让养鸟。"

老大表示同意，说：

"肯定不让养……"

"你们有妈妈吗？"

"没有。"老大说，但老二纠正他说：

"有，不过是另外一个人，不是我们的亲妈，我们的亲妈没有了，她死了。"

"另外一个人——那叫后妈。"我说。老大点了点头，说：

"没错。"

这时他们三个都不说话，陷入了沉思，情绪非常低落。

从外婆讲的童话故事中我知道后妈意味着什么，所以我很能理解他们都不说话的含义。他们坐在那里，紧紧地靠在一起，像三只模样相同的小雏鸡。我想起了童话故事里骗取亲妈地位的巫婆后妈，于是我向他们保证说：

"等着吧，你们的亲妈还会回来的！"

老大耸了耸肩膀说：

"如果她已经死了呢？这是不可能的事……"

"不可能的事？老天在上，死而复生的事太多了，甚至被卸成八大块的人也能够活过来，只用往他们身上洒点圣水。有多少次，人的死并不是真死，不是上帝的意志，而是被妖人和巫师施了魔法！"

我兴致勃勃地开始向他们讲述我从外婆那里听来的故事，老大最初只是嘿嘿地发笑，他轻声对我说：

"这我们听过，是童话故事……"

他的两个弟弟默默地听着，最小的弟弟绷着嘴，气鼓鼓的；老大用胳膊肘顶着膝盖，探身冲着我，一只手从后面搂着小弟弟的脖子。

天色已经很晚了，屋顶上空出现一块块红云，这时，一个白胡子老头，穿一件像神甫那样的酱红色长袍，戴一顶毛茸茸的皮帽子，来到我们身边。

"他是谁？"他指着我问道。

老大站起来，指指我外公家的房子，说：

"他是那家的……"

"谁叫他过来的？"

三个孩子一声不吭，立即从雪橇中爬出来，往家里走去，这使我重又想起了那些老实听话的小鹅仔们。

老头儿一把抓住我的肩膀，将我往院子大门口搡去。他把我吓得直想大哭一场，但是他走得很快，步子又大，我还没来得及哭出来，就已经到大街上了。他站在门口，用手指着我，威胁道：

"不许到我这儿来！"

我勃然大怒，说：

"我根本就不是来找你的，老东西！"

他伸出长长的胳膊，又将我一把抓住，使劲往人行道上拉，边拉边问。他的话就像锤子似的在敲击着我的脑袋：

"你外公在家吗？"

倒霉的是，外公刚好在家。面对这个恶老头儿，外公仰起脸，撅着胡子，看着对方跟两戈比的硬币差不多的浑浊的圆眼睛，急忙解释说：

"他妈妈出远门了，我是个忙人，没有人管他——还请上校多多包涵！"

上校冲着整个宅院咳嗽一声，然后像一根木头柱子似的转身而去，可我呢，过了一会儿，被抛在彼得伯伯停放在院里的马车上了。

"又惹事了吧，小少爷？"他边卸着马，边问，"为什么挨打了？"

当我告诉他是为什么时，他一听就火了，并且咬牙切齿地说：

"为什么你要跟他们一起玩？他们是阔少爷，是毒蛇。看，因为他们，你被打成什么样子了！现在该你自己好好教训他们一顿了——走着瞧！"

他唠叨了很长时间。我因为挨了打，心里非常窝火，起初听他唠叨还有些共鸣，但他那张不停抖动的筛子脸，越来越让我感到厌恶，它使我想到这三个小孩也一定会挨打，可他们在我面前是无辜的呀。

"把他们打一顿——没这个必要。这三个小孩很好，你净在胡说八道。"我说。

他看了看我，突然大喝一声：

"从车上滚下来！"

"你是个老浑蛋！"我跳下马车，冲他吼道。

他开始满院子追我，但就是逮不着，他边追，边阴阳怪气地叫道：

"我是老浑蛋？我胡说八道？看我把你……"

外婆来到厨房的台阶上，我立刻向她扑了过去，于是他向外婆抱怨说：

"这小子把我骂得狗血喷头！我年纪比他大五倍，可他竟然敢对我破口大骂，骂些不堪入耳的话……骂我胡说八道……"

听见有人当面撒谎，我茫然失措，一时竟愣住了，不知如何是好，不过外婆坚定地说：

"我说，你呀，彼得，你纯粹是在撒谎——他不会骂你太难听的话的！"

要是换成外公，他可能就相信马车夫的话了。

从那天起，我们之间就引发了一场无声的恶战：他存心仿佛无意间撞我一下；用马缰绳刮我；把我的鸟放跑；有一次竟然让猫把它们给吃了。他总是因为一点儿小事，添枝加叶，向外公告我的状。我越来越觉得他跟我一样，还是一个孩子，只不过是长一副老头相罢了。我把他用树皮编的鞋拆开，偷偷把捆札它们的带子弄松，把鞋带扯断，这样只要彼得一穿，鞋就准坏。有一次，我

童年

把胡椒粉撒到他帽子里，使他打了整整一个钟头的喷嚏。总之，我想尽办法，千方百计地对他进行报复。每逢节假日，他整天监视着我，从不懈怠，而且不止一次地抓住我违反不许和那几个阔少爷来往的禁令。一旦被他抓住，他就去向我外公打小报告。

和几个阔少爷的来往一直在继续，而且我感到越来越开心。在一个狭小的墙角里——一边是外公家的院墙，一边是奥夫相尼科夫家的围墙——长了许多榆树、椴树和茂密的接骨木丛。我在这灌木丛下的围墙上挖开个半圆形的小洞，他们弟兄仨，或者弟兄俩，轮流到洞口来，我们蹲在那里，或者跪在那里，小声地进行交谈。他们总得有一个人在远处放哨，以防上校冷不丁地发现我们。

他们讲述自己枯燥乏味的生活，我听后感到非常难过，他们讲了我给他们逮的几只小鸟的情况，讲了许多小孩子们的事，但是对于他们的继母和父亲，从来绝口不提——至少我不记得他们提到过。通常他们只是要我给他们讲故事听，我一五一十地把外婆给我讲的故事再给他们讲述一遍，要是中间忘掉了什么，我就请他们等一下，我跑回去找外婆，把忘记的地方问问清楚。对此，外婆总是感到非常高兴。

我还向他们讲了许多关于外婆的事，有一次，那个老大深深地叹了口气说：

"当外婆的大概都非常好——我们也曾有过一个很好的外婆……"

他经常神情忧郁地说：也曾有过，以前曾经有过这样的词，好像他在世上已经活了上百年，而不是十一年。我记得他的手掌很小，手指头非常细，而且，他整个人都十分瘦弱，单薄，然而他的眼睛却十分明亮和非常柔和，像教堂里长明灯的灯光。而且他的两个弟弟也非常可爱，同样能够使人对他们有一种广泛信任的感觉——总想为他们做点好事，但我最喜欢的还是他们的大哥。

我只顾谈话了，常常没注意彼得伯伯从哪儿冒了出来。他阴阳怪气地让我们散开：

"又——凑——到——一起了？"

我看得出，他的忧郁症发作得越来越勤了，我甚至学会了事先知道他收工回家时的心情，因为通常他开门时不急不忙，门轴发出的吱扭声拖得很长，听起来懒洋洋的，要是马车夫的心情不好，门轴发出的吱扭声就很短，好像痛得哎哟一声似的。

他的哑巴侄子到乡下完婚去了。彼得一个人住在马厩里，房子又矮又小，一个小窗口，里面有股子很重的臭皮革、焦油、汗水和烟草的气味——因为这种气味，我从来没有到他的住处去过。现在，他睡觉不熄灯，这一点外公非常不乐意。

"彼得，当心别把我的房子给烧了！"

"决不会的，你放心吧！夜里我把灯放在盛水的碗里。"他心不在焉地回答说。

不知为什么，他现在看东西一般眼睛总是往一旁瞟着，而且他早已经不参加外婆的晚会了，也不再请大家吃果酱了。他的脸变干瘪了，脸上的皱纹也更深了，而且，走起路来一摇三晃，步履维艰，像个病人。

有一次，是个平常日子，早上，我和外公在院子里清扫下了一夜的大雪——这时，院子侧门的门闩忽然"咣当"一声，听起来声音很有些特别，接着，从外面进来一名警察，他用后背关上侧门，脸冲着外公，向自己这边勾了勾发灰的粗指头，让外公过去。外公走了过去，那警察一低头，他那张长个大鼻梁的脸，仿佛要啄外公的额头似的，开始跟他悄悄地说了些什么，外公赶紧回答说：

"这里！什么时候？让我想想……"

这时他突然很滑稽地一蹦，叫道：

"愿上帝保佑，真的吗？"

"小声点。"警察严厉地说。

外公向周围看了看，发现了我。

"把铁锹收起来，回屋去吧！"

我躲在一个角落里，他们去马车夫的小屋里了。那警察摘下右手的手套，在左手掌上拍了一下，说：

"他呀，明白着呢。把马扔下不要了，自己这不先躲了起来……"

我跑到厨房，把我所看到的和听到的事都跟外婆说了，当时她正在面盆里和面，准备做面包，头一扬一扬的，脑袋上沾了好多面粉。她听完我的话，平静地说：

"显然是偷了什么东西……玩儿去吧，关你什么事！"

当我又跑到院子里时，外公正站在侧门边，脱掉帽子，仰望着天空，在胸前画着十字。他一脸怒容，气得毛发都竖起来了，一条腿直打哆嗦。

"我不是说过叫你回屋去吗？！"外公跺着脚，冲我喊道。

这时他自己也跟着我过来了，一走进厨房他便喊道：

"老婆子，你过来一下！"

童
年

他们到隔壁房间里去了，在那里小声说了很长时间，等外婆又回到厨房时，我明白发生了什么可怕的事。

"你有什么好怕的？"

"你给我住嘴。"外婆轻声地说。

一整天，家里人都在担惊受怕，气氛很紧张。外公和外婆一直忧心忡忡，你看看我，我看看你，说话声音很低，三言两语，听也听不清，这就更加重了焦虑的气氛。

"老婆子，把各处的长明灯都点起来。"外公一边咳嗽，一边吩咐说。

午饭大家都没有心思吃，急急忙忙，草草了事，仿佛在等待什么人到来。外公一脸疲惫，鼓着腮帮子。他清了清嗓子，嘟嘟哝哝地说：

"道高一尺，魔高一丈！要知道，当教徒的好像都比较虔诚，可是你呢，啊？"

外婆叹了口气。

白茫茫、灰蒙蒙的冬日过得非常之慢，令人心烦意乱。家里人越来越感到六神无主，忧心如焚。

天快黑的时候，另外来了一名警察，棕色头发，胖胖的。他坐在厨房的长凳上直打瞌睡，小声地打着呼噜，头一歪一歪的。外婆问他："怎样才能调查清楚？"他没有立即回答，等一会儿才瓮声瓮气地说：

"我们会调查清楚的，请放心好了！"

我记得，当时我坐在窗口，嘴里含着一枚旧钱币，想把它捂热后贴在玻璃窗的冰花上，把打败恶龙的常胜将军格奥尔吉[1]的画像印出来。

突然，门厅里一阵骚动，房门大开，彼得罗夫娜在门槛外大声喊道：

"快瞧瞧去吧，你们家后院是怎么回事！"

一看见有警察在，她急忙又往门厅里缩，但警察一把拽住了她的裙子，同时自己也被吓了一跳，大声吼道：

"站住——你是什么人？看什么来了？"

这时她在门槛上绊了一跤，跪倒在地上，声泪俱下地大声喊叫着说：

"我正要去挤牛奶，一看：卡希林家花园里这个像靴子一样的东西究竟是

---

[1] 基督教圣徒之一，据宗教传说，格奥尔吉因信仰基督教于公元303年在罗马被镇压基督教的古罗马皇帝戴克里先（约243—约313）处死。格奥尔吉最初被认为是土地的保护神，在中世纪的欧洲，他开始被认为是圣徒——军事庇护神。通常他的画像画的都是他在马上手持长矛大战恶龙的情形。沙皇俄国的国徽和钱币上均有此图像。

什么呢？"

这时外公暴跳如雷，捶胸顿足，大声喊叫道：

"胡说，你这个蠢货！你怎么能看见花园里的东西？围墙那么高，上面又没有缝隙！你在胡说！我家花园里什么都没有！"

"老爷子！"彼得罗夫娜放声大哭，她一只手指着外公，另一只手扶着脑袋，"你说得对，老爷子，就算是我在胡说！我正往前走着，忽然看见有脚印往你们花园围墙那边去了，而且有一个地方的雪被踩得一塌糊涂，我隔着围墙，往里一瞧，看见他躺在那儿……"

"谁——谁？"

这一声喊叫，拉得特别长，一点儿也听不出它的含意；但是所有的人像疯了似的，争先恐后地从厨房里涌出来，向花园里跑去——彼得伯伯躺在一个大坑里，身下铺着软绵绵的积雪，后背紧贴着一根烧焦了的木头，脑袋一直耷拉到胸口。他的右耳朵后面有一道很深的裂口，红红的，很像人的嘴。裂口内有些青紫色的碎块向外凸着，像人的牙齿。我吓得赶紧把眼睛眯起来，从眼睛缝里，我看见彼得两个膝盖间有一把我见过的马具刀，他右手的手指弯曲着，已经发黑，就在马具刀的旁边。左手伸向一边，被埋在雪里。马车夫身下的积雪已经开始融化，其瘦小的身躯深深陷入松软柔和的皑皑白雪之中，看上去他更像是一个孩子。他右边的雪地上有一幅奇怪的图案，很像一只鸟，而他左边的积雪未曾被人动过，平整光滑，发出耀眼的光芒。他的脑袋无力地向下垂着，下巴直接抵着胸部，浓密卷曲的大胡子被挤压得凌乱不堪。他裸露的胸口上凝聚着一条条红色的血迹，上面放着一只硕大的青铜十字架。嘈杂的人声，令人头昏目眩。彼得罗夫娜一直在不停地喊叫，警察也一直在嚷嚷，外公正打发瓦列伊到什么地方去，对他喊道：

"别踩坏了现场痕迹！"

但他忽然紧皱双眉，往自己脚下看了看，然后神气活现地大声对警察说：

"你瞎嚷嚷什么呀，老总！这是上帝的安排，是上帝的裁决，可你尽说些没用的废话——唉，你们这些人啊！"

这时所有的人一下子都不吭声了，大家把注意力全集中在死者身上，一面唉声叹气，一面在胸前画着十字。

院外有许多人跑进花园里来，他们从彼得罗夫娜家围墙那边越墙而入，一路跌跌撞撞，跑得呼哧呼哧的，但总体上——花园里还算安静，直到外公环顾四周，愤怒地大声吼叫起来，才打破了这种安静：

"街坊邻居们啊，你们怎么能踩坏我的马林果苗呀？你们这样做不感到于心有愧吗？"

外婆拉着我的手，边哭边带我回屋里去……

"他都干了些什么？"我问道。外婆回答说：

"难道你没看见……"

整个晚上，直至深夜，厨房和隔壁房间里都有许多陌生人跟外婆在一起，他们大呼小叫地嚷嚷个没完。警察一直在发号施令，一个类似教堂执事的人在写着什么，不时地提出些问题，声音像鸭子叫似的：

"嘎克？嘎克？"[1]

外婆在厨房里招待大家喝茶。桌边坐着一个胖胖的人，长一脸雀斑，留着小胡子，说起话来尖声尖气。他介绍说：

"他的真名、外号都不清楚，仅查出他是叶拉季马[2]人。哑巴是假装的，他根本不是个哑巴，对此他供认不讳。这里还有第三个人，这第三者也已经招认。他们很早以前就抢劫过教堂，他们主要就是干这个的……"

"哎呀，上帝啊！"彼得罗夫娜叹息道；她满脸通红，浑身是汗。

我躺在吊床上，往下张望，觉得所有的人都十分矮小、肥胖，而且可怕……

---

[1] 俄语"Как？Как？"的音译，即"怎样？怎样？"的意思。

[2] 叶拉季马，奥卡河上一城市，属原坦波夫省。

第十章

有一回，是个礼拜六，我一大早就到彼得罗夫娜家菜园子里去捕捉灰雀，网张了很久，可这些大模大样的红肚皮小鸟就是不往网子里钻。它们一面炫耀自己的美丽，一面在银白色的冰面上，蹦来跳去。它们时而飞上冰霜覆盖的灌木枝头，宛如一朵朵鲜花开放其间，还不时地抖动身子，摇落许多晶莹透明的雪花。此情此景是如此之美，甚至未捕到灰雀也变得无所谓了，不值得懊恼。我不是个捕鸟迷，我更喜欢的是捕鸟的过程，而不是结果。我喜欢观察小鸟们的生活，心里总是想着它们。

一个人坐在茫茫雪原的边缘，倾听小鸟儿在冬日洁白可鉴的宁静中唧唧的叫声，真是令人心旷神怡。而在远处什么地方，俄罗斯冬天发愁的云雀和过路的三套马车的铃声，在歌唱中渐渐远去……

我在雪地里直打寒战，感到耳朵要被冻僵了，于是我便收起网子和鸟笼，翻过外公家花园的围墙，回家去了。——我看见临街的大门敞开着，一个身材高大的农民正在把一辆很大的带篷雪橇从院子里往外拉，雪橇上套有三匹马，个个身上冒着热气，赶雪橇的农民高兴地吹着口哨。我心里头一震。

"谁来了呀？"

赶车的转过身来，手搭在额头上看了看我，然后跳到驾驶座上，对我说：

"神甫呗！"

喏，这事跟我没关系；既然是神甫，那大概是找房客的。

"驾，小鸡们！"那农民吆喝道，一面打着口哨，抖动缰绳，催马上路。三匹马齐心协力，向田野里奔驰而去，我从后面望着它们，把大门半掩上，但是，当我走进空荡荡的厨房时，旁边屋子里便传出了母亲大声说话的声音，字字句句听得都非常真切：

"现在怎么办——非置我于死地不可吗？"

　　我没脱外面的衣服，把鸟笼一扔，便往过道里跑去，正好一头撞在外公身上了；他一把抓住我的肩膀，直眉瞪眼地看着我的脸，喉咙里像有个很难咽下去的东西似的，哑着嗓子说：

　　"你母亲来了，去吧！等一等……"他用力摇了我一下，使我差一点儿没站稳脚跟，然后又把我向门口一推，说，"去吧，去吧……"

　　我一头撞在包着毛毡和漆布的门上，由于天气寒冷和内心激动，我两手一直在发抖，摸了半天还没有摸着门把手。最后，我轻轻地推开房门，站在门槛旁，只觉得头晕目眩。

　　"瞧，他这不是来了，"母亲说，"天哪，都长这么大了！怎么，不认识我了？瞧你们给他穿的衣服，也真是……连耳朵都冻白了！妈妈，快给我拿点鹅油 [1]……"

　　她站在屋子中间，弯着腰帮我脱下衣服，她把我像转皮球似的转来转去，她高大的身躯穿一件红色的柔软暖和的连衣裙，又宽又大，像农民穿的长袍，黑色的大纽扣从肩膀——斜着——一直缀到裙子下摆。这种款式的连衣裙以前我从没有见过。

　　她的脸我觉得比以前小了，变小了，也更白了，而眼睛则显得大了些，眼窝更深了，金黄色的头发更亮了。她把我脱下来的衣服往门槛边一扔，撇了撇深红色的嘴唇，一脸很嫌弃的样子，只听见她发号施令的声音：

　　"怎么不说话呀？高兴吗？呸，这么脏的衬衫……"

　　接着，她用鹅油擦了擦我的耳朵，我感到很疼，但从她身上散发出的清新的香味减轻了我的疼痛感。我紧挨着她的身子，看着她的眼睛，心里非常激动，而且，我从她的话里听到了外婆那声音不大，但是不堪其忧的声音：

　　"他现在的主意可大了，谁也管不了他，连外公都不怕……哎呀，瓦里娅，瓦里娅……"

　　"喏，别抱怨了，妈妈，他会好起来的！"

　　和母亲相比，周围的一切，显得都很渺小、可怜和老朽，我也感到自己像外公一样老了。她用膝盖把我紧紧夹住，用她那沉重而温暖的手抚摸着我的头发，说：

　　"应该理发了。也到该上学的时候了。想学习吗？"

------

[1] 民间相信涂抹鹅油能够治冻伤。

"我已经学过了。"

"还应该再学一些。嘿，你长得真够结实的，是吗？"

她一面逗我玩，同时发出爽朗的笑声，这笑声使我感到非常温暖。

这时外公进来了，一副无精打采的样子，头发乱蓬蓬的，两只眼睛通红。母亲用一只手把我推开，大声问道：

"喏，怎么样？爸爸！要我走吗？"

他站在窗前，用指甲在玻璃窗的冰层上刮来刮去，很长时间，一声不吭，周围的气氛顿时紧张起来，使人感到非常难受。像往常一样，在这种紧张时刻，我全身上下都长满了眼睛和耳朵，胸腔也莫名其妙地鼓胀起来，我直想大声地喊叫。

"列克谢，你出去一下。"外公低声说。

"为什么？"母亲问道，又把我拉到她自己身边。

"你哪儿也别去，我不允许……"

母亲站起身，像一块早霞的彩云，在屋子里款款飘动着，她在外公背后停住站了脚步。

"爸爸，请听我说……"

他转过身来，对她尖声尖气地说：

"你给我闭嘴！"

"告诉你，我不许您对我大喊大叫。"母亲平静地说。

外婆从沙发上站起来，伸出一个指头，吓唬她说：

"瓦尔瓦拉！"

这时外公坐到椅子上，嘟嘟囔囔地说：

"等一下，我是谁？啊？你怎么能这样跟我说话呢？"

这时他突然大发雷霆，连声音都变了：

"你把我的脸面都丢尽了，瓦里卡[1]！……"

"你出去。"外婆对我说。我来到厨房，心情感到非常压抑。我爬到炕灶上去，很长时间我都一直在听隔壁的谈话——他们时而大家一齐说，相互打断对方的话头，时而大家忽然都不说了，好像一下子都睡着了似的。他们在谈论妈妈生的一个孩子而且把他送了人的事，但难以理解的是，外公为什么那样恼

---

[1] 瓦尔瓦拉的小名。

童

年

火：是因为妈妈生孩子没跟他打招呼，还是因为她没把孩子给他带回来呢？

后来，外公到厨房里来了，头发乱蓬蓬的，满脸通红，样子很疲惫。外婆跟在他身后，一面用衣襟擦着脸上的眼泪。外公坐在凳子上，两手撑着凳面，猫着腰，浑身直打哆嗦，紧紧咬着发灰的嘴唇。外婆跪在他面前，低声但热诚地说道：

"老爷子，你还是饶了她吧，看在耶稣基督的面上，你就饶了她吧！不光我们这样人家会出这种事，那些老爷、商人家里，这样的事还少吗？一个女人——长得又这么漂亮！唉，你就原谅她吧，要知道，谁能没点错呢……"

外公伸直腰，往背后的墙上一靠，望着外婆的脸，痛苦地冷笑着，同时抽抽搭搭、嘟嘟囔囔地说：

"是啊，那还用说！不原谅又能咋样？什么人你不原谅？所有的人你都原谅，可不是吗，唉，你们这些人啊……"

他弯下身，抓住外婆的肩膀，使劲地摇晃着她，小声地对她快速地说：

"可只怕上帝对谁都不会原谅的，不是吗？我们都是快进坟墓的人了，上帝还要进行惩罚，临了临了——我们是既没有安宁，也没有快乐——而且也不可能有！因此——你一定要记住我这句话！——我们会沦为叫花子的，非饿死不可！"

外婆拉着他的手，坐在他身边，小声、轻松地笑了。

"这有什么不得了的！瞧把你吓的——沦为叫花子！喏，叫花子就叫花子呗。记住，到时候你就坐在家里，我出去讨饭——不用怕，人们会施舍给我的，我们饿不着！你什么都别管！"

他忽然嘿嘿一笑，像山羊似的扭转脖子，一下搂住外婆的脖子，紧紧地抱着她；憔悴、瘦小的他抽抽搭搭地说：

"哎呀，你这个傻瓜，一个从不知发愁的傻瓜，你是我唯一的亲人了！你呀，这个傻瓜，什么都不知道怜惜，什么也不懂得！你想想看：要是我们两个不卖力干活，我不为他们遭那么多的罪，——喏，即便是现在，即使稍微有那么一点点，对于他们来说，会怎么样呢……"

这时我再也忍不住了，眼泪不禁夺眶而出。我一下子从炉灶上跳下来，向他们扑了过去。我高兴得号啕大哭起来，因为我没想到他们的谈话是那么融洽，那么投机。我为他们也感到难过，因为我母亲回来了，还因为他们以平等的态度对待我，让我和他们一块儿哭泣，他们两个人一起拥抱我，紧紧地搂住我，一个劲儿地直掉眼泪，而外公这时在我耳边冲着我的眼睛小声说：

"哎呀，你这个小鬼头也在这里！现在好了，你母亲回来了，你可以跟她在一块儿了，你外公这个老鬼，整天对你吹胡子瞪眼睛的——现在该滚一边去了，是不是？你外婆对你总是宠着、惯着——也该靠边了，啊？哎，你们这些人啊……"

这时他松开两手，把我和外婆推开，站起身，气鼓鼓地大声说：

"所有的人都想走，大家都想袖手一旁——各奔前程……诺，还不把她叫过来！快去叫呀……"

外婆从厨房里出去了。这时外公低着头，冲着墙角说：

"仁慈的上帝啊，瞧，你都看见了，全看见了吧！"

于是他用拳头使劲扑通扑通地捶打着胸部。我不喜欢他这副样子，一般地说，我不喜欢看他在上帝面前祷告，他好像总爱在上帝面前瞎吹。

母亲来了，她的红色连衣裙顿时使厨房亮堂了许多。她坐在桌旁的长凳上，外公和外婆分别坐在两边，她那宽大的衣袖搭在他们两人的肩上。她轻声细语，但态度严肃地在讲述着什么。两位老人默默地听着，也不插话。此时此刻，他们两个则变成了小孩子，好像她是他们的母亲似的。

由于兴奋，我感到有些劳累，便在吊床上睡着了。

傍晚，两位老人像过节似的穿戴打扮一番，要去做晚祷告。外婆高兴地直向我递眼色，让我看看外公；只见他穿着行会会长的礼服，貂绒皮大衣，下面是散腿裤[1]；外婆瞟了母亲一眼，对她说：

"瞧你父亲这身装束——变成一只洁净的小山羊了！"

母亲高兴地笑了。

当房间里只剩下我和妈妈的时候，她坐到沙发上，把双腿盘起来，两个巴掌一拍，说：

"到我这儿来！说说，你生活得怎么样——不好，是不是？"

我生活得怎么样？

"不知道。"

"外公打你吗？"

"现在不怎么打了。"

"是吗？你随便跟我讲讲，想说什么都行，好不好？"

---

[1] 俄罗斯人穿衣服的一种方式，指男人的裤腿不塞进靴筒里或衬衣下摆不束进裤腰里。

　　我不想讲外公的事。我开始讲，就在这间房子里，住过一个非常和蔼可亲的人，但是谁都不喜欢他，因此外公不愿意把房子租给他住。看来，母亲并不喜欢听这个故事，她说：

　　"喏，还有别的事吗？"

　　我讲了那三个小孩的事，讲上校把我赶出院子的事——母亲紧紧地搂住我。

　　"这个浑蛋……"

　　这时她一声不吭，眯起眼睛看着地板，直摇晃脑袋。我问她：

　　"外公为什么生你的气？"

　　"我对不住他。"

　　"要是你把孩子给他带回来就好了……"

　　她身子往后一仰，眉头一皱，紧紧咬着嘴唇，接着，她使劲地搂住我，哈哈大笑起来。

　　"你呀，真是个冤家！不要再说这事了，听见了吗？别再提了——甚至连想都不要想！"

　　她小声地在说些什么，说了很长时间，态度严厉，听不太明白，然后，她站起身，开始在屋子里来回走动，一面用手指敲着下巴，两道浓眉一纵一纵的。

　　桌上点燃的蜡烛在往下淌油，映照在空空的镜面上，一些黑乎乎的影子在地上晃动。一盏长明灯在屋角圣像的面前发出微弱的亮光。结了冰的玻璃窗上涂了一层银色的月光。母亲环顾四周，好像想在光秃秃的墙壁和天花板上寻找什么。

　　"你什么时候睡觉？"

　　"稍微再等一会儿。"

　　"是啊，你白天已经睡过了。"母亲想起来了，叹了口气。我问她：

　　"你想要走吗？"

　　"去哪里？"母亲吃惊地回应一句。她捧着我的头，久久地看着我的脸，看得我的眼泪都出来了。

　　"你怎么啦？"

　　"脖子疼。"

　　我的心也在疼。我马上感觉到：她不会在这个家里住下去的，她一定要走的。

　　"你将来肯定像你父亲，"她用脚把毡垫踢到一边，对我说，"外婆跟你讲过他的事吗？"

"讲过。"

"外婆很喜欢马克西姆——非常喜欢！而且他也喜欢你外婆……"

"我知道。"

母亲看了看桌上的蜡烛，皱起了眉头。她把蜡烛熄灭后，说：

"这样好一些！"

的确，这样屋内的空气要新鲜、清洁一些，不再有那些黑乎乎的影子了，地板上现出许多月光的亮点，窗户玻璃上显现出许多金灿灿的火花。

"你在这儿之前住在什么地方？"

她仿佛在回忆早已忘了的事情，举了好几个城市的名字，而且一直在屋子里转来转去，像鹰一样在无声地盘旋不定。

"那你从哪儿弄的这件连衣裙？"

"我亲手缝的。一切都是我自己做的。"

令人高兴的是，她跟谁都不像。但叫人难受的是，她很少说话。要是不问她，她干脆一句话也没有。

后来，她又挨着我坐到沙发上。我们坐在那里，一声不吭，互相紧紧靠着，一直坐到两位老人家从教堂里回来。他们一身蜡烛和香火的气味，显得庄重沉稳，和蔼可亲。

晚饭既丰盛，又隆重，像过节一样。大家在饭桌上很少说话，非常谨慎，好像生怕把什么人吵醒似的。

不久，母亲就开始努力教我学习"普通"识字课本了。她买了好几本书，其中有一本叫《国语》[1]；几天工夫我便学会念普通读物了，但母亲马上又让我学着背诗，从此，我们相互间的麻烦就开始了。

诗中说：

> 一条大道长又宽，
> 上帝的田野没少占……
> 不用斧铲来修筑，
> 马踏路面起尘烟。[2]

---

[1] 小学二年级的语文课本。

[2] 该诗是《国语》中的一段课文，选自19世纪俄国社会活动家、诗人阿克萨克夫（1823—1886）的长诗《流浪汉》，这里的引文略有改动。

我把"田野"错念成了"普通"，把"铲"字错念成了"坎"字，把"马踏"错念成"马踢"了。

"喏，好好想想，"母亲开导我说，"究竟是什么？是'普通'吗？真是怪了！是'田——野'，懂吗？"

我知道是"田野"，可是一念又念成了"普通"，我自己也感到非常奇怪。

母亲生气了，说我脑子糊涂，死心眼儿。我听了感到很难受，我是真心实意想背会这首该死的诗的，我在心里默默念的时候一点儿错都没有，可是等我一念出声来，准出错儿。我恨透了这几行令人捉摸不透的诗句，于是我赌气故意把它们念错，把发音相近的单词胡乱搭配在一起；我挺喜欢这种没有任何意义的魔鬼诗句。

但这种游戏我可没有白玩儿：有一天，我顺利做完功课后，母亲问我那首诗最后背会没有，我不假思索地随口念道：

　　一条大道，两只角，
　　奶酪，神甫，便宜货，
　　洗衣槽，马蹄子[1]……

等我醒悟过来时已经晚了：母亲两手撑着桌子，站起身来，一字一板地问道：

"你背的这是什么？"

"不知道。"我说，自己都觉得已经麻木了。

"不，究竟是什么？"

"这个，就是这么一说。"

"什么叫就是这么一说？"

"念着玩儿呗。"

"站到墙角去。"

"为什么呀？"

她平静地，但是很威严地又说一遍：

"站到墙角去！"

---

[1] 这些单词的俄语发音在音节上有相通之处。

"哪一个墙角？"

她没有理我，只是紧盯着我的脸看，弄得我完全没了主意，我不明白她到底想要我干什么？有一个墙角的圣像下面摆着一张小圆桌，桌上放着一只花瓶，里面插着已经枯萎了的花草；前面另一个墙角有一只大箱子，上面罩着一块壁毯；最里面的那个墙角放着一张床；第四个墙角没有了——被房门占去了，因为门框紧靠着墙壁。

"不知道你想要我干什么。"我说，同时尽量想弄清楚她的意思。

母亲坐下来，一声不响，擦了擦前额与脸颊，然后问道：

"外公让你站过墙角吗？"

"什么时候？"

"平时，随便什么时候！"她两次拍着桌子喊道。

"没有，不记得了。"

"你知道不知道站墙角是一种惩罚？"

"不知道。为什么是惩罚呢？"

母亲叹了口气。

"嗨，你过来。"

我走到她跟前，问道：

"你为什么要对我大喊大叫？"

"谁让你故意把诗念得颠三倒四的呢！"

我尽量跟她解释，说我只要一闭上眼睛，那些印在书上的诗句便历历在目，可是只要我一念，诗句就走了样。

"你不是在假装吧？"

我回答说——不，但我马上又想："也许是装的呢？"忽然，我从容不迫地把这首诗念了一遍：完全正确，这使我惊讶不已，十分难堪。

我觉得我的脸好像忽然膨胀了似的，两耳发热，直往下坠，脑袋发出嗡嗡的响声；我面对母亲，感到羞愧难当，无地自容；透过泪水，我看见母亲难过地沉下脸来，她紧紧咬着嘴唇，两道眉毛皱了起来。

"怎么能这样呢？"她问道，声音都变了，"就是说，你是假装的了？"

"不知道。我并不想……"

"你这孩子真是难弄，"她说着，低下了头，"你去吧！"

母亲要求我要背的诗越来越多了，可是对于这些一行行的诗句，我的记忆

童
年

力越来越差，同时有一种越来越强烈的、难以遏止的愿望，总想将这些诗句变变样子，歪曲一下它们的意思，给它们加上些另外的词儿。这种事干起来我得心应手——那些没用的词儿像成群的蜜蜂，招之即来，很快就把书上应该记住的诗句给弄混淆了。往往是：整行整行的诗我视而不见，无论我多么努力地想抓住它们，可我就是记不住它们。维亚泽姆斯基公爵[1]的一首感伤诗好像就让我吃了不少苦头：

> 无论是傍晚，还是清晨，
>
> 许多老人、寡妇和孤儿，
>
> 以基督的名义，都在寻求帮助，

下面一行是：

> 他们背着袋子，在窗下行乞[2]。

可是我齐刷刷地把这一行诗给漏掉了。母亲非常生气，把我的这一壮举，告诉了外公。外公恶狠狠地说：

"他这是在故意捣乱！他的记性好着呢：祷告词他比我记得都牢固。他在胡说，他的记忆力就像一块石头——刻在上面的东西是抹不掉的！你必须狠狠揍他！"

外婆也来揭我的短：

"故事——他能够记住，歌词——他能够记住，那歌词不也是诗吗？"

这些话都在理，我也觉得是自己不对，但是只要我一开始读诗，其他一些词儿就像蟑螂一样，不知从哪儿都纷纷爬了出来，而且也排得整整齐齐，一行一行的。

> 在我们家大门口，

---

[1] 彼·安·维亚泽姆斯基（1792—1878），俄国诗人，文艺评论家，院士，其公民抒情诗与十二月党人的浪漫主义诗歌很接近，从19世纪50年代起，趋向保守，反对革命，维护君主制。

[2] 见俄国诗人伊万·萨维奇·尼基钦（1824—1861）的诗《乞丐》（1857）。

有不少孤儿和老头。

他们喊叫着，沿街乞讨，

把讨来的东西汇总在一起，

卖给彼得罗夫娜去喂奶牛，

完了他们便去峡谷里尽情喝酒。

夜里，和外婆躺在吊床上，我只好不厌其烦地把我从书上学来的和我自己编的东西，给她学说一遍。有时候她听后哈哈大笑，但更多的是把我数落一顿。

"瞧，这不就结了，你是能够记住的！只是不应该嘲笑乞丐，上帝会保佑他们的！耶稣基督就要过饭，所有的圣徒也都要过饭……"

我随口小声念道：

我不喜欢乞丐，

外公对他们也不爱，

这事可怎么办？

上帝啊，切莫把我错怪！

外公总是在寻找借口，

打我一顿他才痛快……

"你念的是什么呀，小心烂你的舌头！"外婆生气地说，"这话让你外公听见了可怎么办？"

"听见就听见好了！"

"你不要惹是生非，让你母亲生气了！她的日子已经够不好过的了，你就别再给她添乱了。"外婆若有所思地、亲切地劝我说。

"她为什么不好过？"

"记住，不许乱问！你不懂……"

"我懂，是外公不让她……"

"听见没有，给我住嘴！"

我生活得很不开心，有一种近乎绝望的感觉，但不知为什么，我总希望将这种心情掩盖起来，装出满不在乎的样子，照样胡闹。母亲教我的课程内容越来越难懂，我很容易地就学会了算术，但是我一点儿也不喜欢作文，对语法也一窍不通。而让我最难受的——是我亲眼所见、亲身感受到母亲在外公家里的日子过得多么艰难。她的情绪越来越低沉，看所有的人都用局外人的目光，她常常坐在靠近花园的窗口，一声不响，一坐就是很长时间，不知怎么回事儿，整个人都变憔悴了。刚回来的头几天，她动作敏捷，精神饱满，可现在眼睛下面出现了两个黑圈，整天头也不梳，衣服皱巴巴的，上衣的扣子也不扣；这样就破坏了她的形象，我感到非常气恼，因为她在我心目中永远都应该是美丽端庄、衣着整洁的——应该比所有的人都优秀！

上课的时候，她常常用陷下去的眼睛望着我身后的墙壁或窗户，有气无力地向我发出提问，有时她竟忘记了回答我的问题，而且，还越来越爱发脾气，冲我大喊大叫——这也使我感到非常不满，因为在我看来，当母亲的就应该像童话故事里讲的那样，比所有的人都要公正，讲道理。

有时候我问她：

"你跟我们在一起感到很难受吗？"

她生气地回答说：

"干你自己的事去。"

我还发现外公正准备干一件外婆和母亲都很担心的事。他常常把自己关在母亲的房间里，在里面唉声叹气，尖声喊叫，像牧人尼卡诺尔吹的木笛似的，非常难听。有一次，他们谈话时，母亲大声喊叫起来，整个宅子都能够听见。

"不行，这绝对不行！"

她"砰"的一声关上了门，外公一直在吼叫。

有一天晚上，外婆坐在厨房桌子旁，给外公缝一件衬衫，一面自言自语地小声在说什么。这时，只听见门"砰"的一声，她侧耳仔细听了一下，说：

"哦，天哪，她到房客那里去了！"

突然，外公闯进厨房，直奔外婆，对着她，当头就是一拳。他一面甩着打痛了的手，一面尖声叫道：

"不许你乱嚼舌头，老妖婆！"

"你是个老浑蛋，"外婆理了理被打歪的头巾，平静地说，"我会保持沉默的，还能够怎么样！你的所有的鬼点子，只要我知道，我都会跟她说……"

他向外婆扑过去，用拳头在她头上一通乱打；外婆既不抵抗，也不避让，只是说：

"喏，打吧，打吧，你这个浑蛋！给，给你打！"

我从吊床上开始把枕头、被子、炉灶上的靴子，通通往他们身上扔，但打红了眼的外公压根儿没注意我扔过去的这些东西。外婆摔倒在地上，他还用脚踢她的头，最后他自己绊了一跤，也摔倒了，把一桶水也打翻了。他跳起身来，连着吐几口唾沫，呼哧呼哧地喘着粗气，恶狠狠地向四周打量一下，跑回顶楼自己的房间去了。这时外婆哼哼着站起来，坐在凳子上，开始整理自己被弄乱的头发。我从吊床上跳了下来，她气鼓鼓地对我说：

　　"把枕头等东西捡起来，放到炉炕上去！亏你想得出来：用枕头乱扔！这关你什么事？那老东西是发疯了——蠢货！"

　　这时她忽然"哎哟"一声，皱起了眉头，然后低下头来，叫我：

　　"你给我看看，这儿为什么这么疼？"

　　我把她浓密的头发扒开一看——原来头皮上扎了一根发针，扎得还很深。我把它拔了下来，可马上又发现了一根，我的手指头都发麻了。

　　"我还是把妈妈叫来吧，我害怕！"

　　外婆摆了摆手：

　　"你怎么啦？我叫的是你！谢天谢地：这种事，她眼不见，耳不闻，而你可倒好——还要去叫她！你走吧！"

　　于是，她自己用织花边的灵巧的手指，开始在乌黑浓密的头发里仔细查找。我鼓足勇气，帮助她把另外两根已经弄弯了的、又粗又大的发针从头皮里拔了出来。

　　"你疼吗？"

　　"没关系，明天我烧好洗澡水，洗个澡就好了。"

　　这时她亲切地恳求我说：

　　"你呀，我的宝贝儿，可不要跟你妈妈说外公打我的事，听见了吗？没这些事他们父女间的关系就已经够紧张的了。你不会说吧，啊？"

　　"不会。"

　　"那好，可别忘了！现在咱们把这里的东西收拾一下。我的脸没有被打伤吧？那就好，这样谁也看不出来……"

　　她开始擦洗地板，我诚心诚意地说：

　　"你简直是一位圣徒，别人欺侮你，折磨你，可你却从不放在心上！"

　　"你胡说什么呀？我是圣徒……你真会说话！"

　　她唠叨了很长时间，四肢着地，趴在地板上擦来擦去，身子一摇一晃的。

这时我坐在炉炕前的台阶上，一直在琢磨如何报复一下外公，给外婆出出气！

这是他当着我的面第一次如此残忍地毒打外婆。暮色苍茫中，我眼前又浮现出他那张涨得通红的脸，他那乱糟糟的棕黄头发：我满腔怒火，热血沸腾，同时又恨自己未能想出一个报复的良策。

但是，过了两三天，因为什么事情我上顶楼去找他，走进屋子，看见他坐在地板上，面前是一只打开的小匣子，他在整理匣子里的一些纸片。椅子上放着他心爱的圣像——十二张灰色的厚纸板，那些纸片，按照月日分为四个板块，每个板块上都有这一天所有圣徒的画像。外公非常珍爱这些圣像，只有在他对我感到特别满意的时候——而这种情况是非常稀少的——才拿出来让我看看。而每当我仔细观看这些密密麻麻排在一起的、灰色的、可爱的小人时，心里总有一种异样的感觉。其中有些圣徒的传记我是知道的，如基里克和乌莉塔、苦行者瓦尔瓦拉、潘捷列伊蒙等，我特别喜欢圣徒阿列克谢的悲伤经历和关于他的美妙的诗篇，因为外婆常常讲给我听，非常感人。有时，望着几百个这样的圣徒，你会暗自感到欣慰：受苦受难者历来都有。

但现在我决定把这些圣徒的画像给剪了，因此，当外公到窗前去看一件印有鹰徽的蓝色公文时，我抓起几张圣徒的画像，迅速跑下楼去，从外婆的桌子里拿出剪刀，爬到吊床上，开始把圣徒们的脑袋一个个地往下剪。剪掉第一排圣徒后——我感到有点惋惜，于是我开始按照板块的线路剪，可是，还没有等我把第二排剪下来，外公便过来了。他站在炉炕的台阶上，问道：

"谁让你动这些圣像的？"

看见木板上散落的方纸片，他抓起几张，凑到眼前看了看，扔掉后又抓起了几张。他一下子脸都气歪了，胡子一撅一撅的，呼哧呼哧地直喘粗气，把纸片都吹到了地上。

"你这是在干什么呀？"他终于大叫一声，拽着我一只脚，用力往后一拉；我凌空翻了个个儿，外婆急忙双手接住了我，然而，外公对着她和我，抡起拳头便打，一面叫道：

"非打死他不可！"

母亲赶来了，我躲在一个角落里，在炉炕边上；母亲用身子护着我，她边说边推挡着外公在她面前挥舞的双手：

"像什么样子呀？请冷静一下！……"

外公倒在窗前的长凳上，号叫道：

"气死我了！你们，你们全都在跟我作对，哎——呀……"

"您就不害臊吗？"是母亲低沉的声音，"您为什么老要装疯卖傻呢？"

外公一个劲地大喊大叫，两只脚在长凳子上乱蹬乱踢，胡子滑稽地往上翘着，两只眼睛使劲闭着。我也觉得他在母亲面前感到面子上过不去，所以他真的装模作样起来，把眼睛闭得死死的。

"我把这些零散小纸片给您贴在布上，这样还会更好看一些。也更结实一些。"母亲说着，看了看那些剪碎的和没有剪碎的圣像：

"瞧，全都给弄皱了，折坏了，搞乱了……"

母亲跟他说话，就像在教我功课时我有不懂的地方跟我解释时一样，这时，外公突然站起身，正儿八经地理了理衬衫和坎肩，清了清嗓子，说：

"你今天就给我贴好！我现在就去把剩下的几张拿来……"

他向门口走去，但是，走到门槛处，又转过身来，用弯曲的手指头指着我说：

"但必须得揍他一顿！"

"该揍，"母亲表示同意，同时转身对我说，"你为什么要这样做？"

"我是存心这样做的。谁让他打外婆呢，要是他再打，我一定要把他的胡子剪掉……"

这时外婆正在脱去被撕破的上衣，她一边摇着头，一边嗔怪地说：

"你就不能像答应过的那样不说这事吗？"

然后她朝地板上吐了一口唾沫，说：

"非得让你的舌头烂得不能动弹，只有这样你才能不多嘴多舌！"

母亲看了看外婆，在厨房里转了一圈，重又走到我跟前。

"他什么时候打你外婆的？"

"我说，你呀，瓦尔瓦拉，你怎么好意思问这种事呢？这是你该管的事吗？"外婆生气地说。

母亲拥抱了她。

"哎呀，妈妈，我的好妈妈……"

"就知道叫好妈妈！你给我走开……"

她们相互看了看，一句话没说，便分别走开了，因为外公正在过道里跺脚呢。

母亲刚回来的那段日子，就跟那位性格开朗的房客——军人的妻子——成了朋友，因此，几乎每天晚上都到前院去，贝特连格家的人——一些漂亮太太、军官们——也常到这里来。这一点外公很不高兴，在厨房吃晚饭时他不止一次威胁性地举起汤匙，嘟哝着说：

"这帮该死的家伙又聚集到一块啦！等着瞧，从现在起到明天一早就别打算睡觉啦！"

没过多久，他要求房客们都搬出去。房子腾出来后，他不知从哪里拉来两车各式各样的家具，他把它们摆放在前面几间房子里，用一把大挂锁锁了起来：

"我们用不着再招揽房客，我自己要接待客人！"

于是，逢年过节，客人们纷纷登门：常来走动的人有外婆的妹妹马特廖娜·伊万诺夫娜[1]——女洗衣工，喜欢叽叽喳喳，大鼻子，穿一件条纹绸连衣裙，系一条金黄色头巾；和她一起来的还有她的两个儿子：一个叫瓦西里——绘图员，留一头长发，人很善良，活泼开朗，穿一身灰衣服；另一个叫维克多，一副马脸——又长又窄，穿得花里胡哨，一脸雀斑，他一走进前厅就脱去套鞋，像彼得鲁什卡那样尖声尖气地唱道：

"安德烈老爹，安德烈老爹……"

这使我非常惊讶，吓了我一跳。

雅科夫舅舅也常来走动，他带着吉他，还带来一个秃头、独眼的钟表匠，这位钟表匠穿一件黑色的长礼服，不大张扬，像一名传教士。他总是坐在屋角，歪着脑袋，面带微笑，而且莫名其妙地用一个手指头顶着刮得光光的双下巴。他的肤色较黑，他唯一的一只眼睛看任何人都显得特别的专注。此人很少说话，经常重复的一句话就是：

"不必劳驾，反正……"

我头一次看见他时，让我突然想起一件很久以前的事，还是我们住在新街的时候，有一天，大门外人声嘈杂，鼓声阵阵，一辆高高的黑颜色的马车从监狱沿街向广场那边驶去。马车周围全是士兵和人群，马车上——凳子上——坐着一个个头不大、戴圆毡帽的人。他手脚上都带着镣铐，胸前挂一块黑板，上面写着很大的白颜色的字。这个人低着头，仿佛是在看胸前写的字。他的身子不停地在摇晃，镣铐也在叮当作响。当母亲对钟表匠说"这是我的儿子"时，我吓得直往后退，把两只手藏了起来。

"不必劳驾。"他说。这时他的整个嘴巴向右耳朵方面咧去，样子非常吓人。他一把扯住我的腰带，把我拉到他身边，迅速、麻利地把我转了个圈，然

---

[1] 马特廖娜·伊万诺夫娜·穆拉托娃，1832 年生。后来嫁给了谢尔盖耶夫，是 B.C. 谢尔盖耶夫的母亲。

后又将我放开，赞许道：

"不错，这孩子长得很结实……"

我跑到屋角，爬上一把皮沙发椅，这把沙发椅非常之大，能够躺下整个一个人——外公总是吹嘘它是格鲁津斯基王爷[1]的宝座——我爬到沙发椅上，看大人们在一块儿玩是多么的没意思，看钟表匠的面孔变化得是多么的莫名其妙和令人生疑。他的脸上油脂麻花，像要融化的样子。一旦他露出笑容，那两片厚嘴唇便跑到了右脸上去，小小的鼻子也随着滑向一边，好像盘子上的一只水饺。他的两只大招风耳朵莫名其妙地摇来晃去，一会儿和那只好眼睛上的眉毛一起向上抬起，一会儿又移向脸上的两块颧骨，——看样子，只要他愿意，他能够用这两只像巴掌一样的大耳朵将自己的鼻子盖住。有时候，他一声叹息，嘴里伸出像杵槌似的暗红色的圆滚滚的舌头，接着，很麻利地在嘴的周围画个圆圈，再舔舔两片油脂麻花的厚嘴唇。所有这一切并不可笑，只能让人感到惊讶，使人不得不一直盯着看下去。

他们喝着掺了朗姆酒的茶——这东西有一种烧焦了的葱皮的气味；喝着外婆酿造的各种果酒——有金黄颜色的，有黑得焦油似的，也有翠绿翠绿的；吃着道地的自制果酱和罂粟籽奶油鸡蛋蜂蜜饼。他们一个个吃得汗流浃背，气喘吁吁，一个劲儿地夸奖外婆。吃饱喝足后，每个人都红头涨脸，撑肠拄腹，一本正经地坐到各自的椅子上，懒洋洋地请雅科夫舅舅来上一曲。

雅科夫舅舅弯腰，拿起吉他，轻轻拨动一下琴弦，很不耐烦地勉强唱道：

> 啊，生活呀，生活，
> 满城风雨，自得其乐——
> 喀山来的贵妇啊，
> 请听我慢慢细说……

我觉得这支歌曲非常忧伤，可外婆却说：

"雅沙[2]，来个别的吧，唱个好听点的，啊？记得吗，马特里娅[3]，以前

---

[1] Г.А.格鲁津斯基公爵是格鲁吉亚国王瓦赫坦格的后裔，19世纪初在马卡里耶夫斯基修道院附近保留有一座庄园。

[2] 雅科夫的小名。

[3] 外婆的妹妹女洗衣工马特廖娜·伊万诺夫娜的小名。

人们都唱些什么歌曲？”

女洗衣工理了理窸窣作响的连衣裙，一本正经地说：

“亲爱的，现在那些歌曲都不时兴了……”

舅舅眯缝起眼睛看着外婆，好像外婆坐得离他很远似的，但他仍然继续坚持弹他那些令人忧伤的曲调，唱那些让人心烦的歌词。

外公神秘兮兮地在跟钟表匠说话，手指头一个劲地在比画着什么。钟表匠扬起眉毛，直往母亲那边看，一面不住地点头。他那张油脂麻花的面孔变化无常，令人难以捉摸。

母亲总是坐在两个谢尔盖耶夫中间，跟瓦西里认真地小声交谈。瓦西里则叹道：

“是——啊，这事是应该想一想……”

然而，维克多满脸堆笑，两只脚蹭来蹭去，忽然尖声尖气地唱道：

“安德烈老爹，安德烈老爹……”

大家一下子静了下来，惊讶地看着他，洗衣女工正经八百地解释说：

“他这是从戏园子那儿学来的，那里就是这样唱的……”

这种枯燥无味的晚会开过那么两三次，后来，钟表匠在白天来了，是个礼拜日，刚做完午祷之后。当时我正坐在母亲的房间里，帮助她把一件破损绣品上的玻璃珠串起来，他冷不丁地一下子将门推开了个缝，外婆一脸惊慌地向屋里探一下头，马上又缩了回来，压低声音说：

“瓦里娅——他来了！”

母亲一动未动，毫无反应，这时，门又开了，外公站在门槛处，郑重其事地说：

“穿好衣服，瓦尔瓦拉，走吧！”

母亲既没有站起来，也没有看他，只是问了一句：

“去哪儿？”

“去吧，上帝保佑你！别争了。他这个人非常稳重，业务上是个行家里手，对列克谢来说，是个好的父亲……”

外公说话时态度极其庄重，两个手掌一直在腰的两侧摩挲着，两个胳膊肘弯在背后，就好像他的两只手一直想伸到前面去，而他却竭力不让它们向前伸去。

母亲心平气和地打断了外公的话：

"我跟您说吧，这事根本不行……"

外公向她迈近一步，伸出双手，像盲人似的，弯腰弓背，毛发竖立，哑着嗓子喊道：

"快走！不然——我拉着你走！揪住你的辫子……"

"拉着我走？"母亲站起身来问道。这时她脸色变得刷白，眼睛可怕地眯了起来。她迅速脱掉了外衣和裙子，只剩下一件衬衫，走到外公跟前，说："您拉拉看！"

外公攥紧拳头，龇牙咧嘴地对她威胁说：

"瓦尔瓦拉，快穿好衣裳！"

母亲一只手推开外公，另一只手抓住门把手，说：

"喏，咱们走着瞧！"

"我诅咒你。"外公小声说。

"我不怕。那又怎么样？"

她打开了门，但外公一把抓住她的衬衣下襟，"扑通"一声，双膝跪了下来，口里喃喃道：

"瓦尔瓦拉，你这鬼丫头，你会毁了自己的！别再丢人现眼了……"

这时他低声地、如泣如诉地哀求道：

"老婆子呀，老婆子……"

外婆已经阻挡住了母亲的去路，她两只手像轰鸡似的在母亲面前挥舞着，她把母亲挡回门内，咬着牙埋怨道：

"瓦里卡[1]，傻丫头——你怎么啦？回去，真不知害臊！"

她把我母亲推进屋里，将门扣上，冲外公弯下腰，一只手把他拉起来，另一只手指着他，威胁说：

"哎呀呀，你这个老恶魔，真是老糊涂了！"

她把他扶到沙发上，而他则像一个布娃娃似的一头栽倒在那里，张着大嘴，一个劲儿地直摇脑袋。外婆冲母亲喊道：

"快穿上衣服呀，你！"

母亲从地板上捡起连衣裙，说：

"我不去见他——听见了吗？"

---

[1] 瓦尔瓦拉的小名。

外婆把我从沙发上一推，说：

"舀一勺水去，快点！"

她说话的声音不大，跟耳语差不多，心平气和，但非常威严。我跑进过道里，听见前院有沉重、均匀的脚步声，而母亲的房间里传出了她说话的声音：

"明天我就走！"

我走进厨房，坐在窗口，一切都像是在做梦。

外公长吁短叹，泣不成声，外婆一直在唠叨，后来，她"砰"的一声，把门一关，便什么都听不见了，静得有些瘆人。一想起外婆让我来舀水，我赶紧舀了一铜勺，来到过道——这时钟表匠从前院走了过来，他低着头，一面摸着皮帽子，一面在清理嗓子。外婆双手按着腹部，在他身后躬身一礼，低声说：

"您知道——强扭的瓜不甜……"

他在台阶的门槛上绊了一跤，一下便跳到了院子里，而外婆一再在胸前画着十字，吓得浑身直发颤，不知她是在暗暗地哭，还是在悄悄地笑。

"你怎么啦？"我跑上前去，问道。

她从我手里把勺子夺过去，将水泼了我一脚，喊道：

"你这是到哪儿打水去啦？把门关上！"

然后她到母亲房间里去了，而我呢——再次来到厨房，听他们在旁边唉声叹气，感慨万端，哼哼嗨嗨的，好像在搬什么很重的东西似的。

天气晴朗。冬天的阳光透过两个结冰的玻璃窗，斜射进屋内。准备午餐的饭桌上，锡制餐具发出暗灰色的光芒，餐桌上摆放着一瓶棕红色的克瓦斯饮料，另外还有一瓶外公喜欢喝的深绿色的伏特加酒，里面泡有药慧草和金丝桃。透过冰雪已经融化了的玻璃窗，可以望见外面屋顶上耀眼的皑皑白雪。围墙木桩的顶端和为椋鸟搭建的鸟巢上拢起的雪堆，闪耀着银色的光芒。阳光洒落在我挂在窗框上的鸟笼上，我的那些小鸟在嬉戏玩耍：乖巧的小黄雀在欢快地歌唱；红肚子灰雀在唧唧喳喳，叫个不停；红额金翅雀发出抑扬婉转的叫声。但是，在这阳光灿烂，鸟声悦耳的欢快日子里，我却并不感到高兴，我不需要这样的天气，一切对我都不需要。我想把鸟都给放了，于是开始把笼子往下摘——这时外婆跑了进来，双手拍打着腰部，向炉炕奔去，嘴里一边骂道：

"哎呀，真是该死！你怎么啦，阿库林娜，老糊涂了……"

她从炉炕里拿出一个馅饼，用手指头在上面敲了敲，气恼地啐了一口唾沫。

"得——煳了！这下全烤焦了！哎呀，这该死的鬼炉灶，应该把你们统统砸碎！你们干吗老是瞪着眼睛，是猫头鹰吗？真该把你们一个个砸得稀巴烂，就像砸碎破瓦罐一样。"

这时，她气得哭了起来，拿着馅饼翻来覆去地看，用指头在烤煳的地方敲来敲去，硕大的泪珠洒落在一张张馅儿饼上。

外公和母亲来到了厨房，外婆把馅饼往桌子上一扔，震得盘子都跳了起来。

"瞧，烤成这个样子，全得怪你们，你们个个都不得好死！"

母亲高兴而安详地拥抱了外婆，劝她不必懊恼。外公的衣服皱皱巴巴，显得非常疲惫，他坐到桌旁，将餐巾系在脖子上，两只有些浮肿的眼睛在阳光的照射下眯缝着，嘴里一面嘟哝道：

"算啦，算啦，没关系！好馅饼又不是没吃过。上帝总是有些吝啬，他用几分钟时间就能毁掉你整年的心血……他从不承诺补偿。坐下吧，瓦里娅……算啦！"

他似乎有点精神不正常，吃饭时口口声声地讲上帝，讲罪孽深重的亚哈[1]，讲做父亲的沉重的命运——外婆生气地阻止他说：

"你呀，吃你的饭吧！"

母亲闪动着明亮的眼睛，一直有说有笑。

"怎么，刚才吓坏了吧？"母亲推我一下，问道。

不，当时我并不害怕，可是现在我却不知如何是好，只觉得莫名其妙。

他们跟过节的时候一样，吃了很长时间，而且吃得很多，让人非常厌烦，好像他们不是原来那帮人似的——半个小时前，他们还在相互吵骂，差点要打起来，个个哭天抹泪的。不知为什么，简直让人难以相信这些人的所作所为是严肃认真的，他们是不轻易落泪的。无论是他们的眼泪还是喊叫，他们相互间的种种折磨，经常的感情爆发和迅速的平息，对于我来说，已经习以为常，越来越不再引起我的注意，我也很少再为这种事激动了。

很久之后我才明白，一般地说，生活贫困、乏味的俄罗斯人，喜欢拿痛苦来寻开心，他们像小孩子一样，把痛苦当儿戏，很少因不幸而感到羞愧的。

在漫长的日常生活中，痛苦——是节日，火灾——是乐趣，在空无表情的脸面上——伤疤也是一种修饰……

---

[1] 见《圣经·旧约》，《列王纪上》，第16—22章。亚哈，以色列国第七代国王（约前874—约前853在位），暗利王之子。在位时战事不多，通过与犹太王国联姻结盟抵拒亚述。其妻耶洗别崇奉迦南人之神巴力，亚哈也转而奉敬拜，并为其造庙、筑坛，这就引起一些人，特别是先知以利亚的强烈反对。他死后，其子亚哈谢接续他为王。

童
年

第十一章

这件事情之后，母亲一下子变得坚强起来，挺直了腰杆，俨然成了家里的女主人，而外公则却变得无声无息，心事重重，寡言少语，与往日相比，判若两人。

他几乎足不出户，整天一个人待在阁楼上，读一本神秘兮兮的书——《我父亲的笔记》[1]。他把这本书锁在箱子里，我不止一次地发现，外公在取出书之前总要先洗洗手。这本书的开本很小，但是很厚，棕红色的羊皮封面。在扉页前面的浅蓝色封二上，有一行褪了色的花体字，非常醒目："尊敬的瓦西里·卡希林留念"，下面落款的姓氏很奇怪，字迹潦草，像一只展翅飞翔的小鸟。外公小心谨慎地翻开厚重的书皮，戴上银边眼镜，望着书上的题词，有很长时间一直在耸动鼻子，想把眼镜戴好。我不止一次地问过他："这是本什么书？"他一本正经地回答说：

"这你用不着知道。等将来我死了——我会把它留给你的，连同那件貂绒大衣，一块儿留给你。"

他跟母亲说话的态度，开始变得缓和一些，说的话也少了。母亲的话他也能够细心倾听了，像彼得伯伯那样，眼睛忽闪忽闪的，末了把手一挥，嘟囔着说：

"好吧，随你的便！你爱咋办就咋办……"

他箱子里有许多稀奇古怪的衣服：花缎裙子、绸子背心、银线绣边的丝绸长衫，还有镶着珠子的女式双角帽和盾形头饰、各种花哨的帽子和三角巾、分量很重的莫尔多瓦项圈和用不同颜色宝石串起来的项链。他把这些东西一股脑儿地抱到母亲的房间里，摆放在几把椅子和几张桌子上。母亲欣赏着这些宝贝，

---

[1] 这里显然是指瓦西里·帕谢克写的《我父亲的笔记。西伯利亚情景。1804—1809》。1838年，该笔记由俄国史学家瓦季姆·帕谢克（1808—1842）收进了《俄国概论》第1卷（见《高尔基资料汇编》中高尔基1926年8月31日给 H. K. 科利佐夫的信）。

而外公却说：

"当年我们穿得比现在可好看多了，也阔气得多！衣服考究，但生活简朴，比较和谐。这都是过去的事了，一去不复返了！喏，试试，穿上试试……"

有一次，母亲到隔壁房间里去了一会儿，出来时穿了一件绣着金边的蓝长衫，头戴镶有珍珠的双角帽。她向外公深深地鞠了一躬，问道：

"不错吧，父亲大人？"

外公干咳一声，人一下子变得容光焕发起来。他张开双手，舞动着指头，围着她转了一圈，像做梦似的含混不清地说：

"哎呀，瓦尔瓦拉，你要是有大把的钱，身边又都是些好人，那该有多好……"

现在，母亲住在前院的两间房子里，她那里时常有客人走动，最常来的要数马克西莫夫兄弟了：一个叫彼得·马克西莫夫，是位身材魁梧的军官，美男子，留着浅黄色的大胡子，蓝眼睛，就是那个外公曾经当着他的面把我打一顿的人——因为我向老贵族的秃头上吐了唾沫；另一个叫叶夫根尼·马克西莫夫，个子也很高，细长腿，脸色很白，留着黑黑的短胡子。他的眼睛大大的，像两只李子，他身穿浅绿色的制服，金色的纽扣，狭窄的肩头上有两个金黄色的缩写字。他常常很潇洒地将头一摆，将波浪般的长发，从宽阔的前额一直甩到后面。他的微笑显得十分敦厚，讲什么事情时声音总是有些低沉，一开口少不了来句客气话：

"是这么回事，我是想……"

母亲眯起眼睛，嘿嘿地笑着，听他说话，并常常打断他的话：

"您呀，叶夫根尼·瓦西里耶维奇，整个一个小孩子，对不起……"

那位军官用宽大的手掌拍着膝盖，叫道：

"就是个小孩子嘛……"

圣诞节节期[1]大家过得非常热闹与快乐，母亲那里几乎每天晚上都有衣着漂亮的人来来往往，母亲自己也打扮一新，而且总是最为出众，然后和客人们一同离去。

每当母亲和这帮花枝招展的客人们走出大门后，整座房子就好像钻入地下

---

[1] 基督教为纪念神话中所说的基督降生和受洗而规定的节日，从 12 月 25 日（公历 1 月 7 日）至 1 月 6 日（公历 19 日），共 12 天。按照民间传统，圣诞节节期适逢新年之际，因而大家唱歌、跳舞，非常热闹。

童年

了似的，到处都变得静悄悄的，令人心烦意乱。外婆像一只老母鸡到各个房间里去走走看看，把东西整理好；外公则背靠着炉炕的暖墙，自言自语地说：

"嗐，算了，好吧……什么乱七八糟的，咱们走着瞧……"

圣诞节过后，母亲把我和萨沙——米哈伊尔舅舅的儿子——送进了学校。萨沙的父亲又结婚了[1]，而后妈从一开始就不喜欢丈夫前妻的这个儿子，经常打他，在外婆的坚持下，外公才把萨沙接到家里来。我们在学校里学了一个月左右[2]，我记得，学的东西不外乎是回答问你的一个问题：

"你姓什么？"不能简单地回答说：

"彼什科夫。"而必须说：

"我姓彼什科夫。"

同样，也不能对老师说：

"你呀，老兄，别瞎嚷嚷，我不怕你……"

我一上来对学校就非常反感。我表哥从一开始就感到十分满意，一下子结交了许多伙伴，但有一次上课时他睡着了，在梦中忽然大叫：

"我再也不……"

被叫醒后，老师叫他离开课堂一会儿，为此，他被同学们狠狠地嘲笑一通。第二天，我俩一块儿去上学，走到通往干草广场的山峪时，他停下来对我说：

"你上学去吧，我不去了！我还不如去玩儿呢。"

他蹲下身，把书包小心地埋进雪堆里后便走了。当时是一月天，天气晴朗，到处洒满了灿烂的阳光，我非常羡慕表哥，但我还是横下一条心上学去了——我不想让母亲感到伤心。萨沙埋在雪里的书包，当然给弄丢了。因此，第二天他不去上学便成为理所当然的事了，可是到了第三天，他的这一行为已经被外公知道了。

我们被叫去进行审问——坐在厨房桌旁具体审问的有外公、外婆和我母

---

[1] 米哈伊尔·卡希林第二次结婚娶的是一个小饭馆老板的女儿——娜佳·德米特里耶夫娜·契尔科娃。高尔基对她有这样的描述："她人高马大，丰乳肥臀，粗手大脚，圆脸庞，大脸盘，面色赤红，皮肤紧绷，中间长着两只蓝色的小眼睛，目光凶狠歹毒，像煤炭发出的蓝色的火光，眼睛下面有一只很不起眼的鼻子和一张双唇薄薄的嘴，一口细小的牙齿。她的声音出奇的高亢，听起来像鸡叫似的，咯——咯——咯，仿佛一直就在耳边。"（《高尔基资料汇编》（12），第68页）。

[2] 1933年4月，高尔基给格鲁兹木夫写道："《童年》里说，在卡纳维诺上学前，我在下诺夫戈罗德教区学校里学习过两个月，后来因出痘子便不上了（见《高尔基资料汇编》第9卷，第318页）。高尔基博物馆有资料说，彼什科夫"学习不过5—6个月：1876年2月他因出痘子辍学了"（见《卡希林之家》一书，1968年，第30页）。

亲——记得萨沙对外公的提问，回答得非常可笑：

"你究竟为什么不去上学？"

萨沙怯生生地盯视着外公的脸，从容不迫地回答说：

"忘记学校在什么地方了。"

"忘记了？"

"是的。我找呀，找呀……"

"你跟着列克谢不就得了，他知道学校在哪儿！"

"我把他给丢了。"

"把列克谢丢了？"

"是的。"

"这怎么会呢？"

萨沙想了一下，叹道：

"暴风雪很大，什么也看不见。"

大家全都笑了——因为那些日子，天气晴朗，风和日丽。萨沙陪着小心，也露出了笑容，可是外公龇着牙，挖苦地问道：

"你不会拉住他的手，拽着他的腰带吗？"

"我拉了，但大风把我给吹开了。"萨沙解释说。

他说话时显得无精打采，露出一副万般无奈的样子。听着他编的这些愚蠢的、毫无用处的瞎话，我感到非常尴尬，他这种顽固劲儿真让我非常惊讶。

我们被打了一顿，然后家里决定雇一名专门送我们上学的人。这人是个小老头，以前当过消防队员，一条胳膊有残疾——他应该进行监督，不要让萨沙在上学的半道上跑到别处去。但是这同样也无济于事：就在第二天，表哥刚走到山峪边，便忽然弯下身子，把一只脚上的毡鞋脱下来，向远处扔去，然后又脱掉另一只，朝另一个方向扔去，自己光穿着袜子，拔腿向广场跑去。老头儿一声惊叫，一溜小跑，赶紧去捡毡鞋，然后，惊慌失措的他，把我领回家了。

整整一天，外公、外婆和我母亲，都在满城寻找逃走的萨沙，直到晚上，才在修道院旁边的奇尔科夫小酒店里找到他，当时他正在给大家跳舞取乐呢。他被领回家后，这孩子始终一言不发，弄得大家不知如何是好，甚至都没有打他。他跟我一块儿躺在吊床上，把腿跷得老高，脚底掌直蹬着天花板。他小声跟我说：

"后妈不喜欢我，父亲也不喜欢我，连爷爷都不喜欢我——干吗我要跟他们一起生活？我这就去问奶奶：哪里有强盗，我去投奔他们——到时候你们全都会知道……咱们一块儿跑好不好？"

我不能跟他一起跑：当时我有自己的目标——我决心要当一名军官，留着浅黄色的大胡子，为此，我必须得学习。我把自己的打算告诉表哥后，他想了想，便同意了我的计划，说：

"这样也好。等你当了军官，我已经是强盗头目了，那时你就得到处抓我，谁打死谁还说不定，没准儿还能生擒活捉呢。反正我不会杀死你。"

"我也不会杀死你。"

那我们就这样说定了。

这时外婆来了，她爬到炉炕上，看了看我们，开口说：

"干什么哪，小耗子们？哎呀，两个孤儿，两块破碎的瓦片！"

她觉得我们非常可怜，于是便大骂萨沙的后妈——小酒馆老板的胖女儿，我的娜杰日达舅妈，然后把所有的后妈和继父们骂了个遍，而且顺便还给我们讲了一个故事，说的是：有一位圣明贤达的隐士约拿，少年时和后妈发生争执，求上帝进行裁决。他的父亲是乌格齐人，是白湖上的一位渔民。

> 年轻的妻子起了歹意，
> 一心要置丈夫于死地，
> 她把安眠药投进啤酒，
> 使他昏昏沉沉，不知所以；
> 再将他放入橡木小舟，
> 犹如放进了小小的棺木——
> 一块容身的方寸之地。
> 她抓起槭木打造的桨叶，
> 亲自驾起小舟，
> 向白湖的中心划去。
> 那里暗藏着险恶的旋涡，
> 这妖妇干起了无耻的行径。
> 她将身子一斜，来回一晃，
> 转瞬间，小木舟倾覆湖中。
> 丈夫像铁锚一样沉入湖底，

而她却迅速向岸边游动。
上岸后，她一头扑倒在地，
呼天抢地，泣不成声，
她的假慈悲骗过了好心的众人，
大家将她的话信以为真，
和她一块儿落泪，
同她一起伤心：
"哎哟，你年纪轻轻就守寡！
这可是女人最大的不幸，
不过我们的生活全凭天意，
生死全由上帝决定！"

只有约拿心存怀疑，
不相信后妈的眼泪，
他伸出小手按住她的心口，
怯生生地对她说：
"后妈呀，后妈，你是我命运的机缘，
可你是一只夜行鸟，诡计多端，
我不相信你的泪水，
因为你的心正在欢呼雀跃，乐而忘返！
让我们现在对天发誓，
问一问上天诸位神灵：
随便请人拿出一把宝剑，
请他把利剑抛向万里晴空，
你说的若是实话——宝剑取我的性命，
我说的若是实话——宝剑直落你的头顶！"

后妈瞅了他一眼，
横眉怒目，七窍生烟，
她猛然站起身，
跟约拿争辩道：

童年

"哎呀，你这个不长脑子的畜生，
你这个不足月的杂种，
你都胡诌些什么？
怎么会有这种言行？"

人们看着他们，悉心倾听，
都认为此事疑窦丛生，
大家左右为难，暗自思忖，
彼此间议论纷纷。
后来一位老渔夫挺身而出，
向大家躬身一礼，
然后道出自己的决定：
"善良的人们啊，
请你们把宝剑递给我，
由我来将它抛向天空，
等它落下时，肯定能找到真凶！"

人们把宝剑递给老人，
他接过宝剑，抛向头顶，
宝剑像飞鸟一样，直插云霄，
等来等去，仍不见踪影。
人们脱下帽子，聚作一团，
凝神仰望明净的天空，
大家默默无语，黑夜也悄然无声——
空中的宝剑，仍迟迟不见踪影！
朝霞在湖面上冉冉升起，
后妈洋洋得意，脸上露出了笑容，
霎时间宝剑像飞燕一样落下，
直接刺中后妈的心胸。

善良的人们双膝跪下，

只听见一片祈祷声：

"上帝保佑，感谢你主持了公正！"

老渔夫拉着小约拿的手，

领着他到远方去修行。

修道院就坐落在光明的直尔任查河畔，

附近就是基杰什这座无形之城……[1]

第二天，我睡醒后，发现自己长了一身红斑，原来是出水痘了。我被安置到后面的阁楼上，在那里一躺就是很久，什么也看不见，手脚被很宽的绷带绑得结结实实，净做些各种各样的噩梦——有一个噩梦差点儿要了我的命。只有外婆经常来看我，她像喂婴儿似的一勺一勺地喂我吃东西，给我讲很多很多的故事，而且每次都是新的内容。有一天晚上，我的身体已经康复，躺在那里手脚已经不再捆绑了——只有手指头还用绷带裹住，以免我在脸上胡乱抓挠——不知为什么，外婆这天来得比平时都要晚，这使我感到非常不安。忽然，我看见她了：她躺在门外满是灰尘的阁楼台阶上，脸部朝下，胳膊张开，像彼得伯伯那样，脖子被割开一半。一只大猫从落满尘土的昏暗角落里瞪着两只绿眼睛，贪婪地向她慢慢走过去。

我急忙从床上跳下来，用脚踢，用肩撞，把窗户框打掉，纵身跳到院子里，落在一个雪堆上。那天晚上母亲那里有许多客人，谁都没听见我砸碎玻璃、打掉窗框的声音，所以我在雪地里躺了好长一段时间。我什么地方都没有摔坏，只是一条胳膊脱了臼，身上被玻璃狠狠划了几道，但是我的两条腿不听使唤了。于是我躺了三个月，完全不能动窝。我只能躺在那里洗耳恭听：家里越来越热闹，楼下开门关门的声音不绝于耳，人来人往，络绎不绝。

风雪在门外肆虐，屋顶被刮得哗啦啦直响，令人心烦意乱。门内阁楼上，四下透风，烟囱在发出悲鸣；阵阵狂风传来刺耳的呼啸声。白天，乌鸦嘎嘎的叫声不断，夜深人静时，只听见旷野狼群凄厉的号叫声——在这种音乐的伴奏下，我的心在成长壮大。后来，春天慢慢地到了，它怯生生地、悄无声息地，但却一天天更加亲切地透过三月清澈明媚的阳光，小心翼翼地窥探着每一个窗

---

[1] 在坦波夫省鲍里索格列布斯基县的科柳巴诺夫卡村，我听到过这个神话传说的另一种结尾：宝剑刺死了诬蔑后妈的继子。——原注

口。猫在屋顶和阁楼上开始活跃起来，叫声不断，春天的信息透过墙壁传了进来——晶莹透明的小冰柱正在涣然冰释，融化了的雪水正从屋顶的高处往下流淌，马车的铃声也比冬天更加清脆响亮了。

外婆经常来看我，我发现她说话时嘴里常带有一股白酒的气味，而且越来越浓重；后来她来时老是带一只白颜色的大茶壶，把它藏到我的床底下，冲我使个眼色，说：

"你呀，我的心肝宝贝，千万不能对你外公这位灶王爷说呀！"

"你干吗要喝酒呢？"

"少插嘴！长大后——你就会明白……"

她就着壶嘴喝了一口，用袖子擦擦嘴唇，脸上露出甜蜜的笑容，问道：

"好啦，我亲爱的小少爷，昨天我讲什么来着？"

"讲到我父亲。"

"讲到哪儿啦？"

经过我的提醒，她便像小河流水似的，滔滔不绝地讲了起来。

是她自己向我讲起我父亲的事的。有一次，她到我这里来，没有喝酒，样子显得很忧伤，一脸倦容，她说：

"我梦见了你父亲，他好像在田野里行走，手里拿一根核桃木棍子，吹着口哨，身后跟着一条小花狗，舌头一伸一伸的。不知为什么，最近我经常梦见马克西姆·萨瓦捷伊奇[1]——显然，他的灵魂未能得到安宁，还在四处游荡……"

她一连几个晚上都在讲我父亲的故事，这些故事跟她讲的其他故事一样好听。

我爷爷行伍出身，当过军官，因为虐待下属，被流放到西伯利亚；我父亲就是在西伯利亚出生的，当时家里生活很苦，父亲很小的时候就常常从家里逃走。有一次，爷爷为寻找父亲，带着几条狗到森林里像猎兔子似的好一通搜寻；还有一次，逮到父亲后，把他一顿猛揍，多亏邻居们把他拉走藏了起来。

"小孩子总要挨打吗？"我问道。外婆平心静气地回答说：

"总要挨打的。"

奶奶死得很早，父亲刚九岁时，爷爷又去世了，他只好跟着当木匠的教父生活，教父让他参加彼尔姆市[2]的同业行会，教他木匠手艺，但是父亲离开了他，

---

[1] 即列克谢的父亲马克西姆·萨瓦捷耶夫。

[2] 俄罗斯彼尔姆州的一座古老城市，是卡马河港口码头。1940—1957年曾叫莫洛托夫市。

到集市上去给瞎子领路，十六岁上来到下诺夫哥罗德，在一艘轮船上干活，给一位包工木匠打下手。二十岁时他已经是一位很好的细木工、裱糊匠和装修工了。他的店铺作坊紧挨着外公家，就在科瓦利赫大街[1]。

"围墙虽然不高，可人倒是挺麻利，"外婆笑道，"是这么回事。我和瓦里娅正在花园里采摘马林果，他——你父亲——突然从围墙外面跳了进来，我着实被他吓了一跳：一个身强力壮的小伙子，穿着白衬衫，绒布裤子，然而打着赤脚，没戴帽子，长头发上系了一根皮筋，从苹果树中间走了过来。他是来求婚的！我以前看见过他，他常从我们的窗前走过，现在，看见他，我心里想：这小伙子挺不错的！他一过来，我就问他：

"'小伙子，你怎么不堂堂正正地进来呀？'

"可他'扑通'一声便跪了下来，说：

"'阿库林娜·伊万诺夫娜，我整个人全都在这儿了，我的整个灵魂、心思，也全都呈现在你面前了。这不——瓦里娅也在这儿，看在上帝的份上，帮帮我们吧，我们想结婚！'

"当时我一下子愣住了，连话都说不出来了。我一瞧，你母亲这个机灵鬼，躲在苹果树后面，脸红得跟马林果似的，正在跟他打手势呢，她自己眼睛里也含着泪水。我说：

"'哎呀，你们这两个遭天打的，你们这是搞的什么名堂？你疯了吗，瓦尔瓦拉？'我说：

"'还有你，小伙子，你也该想一想：这朵花你配不配来摘取？'

"你外公当时很富有，孩子们还没有分家，有四处房产，既有钱，又有名气。前不久，还因为一连当了九年的行会会长，奖给他一顶带金丝绦带的帽子和一身制服呢——当时他可神气啦[2]！我告诉他们俩事情该怎么办，可我自己都吓得浑身直发抖，加上我又觉得他们非常可怜：两个人全蔫了。这时你父亲说：

"'我知道瓦西里·瓦西里耶维奇不会同意把瓦里娅嫁给我的，我想悄悄地把她娶走，只希望你能够帮助我们。'

---

[1] 科瓦利赫大街是下诺夫戈罗德市一条古老的街道，沿街的拉克马河现在被修成了暗渠。高尔基的外公在这条街上购置了两栋房子，一栋面朝大街，另一栋是侧房，都有院子。这是高尔基的外公所拥有的最漂亮的房子。

[2] 50—60年代是高尔基的外公事业的鼎盛时期，不仅生活富裕，而且在当地也颇有名气。作为染坊行业的行会会长，在塞瓦斯托波尔保卫战期间，他因为在全市业者中为国防军发起过募捐而得到了沙皇的褒奖——奖给他一件带金银边饰的礼服和一顶带羽毛的帽子。

童年

"居然要我来帮忙！气得我当即给了他一巴掌，他连躲都没躲，说：

"'就是你用石头砸我，我也认了。只求你能够帮帮我们，反正我是不会退缩的！'

"这时瓦尔瓦拉走到他身边，一只手搭在他肩上，说：

"'你告诉她，其实我们早就结过婚了，还在五月份的时候，现在我们只需要举行一下婚礼。'

"这一下可把我给气昏了——我的老天爷呀！"

外婆笑了起来，全身都在颤动，然后她闻了闻鼻烟，擦去眼泪，高兴地叹了口气，接着讲道：

"什么叫结婚，什么叫举行婚礼——这种事你还不懂得；不过要是一个姑娘没有举行婚礼便生孩子，那可是一种大逆不道！这一点你可要牢牢记住，你长大后可不要引诱姑娘们干这种事。这样的话，你造的孽可就大了，姑娘会遭到不幸，孩子也是非法的——你一定要记住，要当心！人生在世，一定要怜惜妇女，真心诚意地爱她们，可不能玩世不恭，逢场作戏。我这可是对你认真说的！"

她坐在椅子上轻轻摇晃着，陷入了沉思，然后，忽然又来了精神劲儿，开始说：

"喏，事情可怎么办呢？我打马克西姆的脑袋，揪瓦尔瓦拉的头发，可他却很理智地跟我说：

"'打是解决不了问题的！'

"瓦尔瓦拉也说：

"'您还是先想想该怎么办吧，打的事——以后再说！'

"我问他：

"'你手里有钱吗？'

"他说：

"'有，不过我给瓦里娅买戒指，花了。'

"'你手里就这几个卢布吗？'

"'不，差不多有一百卢布呢。'

"而当时的钱很值钱，东西很便宜；我看着他们俩——你的父母，心里想，你们这些年轻人啊，都是些傻瓜！你母亲说：

"'因为怕你们看见，我把戒指藏在地板下了，可以把它卖了！'

"唉，还完全是两个孩子！不过，说来说去，最后说好，过一个礼拜给他们举行婚礼，事情由我亲自和神甫进行安排。而我自己则大哭一场，一直提心吊胆，怕老爷子知道，瓦里娅也非常紧张。

"喏，事情总算安排好了！

"不过你父亲有个仇人，是位师傅，此人不怀好意，对这件事早有猜疑，并且一直在暗中盯着我们。就这样，我把我唯一的女儿打扮一新，穿上最漂亮的衣服，领到大门外。一辆三驾马车就在街角等着，瓦尔瓦拉上了车，马克西姆一声口哨——马车便扬长而去！我回家时眼泪汪汪的——突然，这个人朝我迎面走来，并且恬不知耻地跟我说：

"'阿库林娜·伊万诺夫娜，我这个人心地善良，不想干涉别人的人生大事，只不过因此你得给我五十个卢布！'

"可是我没有钱，因为平时我不喜欢钱，也就没有积攒，于是，我一时糊涂，便对他说：

"'我现在没有钱，也不会给你！'

"'你答应以后给也行呀！'他说。

"'怎么答应——以后我到哪儿去弄钱？'

"'喏，你丈夫有钱，从他那里偷点，这有什么难的？'他说。

"我也真是笨，应该跟他多磨一会儿，拖住他，可我只是冲着他那副嘴脸，啐了一口，就回家去了！他赶在我的前头，跑进院子——便张扬开了！"

外婆闭上眼睛，微笑道：

"直到今天，一想起他们干的这种鲁莽事儿，还叫人感到不寒而栗！你外公听说后火冒三丈，咆哮如雷——这还了得？平时，他打量着瓦尔瓦拉，夸耀说：我要把她嫁给一个贵族，一位老爷！

"这下可好——什么贵族、老爷！万能的圣母比我们更清楚：谁跟谁有缘。你外公像火烧着了似的，满院子蹦来跳去，把雅科夫和米哈伊尔喊出来，又把那个麻脸师傅和车夫克里姆叫了出来。他拿着短柄流星锤——哑铃上拴一根皮带，米哈伊尔抄起火枪。我们家的马都是好马，性情暴烈，加上那辆四轮马车——轻便快捷，我想，这下肯定能够追上他们！就在这千钧一发的时刻，瓦尔瓦拉的守护天使忽然让我茅塞顿开——我拿起刀，把车辕上的轭索割了一道口子，心想，这下好了，路上一定会断的！事情果然不出所料：半道上轭索突然断了，差一点儿没把你外公、米哈伊尔，还有克里姆当场摔死。他们被耽误了下来，等他们把马车修好，赶到了教堂——瓦里娅和马克西姆已经举行完婚礼，正在教堂门口的台阶上站着呢。真是老天有眼呀！

"我们家这老少几个，不由分说，扑过去就要打马克西姆。嘿——怎奈马克西姆身强力壮，气力过人！一下子便把米哈伊尔掀翻到台阶下，摔断了胳膊，把克里姆也摔伤了。你外公和雅科夫舅舅，还有那个麻脸师傅，全给镇住了。

"马克西姆虽然在气头上，但却没有失去理智。他对你外公说：

"'快把流星锤收起来，别在我面前摇来晃去。我是个安分守己的人，可是一旦它到了我的手里，那可就是上帝的恩赐了，谁也别想从我这里再把它夺回去，别的我也不用再对你说什么了。'

"他们退了回去，你外公坐到马车上后，喊道：

"'永别啦，瓦尔瓦拉，你不是我的女儿了，我也不想再见到你。你愿意怎么过就怎么过，冻死饿死——随你的便。'

"老爷子回到家里——打我，骂我，我只是逆来顺受，一声不吭，心想：一切都会过去的，如今木已成舟，有什么办法！过后，你外公跟我说：

"'给我听着，阿库林娜，今后你再也没有这个女儿了，这一点你要好好记住！'

"我心里想的一直是：赤发鬼，你说的这些，都是一派胡言。怨恨是坚冰，天一暖和就会融化的！"

我听得津津有味，全神贯注。外婆讲的有些地方使我感到惊讶，外公给我描写的我母亲的婚礼完全不是这样。他说当时他反对这桩婚事，婚礼过后也不许母亲进家门，但婚礼还是举行了。按照外公的说法——婚礼不是偷偷举行的，当时他也在教堂里。我不想问外公这两种说法究竟谁说的更正确，因为外婆讲的故事更生动，我更喜欢听。她一边讲，身子一边摇晃，就跟坐在小船上一样。一旦讲到悲伤或可怕之处，她的身子就摇晃得更厉害了，一只手向前伸着，好像要从空中抓取什么东西似的。她常常半合着眼睛，在她那布满皱纹的脸上，流露出一种盲目的、善良的笑容，一双浓浓的眉毛在微微地颤动。有时候，她这种盲目的、与世无争的善良心态使我深受感动，但有时候我又很希望外婆能够说几句发狠的话，责骂几声。

"最初，大概有两个礼拜时间，连我也不知道瓦里娅和马克西姆在什么地方，后来有一个毛头小子从她那里来告诉我了。我等到礼拜六，装着要去做晚祷，我亲自到他们那儿去了！他们住的地方很远，在苏耶金斯基坡地的一间不大的厢房里[1]，整个院子住的都是手艺人，到处都是垃圾，又脏又乱，闹哄哄的，可他们却不在乎，像两只快乐的小猫，在一块嬉戏玩耍。我尽可能给他们带了点东西：茶叶、白糖、各种杂粮、果酱、面粉、干菇和零花钱——不记得是多少了，是我从你外公那里悄悄偷出来的，因为只是我自己花，偷一点儿还是可以的！你父亲什么都不要，老大不乐意地说：

"'我们是叫花子，咋的？'

"瓦尔瓦拉也帮着他说：

"'哎呀，妈妈，你这是干什么呀？……'

"我嗔怪他们说：

"'傻小子，我和你谁跟谁呀？我是你丈母娘。至于你，傻丫头，我是你亲妈！难道你们要惹我生气吗？要知道，世上要是有人惹母亲生气，天上的圣母就会伤心落泪！'

"那好，这时马克西姆一下子把我抱了起来，而且满屋子地转悠，一边转悠，还一边跳着舞——他的力气可真大呀，整个一头大狗熊！而瓦里娅这鬼丫头在一旁仪态端庄，步履从容，像赞美新的布娃娃似的一个劲儿地夸奖丈夫。她睁大眼睛，东瞧瞧，西看看，俨然一个管家婆，煞有介事地大谈其家务事来了——那神情看着实在叫人觉得好笑！她端来了就茶吃的摊面饼，硬得能够把狼的牙齿硌掉，而且奶酪——也都是些碎渣子！

"事情就这样过了很长时间，你已经快要诞生了，可是老爷子仍然一声不吭——顽固得很，整个一个灶王爷！我悄悄地常去看他们，这事他好像知道，可又好像不知道。全家人都不许提瓦里娅的事，大家都闭口不谈，我也一声不吭，可是我自己心里清楚——做父亲的心是不会长期保持沉默的。这不，盼望已久的时刻终于来临了——一个暴风雪的夜晚，各个窗口好像有狗熊正在往里撞似的，烟囱发出呜呜的叫声，所有的妖魔鬼怪仿佛都挣脱了锁链。我和你外公躺在床上——怎么也睡不着，于是我就说：

"'遇到这样的夜晚，穷人的日子可就难过了，要是心里再感到不踏实，那日子就更不好过了。'

"这时你外公突然问道：

---

[1] 这个地方在郊区，是一块坡地，往上是小牛胡同（现在叫果戈理胡同），往下是罗日杰斯特文斯基大街（后改为马雅科夫斯基大街），离教堂很近。1863—1866 年阿列克谢的父母在这里住过。高尔基的短篇小说《火灾》对这里有详细的描述。

163

"'他们俩过得怎么样了？'

"'好像没什么，过得还挺好。'我说。

"'你知道我指的是谁吗？'他说。

"'指女儿瓦尔瓦拉和女婿马克西姆呗。'

"'你怎么猜到我指的就是他们呢？'

"'得了吧，老爷子，别揣着明白装糊涂了，这出戏不要再演下去了——有谁高兴看呢？'

"他深深地叹了一口气，说：

"'唉，你们呀，全都是魔鬼，全是些面目可憎的恶魔！'

"然后，他进一步地问：

"'那个大浑蛋！'他这是指你父亲。'真的是个浑蛋吗？'

"我说：'那些自己不想干活，骑在别人脖子上靠人养活的人才是浑蛋呢，你睁开眼看看雅科夫和米哈伊尔吧——他们两个不都是浑蛋吗？家里谁在干活？谁在挣钱？是你。他们帮过你多大的忙？'

"于是他破口大骂起来，骂我是蠢货，下贱坯，纵容女儿和别人私奔，骂得别提有多难听了！

"我一声不响。他说：

"'你一不了解他是哪里的人，二不了解他为人如何，怎么能够轻易相信他呢？'

"我仍然一言不发，等他说累了，我才说：

"'你去看看就知道他们生活得怎么样了，他们过得好着呢。'可是你外公说：

"'那也太抬举他们了，叫他们自己过来吧……'

"我一听他这话，高兴得甚至哭了起来。这时他把我的头发松开——他喜欢摆弄我的头发，嘟嘟囔囔地说：

"'别哭了，傻瓜，难道我就那么没心肝吗？'

"要知道，你外公这个人以前好着呢，后来不知他怎么想的，认为再没有比他更高明的人了。从此以后，他就变得又爱发火，又愚蠢。

"这样，你父母他们就来了。那是个神圣的日子，是大斋前最后一个礼拜

日 [1]。他们俩个子都很高，穿得整整齐齐，干干净净。马克西姆站在老爷子面前——比你外公高出一头，说：

"'瓦西里·瓦西里耶维奇，看在上帝的份上，不要以为我来是向你要嫁妆的，不，我是来向岳父大人请安的。'老爷子一听满心欢喜，嘿嘿笑道：

"'我说你呀，傻大个儿，整个一个强盗！喏，有你撒欢的时候，搬过来跟我们一起住吧！'

"'这要看瓦里娅什么意思了，我无所谓！'马克西姆眉头一皱说。

"他们两个当时就吵起来了，怎么也谈不到一起！我向你父亲又是递眼色，又是在桌下踩他的脚——可是不行，他仍然坚持自己的意见。他的两只眼睛很漂亮：清澈，快乐；眉毛黑黑的，有时候他把眉头一皱，眼睛便藏到眉毛下，板起脸，样子很倔强；他谁的话都不听，只听我的。我对他比对亲生儿子都好多了，他知道这一点，他也很喜欢我！他紧贴在我身边，有时候还拥抱我，再不就把我抱起来，满屋子转悠，嘴里一边说：

"'你是我真正的母亲，像大地一样。我爱你胜过爱瓦尔瓦拉！'

"当时你母亲喜欢说笑，非常调皮——她一听这话便向你父亲扑了过去，嘴里喊道：

"'你怎么能说出这样的话，彼尔米亚克人，多难听呀！'

"就这样，亲爱的，我们仨在一块儿日子过得挺好！你父亲跳舞也是一把好手，唱的歌也很好听——是从瞎子们那里学来的，而瞎子——再没有比他们更好的歌手了！

"他和你母亲都搬过来了，住在花园里的一间厢房里 [2]。你就是在那里诞生的，当时正是中午——恰好赶上你父亲回来吃午饭。他那个高兴呀，像疯了似的，你母亲被他折腾得够呛，真是傻透了，好像他就不知道女人生孩子有多么艰难！他把我背在肩上，穿过整个院子，去向你外公报喜，说是又添了一个外孙——你外公甚至笑了起来，说：

"'哎呀，马克西姆，就你的妖蛾子多！'

"可是你两个舅舅不喜欢你父亲——因为他从不喝酒，嘴头不饶人，点子又多，而且非常能干——为此，他们没少给他苦头吃！有一次，正逢大斋期，

---

[1] 人们习惯在这一天相互原谅，抛弃前嫌。

[2] 指外公瓦利赫大街住宅的厢房。1868年3月16日阿列克谢·彼什科夫（即高尔基）就是在这里出生的。

忽然刮起了大风，所有屋子都响了起来，呜呜直叫，怪吓人的——大家都愣住了，是什么妖物在作怪？你外公吓得不得了，吩咐把各处的长明灯点上，跑前跑后地大声喊叫：

"'赶紧祈祷！'

"忽然，所有的响声都没有了，这样大家更感到害怕了。你雅科夫舅舅猜想：

"'这准是马克西姆捣的鬼！'

"后来马克西姆自己说了出来，的确是他在气窗处摆放了各式各样的玻璃瓶子——大风一吹，瓶子就发出呜呜的响声，不同的瓶子，发出的声音也不一样。外公吓唬他说：

"'开这种玩笑，马克西姆，小心再把你发配到西伯利亚，永远不得回来！'

"有一年天气特别冷，野外的狼群直往城里跑，有时咬死一条狗，有时把马给吓惊了，有个喝醉酒的守夜人就被狼吃了，狼群进城的事，一时间闹得人心惶惶！可是你父亲拿起猎枪，蹬上滑雪板，夜里去到野外。你还别说，还真的能拖回一只甚至两只狼来。他把狼皮剥下来，把狼头一撑，装上两只玻璃眼睛——看上去跟活的一样！正好你米哈伊尔舅舅到过道里去方便，冷不丁一看——掉头便跑，头发都竖起来了，眼珠子也鼓了起来，喉咙也堵住了——什么话也说不出来了。他的裤子滑落下来，把他绊了个跟斗，嘴里有气无力地直嚷嚷：狼！狼！大家一听，立即抄起手边的家伙，打着灯笼，向过道奔去——到那儿一瞧，果然木箱子里有一只狼脑袋向外伸着！于是大家一通乱打，开枪射击，可是它全然不动！仔细一看——原来只是一张狼皮和一个掏空了的狼脑袋，狼的两条前腿用钉子钉在木箱子上！这时你外公非常恼火——对马克西姆大发雷霆。后来雅科夫也跟着起哄，学会了开这种玩笑：马克西姆好像用硬纸板做了个狼头——鼻子、眼睛、嘴巴都有，再粘上些麻絮当狼毛，然后便和雅科夫一起，来到街上，把狼的这种可怕嘴脸伸进人家的窗户——人家当然被吓坏了，大声呼救。而他们往往在夜深人静的时候，身上披个床单出去吓唬神甫，神甫吓得转身就往岗亭里跑，而值班巡警也被吓坏了，大喊救命。这种恶作剧他们搞了多次，怎么劝他们都不听。我也说过他们——别胡闹了。瓦里娅也说过，可是没用，他们不听！马克西姆总是笑着说：

"'真来劲，看见人们因为一点小事就吓得抱头鼠窜，太有意思了！'

"跟他简直没法说……

"后来，这种事差一点儿要了他的命：你米哈伊尔舅舅非常像你外公——

心胸狭窄，爱记私仇，一心想除掉你父亲。这不，一个初冬的日子，他们做客回来，一共是四个人：马克西姆、你两个舅舅，还有一位教堂执事——此人因打死一个马车夫被赶出了教堂。他们从亚玛街[1]走回来，把你父亲骗到久科夫池塘，说是去滑冰，像小孩子那样，不用穿冰鞋。他们连哄带骗，把他推进冰窟窿里——记得这件事我跟你讲过……

"为什么两个舅舅这么歹毒？"

"他们不是歹毒，"外婆平心静气地说，一面闻着鼻烟，"他们只不过是——愚蠢！米什卡非常狡猾，但是很愚蠢；雅科夫倒没什么，但有点傻气……喏，他们把他推进冰窟窿里，但他又钻出水面，两手紧紧扒住冰窟窿的边沿，可是他们开始用脚踩他的手，他所有的手指头都被他们用鞋后跟踩破了。所幸他没有喝酒，而他们都醉醺醺的。在上帝的保佑下，他总算从冰层下面钻了出来，在冰窟窿中央，坚持把脸露在外面，以便呼吸。这样他们便够不到他，于是他们朝他头上扔了一会儿冰块也就走了——心想，他自己会沉下去的！然而他却爬了上来，立刻跑到警察局——警察局就在附近——他知道警察局就在广场上。警察分局局长认识他，也认识我们全家，便问他：这是怎么回事？"

外婆在胸前画了个十字，感慨万千地说：

"上帝啊，请保佑马克西姆·萨瓦捷伊奇和你虔诚的信徒们安息吧，他是无愧于您的保佑的！

"因为他向警察隐瞒了事情的真相，他说：

"'是我自己喝醉了酒，路过池塘，不小心掉进冰窟窿的。'

"'不对，你从来不喝酒的呀！'警察分局局长说。

"不管怎么说，警察局的人用酒给他擦了身，换上干衣服，用皮袄裹着，把他送回家来了。分局局长亲自送他，随行的还有其他两个人。这时雅什卡和米什卡两个人还没有回来，到酒馆里转悠去了，到处去说父母的坏话。我和你母亲一看马克西姆：他完全变了一个样子，浑身冻得发紫，手指全破了，在流着血，鬓角全白了！

"瓦尔瓦拉大叫一声：

"'是谁把你弄成这副模样的？'

"分局局长东看看，西看看，盘问得非常仔细，我打心眼里感觉到：坏了，事情不妙！我让瓦里娅先稳住分局局长，自己背地里悄悄问马克西姆——到底怎么回事？他小声说：

"'你赶快去迎着雅科夫和米哈伊尔，告诉他们——让他们说他们是在亚玛街和我分手的，之后他们俩就去波克罗夫卡大街[1]了，而我呢，就说我拐到纺织胡同[2]去了！千万别说错了，否则警察会叫他们倒大霉的！'

"我找到你外公，跟他说：

"'你去招呼一下分局局长，我到大门外去等两个儿子。'

"然后，我告诉你外公出了什么漏子。他边穿衣服，边哆嗦，嘴里嘟囔着说：

"'我早就知道会出这样的事！'

"你外公这是在信口胡说，他压根儿什么都不知道！唉，我拦住了两个孩子，啪啪给了他们两个耳光——米什卡吓了一跳，但马上就清醒过来了，而雅什卡这小子醉得连话都说不清楚了，不过他也嘟嘟哝哝地说：

"'我什么也不知道，都是米哈伊尔干的，是他挑的头儿！'

"我们好说歹说，才稳住了那位分局局长——他真是位好好先生！他说：

"'嘿，可得当心，要是你们家发生什么事，我一定要查清楚是谁的责任。'

"说完他就走了。你外公走到马克西姆面前说：

"'唔，谢谢你，要是换个人，处在你的位置上，便不会这样说了，这件事我心里全明白！还有你，闺女，谢谢你把一位大好人领到爸爸家里来！'

"你外公这个人，只要他愿意，说话好听着呢，可是后来他却变糊涂了，心里话对谁也不说，自己把自己封闭了起来。后来，只有当我们娘仨在一块的时候，马克西姆·萨瓦捷伊奇才哭了起来，他仿佛在说梦话似的对我说：

"'他们为什么要害我？我哪儿对不起他们了？妈妈，你说，这到底是为什么？'

"他没有管我叫'岳母'，而是喊我'妈妈'，完全像个孩子。他确实也是个孩子，就性格来说，的确像个小孩子。他问我：'到底是为什么？'我放声大哭——我能够说什么呢？他们是我的儿子，我怜爱他们！你母亲把上衣上的所有扣子都扯掉了，披头散发地坐在那里，像刚打完架似的，大声吼道：

"'我们走，马克西姆！两个哥哥把我们当成仇敌，我害怕他们，我们离开这里！'

---

[1] 后改为斯维尔德洛夫大街。

[2] 现在的马斯利亚科夫大街。

"'别火上浇油了，家里的火势已经够旺了！'我赶紧制止她。

"这时你外公正让这两个浑蛋前来请求宽恕。你母亲一见，立刻跳起来，向米哈伊尔扑过去，照他脸上就是几个耳光——这就是对他的宽恕！可你父亲则抱怨说：

"'两位兄长，你们怎么能够这样？因为你们这样，很可能会把我弄成残废，没有手我可怎么工作啊？'

"喏，就这样，马马虎虎他们算是和解了。之后你父亲大病一场，在床上躺了差不多七个礼拜，他偶尔和我提起，说：

"'唉，妈妈，跟我们一起到别的城市去吧——这儿没多大意思！'

"没过多久 [1]，他要去阿斯特拉罕。那里夏天要准备迎接沙皇，你父亲承接了修建凯旋门的工程。他们是乘第一班轮船走的，和他们道别，我心里简直难受极了，实在是难舍难分，你父亲心里也很难受，一个劲儿地劝我，让我跟他们一块到阿斯特拉罕去。然而，瓦尔瓦拉高兴了，甚至不想掩饰内心的快乐，真不害臊……他们就这样走了。就这些，全跟你讲了……"

她喝了口白酒，闻了闻鼻烟，若有所思地望望窗外的蓝天，说道：

"是啊，我跟你父亲没有血缘关系，可我们的心是相通的……"

有时候，外婆正在给我讲故事，外公忽然走了进来；他仰起自己那张黄鼠狼脸，用尖鼻子在空气中东闻闻，西闻闻，狐疑多端地打量着外婆，看见她正在讲故事，嘴里便嘟囔道：

"瞎说，净瞎说……"

他突然问我：

"列克谢，她刚才喝酒了吗？"

"没喝。"

"你在撒谎，从你眼睛里我就能够看出来。"

然后，他犹疑不决地走了。外婆在他背后挤了挤眼睛，说了句俏皮话：

"阿夫杰依，您赶快走人；别惊着了我的马群……"

有一次，他站在屋子中间，眼睛看着地板，小声问道：

"老婆子？"

"啊？"

---

[1] 1871 年春天。

"那事情怎么样了，你看到没有？"

"看到了。"

"你怎么认为？"

"老爷子，都是命啊！还记得你总是说要她嫁个老爷的话吗？"

"嗯，记得。"

"他就是一位老爷。"

"一个穷光蛋。"

"喏，那是她的事！"

外公走了。我感到有点不对劲儿，便问外婆：

"你们讲的什么事情呀？"

"什么事你都要打听，"外婆抱怨说，一面在给我揉腿，"从小爱打听——老了就没什么可问了……"说着，她摇晃着脑袋，笑了起来。

"哎呀，老爷子，老爷子，在上帝心目中你太微不足道了！廖尼卡，这事你可不许乱说！——你外公彻底破产啦！他借给一位老爷一大笔钱，可那位老爷破产了……"

她脸上带着笑容，陷入沉思，久久坐在那里，一言不发，宽大的脸庞上布满了皱纹，显得忧心忡忡，黯然神伤。

"你在想什么呀？"

"我在想给你讲点什么呢？"外婆忽然来了精神，"喏，就讲叶夫斯季格涅伊的故事吧，好不好？你听着：

　　从前有一位教堂执事，
　　名字叫叶夫斯季格涅伊。
　　他认为自己聪明绝顶，老子天下第一，
　　神甫、贵族全不在话下，
　　连资格最老的看家狗，
　　也无法和他相比！
　　他走起路来，
　　昂首阔步，像只公火鸡，

自称是美人鸟西林[1]，

左邻右舍他教训个遍，

没有一件事合他的心意。

抬头看看——教堂太矮！

低头瞧瞧——街道太挤！

苹果他认为不够红！

太阳不应该早升起！

不管大家跟他说什么，

他总是说——

外婆鼓起腮帮子，瞪大眼睛，她那慈眉善目的脸庞，看上去有些傻相和滑稽，她有气无力地用低沉的声音说：

这些事我样样都行，

做起来比谁都麻利，

只是我实在没时间，

——心有余而力不足。

她沉默片刻，满面笑容地接着小声往下讲：

一天夜里，

小鬼们来找这位执事：

"执事先生，

你对这里是不是很不满意？

那就跟我们一起，到地狱里去，

那里的炭火正旺着呢！"

聪明的教堂执事

还没来得及戴上帽子，

小鬼们一拥而上

---

[1] 神话中的鸟，长着一副美女的容貌。

童
年

171

将他死死抓在手里，

拖的拖，挠的挠，大呼小叫，

有两个干脆骑在他脖子上，

最后把他扔进了地狱的火炕。

"叶夫斯季格涅伊，在这里感受如何？"

教堂执事酷热难耐，向四下打量，

双手叉着腰，

高傲地噘着嘴说：

"你们这地狱呀，黑幕重重，乌烟瘴气！"

　　她用浑厚的声音，慢条斯理地讲完了这个寓言故事，脸上表情一变，笑嘻嘻地跟我解释说：

　　"这个叶夫斯季格涅伊没有认输，顽固坚持自己那一套，执迷不悟，跟咱们家老爷子一模一样！好啦，到时候了，该睡觉了……"

　　母亲很少到我住的阁楼上来，即便来了，跟我待在一起的时间也不长，匆匆忙忙说几句话就走。最近她变得越来越漂亮了，穿得比以前也更好了，但是从她身上，就跟从外婆身上一样，总使我感到发生了某种新的、不让我知道的情况，这只是我的感觉和猜想。

　　外婆的故事对我越来越没有吸引力了，连她讲的关于我父亲的往事也无法平息我心中的疑虑与不安，我的这种情绪有加无减，与日俱增。

　　"为什么父亲的灵魂不能安息呢？"我问外婆。

　　"这我怎么知道？"她半闭着眼睛说，"这是上帝的事，由上天做主，我们无法知道……"

　　我整夜整夜地失眠，透过蓝色的窗户，遥望夜空，只见群星在天际间缓缓移动，我忽发奇想，杜撰出一些伤感的故事——其中占主导地位的是我的父亲，他总是独来独往，孑然一身，手里拿一根棍子——一条长毛狗紧随其后……

第十二章

有一回，傍晚时我睡着了，醒来后，我的两条腿也有了知觉。这时我把腿从床上放下来，站在地板上——可是它们却又不听使唤了，但是我已经有了信心：相信我的腿是好的，将来还可以走路。这太让人兴奋了，我高兴得叫了起来，把全身的重量都放在两条腿上，可是我摔倒了，不过我立刻向门口爬去，沿着楼梯往下爬，我能够清楚地想象得出，楼下的人看见我时有多么惊讶。

不记得我是怎样来到母亲房间的了，我坐在外婆的膝盖上，有好多我不认识的人站在她的面前，一个穿绿衣裳的干瘪老太婆嗓门比谁都高，她严厉地说：

"给他灌马林果汁，把头包起来……"

她浑身上下都是绿颜色——连衣裙是绿的，帽子是绿的，脸也是绿的，甚至眼睛下面那颗痣上长的一撮毛也像一撮青草似的。她的下嘴唇向下耷拉着，上嘴唇往上翻着，看我的时候露出她那满嘴的绿牙，还用那只戴着绣有花边的无指黑手套的手半遮着眼睛。

"她是谁呀？"我小心地问道。外公不耐烦地回答说：

"她也是你奶奶……"

母亲嘿嘿一笑，把叶夫根尼·马克西莫夫 [1] 推到我跟前说：

"他就是你父亲……"

她的话说得很快，听不明白她说的是什么。马克西莫夫眯起眼睛，俯下身跟我说：

"我送给你一盒油彩。"

屋子里非常明亮，前面一个角落放着一张桌子，桌上有一台银质枝形灯，

[1] A.M. 彼什科夫（高尔基）的继父康斯坦丁诺夫斯基，测绘学院的学生。暑假期间他本来是到下诺夫戈罗德市探望自己兄弟的，但结婚后便不再回莫斯科继续学习了，而是在卡纳维诺轮船账房里找了个事做，可是没干多久就被辞退了，后来在下诺夫戈罗德火车站谋了个会计的职位。

五根蜡烛同时都点着，蜡烛中间是外公心爱的圣像——"勿哭我，圣母"。圣像衣饰上的珍珠在灯光的映照下光彩夺目，清澈明亮，圣像头顶金色光环上镶嵌的红宝石闪闪发光。有几张模糊不清的圆脸，从外面紧贴在临街的玻璃窗上，他们一声不吭，把鼻子都挤扁了。周围的一切仿佛在向某个地方飘动，而那位一身绿色的老太婆用她那冰冷的手指摸了摸我的耳朵说：

"一定要让他喝，一定……"

"他晕过去了。"外婆说罢，便抱着我向门口走去。

但我并没有晕过去，我只是闭上了眼睛。当她抱着我上楼的时候，我问她：

"这事儿你怎么早不告诉我呢？……"

"你呀，算啦，别说了！……"

"你们在骗人……"

她把我放到床上后，自己便一头扑在枕头上，放声大哭起来，浑身都在哆嗦，肩膀抖动得很厉害，哭得上气不接下气。她抽抽搭搭地说：

"你也哭吧……都哭出来……"

我不愿意哭。阁楼上又暗又冷，我浑身发抖，连床都直摇晃，发出吱吱的响声，那个绿色老太婆就站在我的面前。我假装着睡着了。后来外婆走了。

几天来，日子过得单调乏味，空虚无聊，犹如一条小溪在潺潺流过。事情说好后，母亲便到什么地方去了，这时家里变得非常安静，但我的心情却十分压抑。

一天早上，外公手里拿一把凿子，走到窗前，要动手拆除冬天窗户上的防寒板条。外婆端来一盆水，带着抹布，外公小声地问她：

"怎么样，老太婆？"

"什么怎么样？"

"高兴了吧，是不是？"

她像在楼梯上回答我时那样回答他：

"你呀，算啦，别说了！"

简简单单的一句话，现在却具有特殊的含义，它包含着一件人人都知道但却心照不宣的令人伤心的事。

外公小心翼翼地拆下窗户上的防寒板条，放到一边，外婆将窗户打开——花园里马上传来了椋鸟的鸣叫和麻雀叽叽喳喳的叫声，一股春回大地的泥土芳香涌进了屋内。炕灶上浅蓝色的瓷砖有些发白，显得有些不合时宜，望着它们，令人不禁感到有些寒意。我从床上下了地。

"不能光着脚走路。"外婆说。

"我想去花园看看。"

"等等再去吧，那里的地还湿着呢！"

我听不进她的话，甚至一看见大人心里就烦。

花园里到处已经吐出了新绿芽，苹果树上的叶芽、花蕾，正含苞待放，彼得罗夫娜房顶上的青苔已经发绿，看上去令人心旷神怡。周围有很多鸟儿在自由飞翔，欢快的叮当声，清新的空气，扑鼻的芳香，令人心醉神迷，头晕目眩。在彼得伯伯自杀的那个土坑里，满目都是被积雪压得乱七八糟的枯草——看上去乱糟糟的，一点儿春天的气息都没有。那些被烧得发黑的一根根木头，显现出一副败落相，因此，整个土坑给人的印象是令人生厌，而且绝对多余。我真想将那些杂草统统拔掉，踩碎，把这些破砖碎瓦、烧焦的木头拿走，把一切肮脏的废物统统清理掉，从而给自己在土坑里营造一个干净的空间，夏天可以避开大人，一个人到这儿来住。说干就干，于是，我立刻动手，花了很长时间。这件事使我避开了家里发生的许多事情，尽管有时候仍不免生气，但日复一日，对它们的兴趣也就淡漠了。

"你怎么总噘着嘴呀？"外婆和我母亲时不时地老这样问我——她们这样问我时，我总感到有些尴尬，其实我并没有生她们的气，只是感到我在这个家里处处都是个局外人。午饭、喝晚茶和吃晚饭时，那个一身绿色的老太婆经常就坐在旁边，很像旧篱笆上的一根腐朽的木桩。她的眼睛像是用无形的针线缝合在脸上的，轻易就能从干瘪的眼眶内鼓出来，转动起来非常灵活。她什么都能看见，什么都能发现，谈到上帝时，她眼睛望着天花板，要是谈到家务事，两只眼睛便垂到了脸上。她的眉毛像是用麦麸做成粘上去的。她的牙齿很大，而且外露，总在不声不响地咀嚼着她塞进嘴里的一切东西。而她在拿东西的时候总是滑稽地将手往下弯着，小拇指翘得老高。耳垂下各有一个骨质小球晃来晃去，耳朵一动一动的，连那颗痣上的一撮绿毛也跟着在微微颤动，仿佛是在她那满是皱纹的、干净得令人讨厌的皮肤上慢慢地蠕动。她和她的儿子一样，浑身上下异常洁净——让人不好意思和他们靠近，也不便接触。最初几天，她总想把一只死人般的手伸到我嘴边让我吻，可是她手上有一股子喀山产的黄肥皂和乳香的气味，于是我转身就跑。

她经常对她的儿子说：

"男孩子一定得好好教育——懂吗，热尼亚？"

他听话地低下脑袋，眉头紧锁，一声不吭。在这位绿老太婆面前大家都皱着眉头。

我恨透了这个老太婆，也恨她的儿子，为此我挨过不少的打。有一次吃午饭的时候，她瞪大眼睛跟我说：

"哎呀，阿廖申卡，你干吗这样狼吞虎咽的？这么大的块儿就一口吞下！会噎着你的，亲爱的！"

我把那块东西从嘴里掏出来，用叉子扎着，递给她说：

"要是觉得可惜，您就拿去吧……"

母亲把我从饭桌上拉开，让我到阁楼上去，弄得我很没面子——外婆来看我，她捂着嘴，哈哈大笑，说：

"哎呀，老天爷！你也太胡闹了，基督保佑你……"

我不喜欢她捂着嘴的样子，便躲开她，爬到屋顶上，在烟囱后面坐了很久。是的，我很想胡闹一通，对所有的人恶语相向，而且我很难克制这种愿望，但是没办法，不得不克制：有一回，我在我未来的继父和奶奶的椅子上抹了些樱桃树胶，他们两人都被粘住了。这件事太可乐了，但外公把我揍了一顿。母亲到阁楼上来看我，把我拉到跟前，用两个膝盖使劲夹住我，说：

"听着——你干吗要这样使坏呢？要知道，你这样做叫我多伤心呀！"

她眼睛里饱含着泪水，把我的头紧紧贴在她的脸上——她这样让我难过极了，还不如把我打一顿呢！我说，我再也不会对马克西姆母子使坏了，永远不会——但愿母亲不会再哭了。

"是啊，这就对了，"母亲小声说，"不要再淘气了！我们很快就要举行婚礼，然后去莫斯科，回来后，你就跟我住在一块。叶夫根尼·马克西莫夫人很好，也很聪明，你会跟他和睦相处的。你将来要上中学，然后上大学——就跟他现在一样，然后，当博士。想干什么都可以——有了学问就可以干自己想干的事了。现在你去吧，玩儿去吧……"

她一连用了好几个"然后"，我觉得这些"然后"是通往深处某个地方的阶梯，距离她越来越远。黑洞洞的，漆黑一片，孤身一人——我不喜欢这样的阶梯。我很想对母亲说：

"求求你，别嫁人了，我养活你！"

但这话我没有说。母亲常常唤起我对她的无限亲情与思念，但要把这些想法说出来，我一直下不了决心。

在花园里，我的事情进展得很顺利：我手拔刀砍，清除了杂草，将土坑四周塌陷的地方用碎砖砌起来，再砌一个宽大的平台，这样不仅可以坐人，甚至可以躺下。我找来许多彩色的玻璃片和餐具碎片，填在砖缝里，抹上灰泥——这样太阳一照，土坑里马上便显得喜气洋洋，五彩纷呈，像置身于教堂一样。

"这主意很不错！"有一次外公看了我的工程后这样说，"只是杂草会长得比你还高，必须把它们连根拔掉！我来帮你用铁锹把地翻一翻——去把铁锹拿来！"

我取来了铁锹，外公清了清嗓子，朝手上吐了一口唾沫，然后一只脚踩着铁锹，把它深深踩进肥沃的土壤里。

"把草根捡出去！以后我帮你栽上向日葵与锦葵——肯定能够成活，长好……"

这时，他弯下腰，扶着铁锹，忽然不说话了，在那里发愣。我仔细瞧了瞧他——只见眼泪正从他那双像狗一样聪明的小眼睛里不住地往下滴呢。

"你怎么啦？"

他打起精神，用手掌擦了擦脸，泪眼模糊地看了看我。

"我出汗了！快瞧，那么多蚯蚓！"

然后他又开始翻地，这时他突然说：

"你干的这些活，都算是白干！瞎耽误工夫，小伙子。因为很快我就要把房子卖掉。大概入秋前就卖。我需要钱，给你母亲做嫁妆用。是的，但愿她能够过上好日子，上帝会保佑她……"

他扔下铁锹，挥了一下手，便到浴室后面去了，他在花园一角有几间小温室。于是我便动手挖地，刚一开始就碰伤了脚指头。

这样我便无法陪母亲到教堂去参加她的婚礼了，我只能把她送到大门外，看着她挽起马克西姆的胳膊，低着头，小心翼翼地走在砖砌的人行道上，踏着从砖缝里长出来的青草——好像走在一颗颗钉子上似的。

婚礼很冷清。从教堂里回来，大家喝茶时，情绪都不高。母亲当即换下婚纱，到卧室去收拾箱子了。继父坐到我身边，对我说：

"我答应过送给你油彩，可是这城里没有好的，我自己用的又不能给你，等我到莫斯科后，给你寄来……"

"我要油彩有什么用？"

"你不喜欢画画吗？"

"我不会。"

"好吧，我给你寄别的礼物。"

母亲走过来说：

"我们很快就会回来的，你父亲一考完试，结束学业，我们马上就回来……"

他们跟我说话像跟大人说话一样，这一点我心里感到非常舒服，但我有点纳闷的是，一个长了胡子的人怎么还要上学呢？于是我问他：

"你在学习什么呀？"

"土地测量……"

我也懒得问：这究竟是干什么的？家里安静得令人心烦，只听见有一种收拾毛料子的窸窣声，真希望夜幕能尽快降临。外公背靠着炉灶站在那里，眯缝着眼睛望着窗户。那个一身绿色的老太婆在帮助我母亲打点行装，唠唠叨叨，哼哼咳咳，而外婆中午就喝醉了酒，为了顾全面子，家里人把她送到阁楼上，门上落了锁。

第二天一大早母亲便走了。临行前她拥抱了我，把我轻轻地从地上抱起来，用一种从未见过的目光看着我，亲吻我，说：

"喏，再见了……"

"跟他说，让他听我的话。"外公望着天空，脸色阴郁地说。这时天空刚出现红霞。

"好好听外公的话。"母亲说着，在我胸前画了个十字。我期待着她还能再说点什么，可是被外公给打断了，因此我非常生外公的气。

他们坐上一辆轻便马车，母亲的裙子下摆不知钩在什么地方了，她解了好长时间，显得非常烦躁。

"去帮她一下呀，你没看见吗？"外公对我说。

我没有去帮忙，当时我的心情坏透了。

马克西莫夫在马车上耐心地把穿着蓝窄脚裤的两条长腿摆放好，外婆往他手里塞了一包什么东西，他把它放在膝盖上，用下巴顶着，惊讶地皱起了他那张苍白的脸，拉长声调说：

"够——了……"

那位绿色老太婆和她的大儿子——一位军官——坐到另外一辆轻便马车上——她正襟危坐，像画上画的一样，她儿子却在用马刀把拨弄自己的大胡子，而且直打哈欠。

"这么说，您这是去打仗了？"外公问道。

"没错儿！"

"这是件好事。土耳其人就是该打[1]……"

他们走了。母亲几次回过头，向我们挥动手绢，外婆一只手扶着墙，哭得泪人似的，另一只手也在空中不停地挥动。外公也一直在流泪，不断地揉着眼睛，他小声断断续续地说：

"这事儿不会有……好结果……不会……"

我坐在一个石墩上，看着两辆马车一颠一颠地往远处驶去——眼看着它们转过弯去。此时此刻，我心里仿佛有什么东西一下子被关了起来，紧紧地关闭住了。

天色尚早，各家各户的百叶窗还在关着，街上冷冷清清——我从未看见过大街上如此空旷冷清，死气沉沉。只听见远处有牧人吹笛子的声音——吹得没完没了，实在烦人。

外公扶着我的肩膀说：

"我们喝茶去吧，看来你是命中注定——非跟我一块生活不可了。我们俩就跟火柴与石头一样，你就在我身上划吧！"

从早到晚，我和外公一直默默地在花园里忙活。他平整畦土，绑扎马林果，清除苹果树上的苔藓，捻死小毛虫，而我却一直在营造和装饰我那个小窝。外公把烧焦了的那一段木头砍去，在地上插了几根木棍，我把鸟笼分别挂在上面。我用干草编成草帘子，盖在长凳上遮挡阳光和露水——把我这儿收拾得舒舒服服，停停当当。

外公说：

"你自己学着给自己营造一个舒适的处所，这对你很有益处。"

我非常珍惜他的话。有时候，他躺在我搭的草铺上，慢条斯理地开导着我，好像他的话是很不容易才说出来的。

"现在你和你母亲已经一刀两断，她另外有了孩子，她对他们比对你要亲。这不，你外婆又开始喝起酒来了。"

---

[1] 沙俄为了向黑海和巴尔干地区扩大自己的影响，多次和土耳其发生战争，可以说，从17世纪末到19世纪将近200年的时间里，大的战争就有八九次之多。这里显然是指1877—1878年的那次俄土战争，土耳其战败，被迫签订了《圣·斯特法诺和约》，俄获得南高加索大片土地，巴尔干许多地方纷纷脱离土耳其，宣布独立。

童年

他沉默了很长时间，仿佛在倾听什么——然后又很不情愿地开了口，语气非常沉重。

"这是她第二次开始喝酒了——米哈伊尔被征兵时她也喝过。当时她这个老糊涂劝我掏钱给他买了一个免役证。他要是当了兵，说不定日后还能变一个样子……哎呀，你们这些人呀……我活不了多久了。就是说，将来就剩下你一个人，什么事情都得你自己操心，自己照料自己——明白吗？喏，就是这样。必须要学会自食其力，不能依赖别人！要安分守己、老老实实地做人，但一定要倔强！大家的意见要听，但你觉得怎么好就怎么办……"

整个夏天——当然恶劣天气除外——我都是在花园里度过的，遇上温暖的夜晚，我甚至在那里过夜，就睡在外婆送给我的那块羊毛毡上。有时外婆自己也在花园里过夜，她抱来很多干草，摊在我的床边，然后她躺下来，随便什么事她都能跟我讲很长时间，其间，她往往突然停下来，插话说：

"瞧，一颗星星陨落了！不知是谁的纯洁的灵魂在思念大地母亲了！就是说，现在什么地方有一个好人诞生了。"

再不，有时候她指给我看：

"你瞧，出现了一颗新的星星！多么明亮！啊，上天呀，上天，你是上帝光辉的法衣……"

外公嘟囔着说：

"怎么这样不懂事，你们这样会感冒生病的，没准儿还会引起中风。小偷进来，会掐死你们的……"

常常有这样的情形——太阳落山时，天空会出现一条条燃烧的河流，当这些河流燃烧殆尽时，金光灿灿的红色灰烬，会洒落在花园天鹅绒般的大片绿茵上，然后，周围的一切，在温暖、昏暗的笼罩下明显地在变暗，在扩展，在膨胀。充分沐浴了阳光的树叶往下耷拉着，草儿都垂向地面。一切都变得更加柔和，更加朦胧，空气中散发出各种淡淡的香味，它们像音乐那样沁人肺腑，亲切宜人——这时正好有乐声传来，来自远处的旷野：是兵营里的军号声。夜幕在降临，人们心中不禁涌起一种强烈的、像母亲的爱抚那样令人振奋的激情，宁静用它那温暖的毛茸茸的手，轻轻地抚摸着人的心扉，拂去心头上一切应该忘掉的东西——白天沾染上的一切有害的细小灰尘。一个人躺在那里，仰望天空，观看闪烁的群星，遐想深邃的夜空，这是多么惬意的事啊！这无限深邃的夜空，越看越高，越能够不断发现新的星星，它不费吹灰之力便能够把你从地上托起，而且——说起来也怪——不知是整个大地在你面前变小了，还是你自己神奇地长高了，变大了，和周围的一切融为一体。夜，越来越黑，越来越静，但是感觉灵敏的琴弦无处不在，而且它的每一个音响——无论是小鸟梦中鸣叫，刺猬跑动的响声，还是什么地方忽然传来的悄声细语——都显得非常独特，与白天的声音就是不同，因为它被充满爱心的、敏感的寂静凸显出来了。

远处传来了手风琴的演奏声和女人的笑声，有用马刀砍击人行道上砖头的声音，还有狗的尖叫声——这一切都没有必要，多此一举，是日暮途穷的白昼所留下的最后几片残叶。

有时候，夜深人静，在荒郊野外，或者大街之上，忽然传来醉鬼们的喊叫声，有人在急速奔跑，迈着沉重的脚步——这些都已经司空见惯，习以为常，不值得注意了。

外婆很长时间没有睡着，她躺在那里，双手放在脑后，不觉心潮起伏，思绪万千。她激动地在给我讲述着什么，至于我是不是在听她的故事，这一点看来对她毫不重要。她非常善于选择故事，每次讲的内容，都能够使夜晚变得更加有趣，更加美丽。

听着她那富有节奏的叙述，我不知不觉进入了梦乡，醒来时鸟儿已经在歌唱了，阳光照在脸上暖洋洋的。早晨的空气在徐徐流动，苹果树叶子上的露珠被纷纷抖落下来。湿润的草地在阳光照耀下像水晶一样的清澈透明，显得愈发鲜艳漂亮。薄薄的雾气在青青的草地上冉冉升起，徘徊缭绕。只见雪青色的天空里霞光万道，紫气千条，整个天空变得更蓝了。云雀在展翅飞叫，直插云天。一切色彩和声响像雨露一样滋润着人们的心田，使人有一种平静喜悦的心情，希望赶快起来做点什么，和身边的一切生灵和睦相处，共同生活。

这是我毕生最安静和感受最多的一段时间，也正是这个夏天，我形成并建立了对自己力量的自信心。我变得孤僻了，不愿与人交往。我明明听见奥夫相尼科夫家的孩子们在喊叫，但是我不愿意去找他们。表哥们来了，我一点儿也不感到高兴，反而担心他们可能会毁坏我花园里的建筑——我独立干成的第一件事。

外公的话我也不爱听了，因为他的话越来越没有意思，整天长吁短叹，唠叨个没完。他开始经常跟外婆吵架，赶她出门。她不是到雅科夫舅舅那里，就是到米哈伊尔舅舅那里去住。有时一连几天都不回家。于是外公只好自己做饭，经常烫着自己的手，疼得他嗷嗷直叫，破口大骂，摔碟子砸碗，显得特别不耐烦。

有时候，他来到我的草棚子里，找块草皮，舒舒服服地坐下，长时间地注视着我，一声不吭，然后突然问道：

"你为什么一句话不说？"

"不为什么。怎么啦？"

他开始教训我说：

"我们不是有钱的老爷，没有人来教我们，我们得自己去弄明白事情的道理。书倒是有，那是为别人写的，学校也是给别人盖的，根本没我们的份儿。一切都得靠自己……"

这时他陷入了沉思，蔫头耷脑的，一动不动，像哑巴似的，简直有些吓人。

秋天，外公把房子卖了。卖之前不久，有一天喝早茶的时候，突然，他阴沉着脸，态度坚决地向外婆宣布：

"喏，老婆子，我一直养活你，养活到现在——也够了！以后你自己挣饭吃吧。"

外婆对他的这些话根本不在乎，好像她早就料到他会这样讲，而且正等着他这样说呢。她不慌不忙地取出鼻烟壶，放在自己海绵似的鼻子下闻了闻，说道：

"喏，好吧！既然如此，那就这么办吧……"

外公在山脚下一条死胡同里租了两间房子，是一幢老房子的地下室，光线非常阴暗[1]。搬家时，外婆拿来一只系着长带子的树皮鞋，把它扔进炉灶里，然后蹲下身，对家神爷祷告说：

"家神爷呀，家神爷，这是给你预备的雪橇，请你跟我们一块迁往新居，寻求新的幸福……"

外公从院子里往窗内一望，大声喊道：

"看我拉不拉他走，异教徒！别给我丢人了……"

"哎呀，当心，老头子，说这种话是要倒霉的。"她严肃地警告说，但外公咆哮如雷，不许她把家神爷请过去。

家具等各类杂物，他卖给了几个收破烂的鞑靼人，有两三天时间，他一直在和他们讨价还价，甚至破口大骂。外婆隔着窗子看着他们，时而伤心落泪，时而不禁发笑，她低声喊道：

"让他们拿走吧，不要了……"

---

[1] 指在大雁胡同租下两间厢房，房间很小。卡希林家的人在这里住了不久，后来就搬到库纳维诺去了。

我也快要哭了，舍不得我的花园，我的小草屋。

搬家时我们用了两辆大车，我坐的那一辆，上面堆满了杂七杂八的东西，颠簸得很厉害，简直就要把我抛出去了。

有两年左右的时间——直到我母亲去世——我一直就是在这种颠簸不定、不知要把我抛向何处的感觉中度过的。

外公迁到地下室后不久母亲就回来了，她脸色苍白，人变瘦了，眼睛也大了，眼里流露出炽热、惊异的神色。不知为什么，她对什么东西都要仔细察看一遍，好像头一次看见外公、外婆和我似的——她认真地打量一切，一句话没有，而继父则一直在屋子里晃来晃去，小声地吹着口哨，不时地咳嗽几声，背抄着手，指头一直在乱动。

"天哪，你长得可真够快呀！"母亲用热烘烘的双手捧着我的脸对我说。她的衣服样子非常难看——穿一件又宽又大的棕色连衣裙，肚子挺得老高。

继父向我伸出了手：

"你好哇，小老弟！喏，日子过得怎么样，啊？"

他闻了闻周围的空气，说：

"知道吗，你们这里可真够潮湿的！"

他们两个好像经过长途跋涉，已经非常劳累，衣服皱皱巴巴的不说，还磨出了窟窿。现在他们什么都不需要，只想躺下好好休息一下。

大家都在闷着头喝茶，外公看着雨水如何在冲刷窗户上的玻璃，问道：

"这么说，全都烧光了？"

"全都烧光了，"继父的语气非常肯定，"我们俩算侥幸逃了出来……"

"是啊，大火可不是儿戏。"

母亲俯在外婆的肩膀上，在她耳边小声嘀咕了几句——外婆眯缝着眼睛，好像害怕强光刺激似的。气氛变得越来越沉闷了。

这时外公突然开口了，他的话非常尖刻，语气平静，声音很高：

"叶夫根尼·马克西莫夫先生，我听说根本就没有失火，只是你玩牌把什么都输光了……"

屋子里鸦雀无声，像在地窖里一样。茶炊在突突作响，雨点在抽打着窗上的玻璃，后来母亲说：

"爸爸……"

"爸爸什么，啊？"

外公大发雷霆：

"还要怎么样？难道我没跟你说过三十岁的人不要嫁给二十岁的小伙子吗？这下你可好，找了一位翩翩少年！你是贵族小姐吗？是不是呀，闺女？"

四个人全都在大喊大叫，继父的嗓门最大。我跑进过道里，坐在木柴上，简直被惊呆了：母亲仿佛换了一个人，和以前完全不一样。在屋子里时还不太明显，但是到了这里，在昏暗的过道里，我清楚地回想起了她以前的样子。

后来，不知为什么，我不记得是怎样到了索尔莫沃[1]的。我们住的房子，一切全是新的，墙上没有贴壁纸，木头墙的缝隙里填的都是絮麻，墙缝里有很多蟑螂。母亲和继父住两间窗户临街的房子，我和外婆住在厨房里，房顶上有个天窗。工厂烟囱像一个个又粗又黑的手指头，耸立在厂房的上空，滚滚浓烟，被寒风一吹，整个村子里烟雾弥漫。在我们所住的冰冷的房间里，经常有一股呛人的煤烟味。一大早，汽笛像狼嗥一样地呜呜吼叫着：

"呜——呜——呜……"

要是站在长凳上，透过窗子上面的玻璃，顺着一排排屋顶，在灯光的映照下，可以看见工厂敞开的大门，它像一个老年乞丐张开的没有牙齿的黑洞洞的嘴巴——密密麻麻的人群蜂拥而入。到了中午，汽笛又响了，工厂大门的两片黑嘴唇又张开了，好像打开的是一个深不见底的黑洞，被工厂咀嚼得疲惫不堪的人们一股脑地被吐了出来，他们像一股黑色的洪流涌向大街，街上白毛风肆无忌惮地催赶着人们回到自己家里。村子上空难得看到天日：时间长了，房顶上，雪堆上，蒙上一层烟尘，像是另外加上了一个罩——灰灰的、淡淡的。它严重束缚了人们的想象力，以它那郁闷、单一的色调使人感到头晕目眩。

每当夜晚，工厂上空就浮现出一片烟雾缭绕的火光，把一个个烟囱的上端照得非常明亮，看上去这些烟囱好像不是从地面向上耸起的，而是从这片烟雾中垂落下来的——其间，它喷出烟雾，吐出火光，咆哮着，吼叫着。看着这一切，简直令人作呕，无法忍受，一种寂寞难耐的怒火在噬咬着你的心。外婆当起厨娘来了——她每天做饭、拖地、劈柴、担水，从早到晚，忙个不停，躺下睡觉时已经是累得精疲力竭，哼哼咳咳，长吁短叹了。有时候，厨房的活干完了，她穿上短棉袄，把裙子下摆往腰里一掖，便要进城去：

---

[1] 索尔莫沃位于高尔基市奥卡河左岸，沿伏尔加河的右岸分布，属高尔基市管辖。1876年末到1878年，高尔基和母亲、外婆、继父就住在这里。继父 E.B.马克西莫夫在索尔莫沃一家工厂里工作。

"去看看老头子在那儿过得怎么样……"

"带我一块去吧！"

"会把你冻坏的，瞧，外面的风有多大！"

她在风雪交加的旷野里得走七俄里的路才能到达城里。母亲怀孕了，脸色发黄，身上裹一条带穗子的灰色破披肩，还显得有些冷。我恨透了这件披肩，因为它破坏了母亲高大、匀称的身材，我也讨厌披肩上的那些穗子，把它们一个个都揪了下来。我恨这所房子、工厂和这个村子。母亲脚上穿一双破毡鞋，挺着个大肚子，不住地咳嗽，肚子一起一伏的，难看极了。她那蓝灰色的眼睛目光呆滞，透着几分恼怒，她常常一动不动地盯着光秃秃的墙壁，目光像钉在了墙上似的。有时她望着窗外的大街，能花上整整一个钟头。这条街很像人的颌骨，一部分牙齿因老化而变黑了，东倒西歪的，另一部分牙齿已经脱落，镶上了新牙，但因为技术不佳，镶上去的牙齿很不合槽，显得过大。

"我们为什么要住在这里？"我问。她回答说：

"哎呀，你就别问了……"

她很少跟我说话，一张嘴就像下命令似的：

"快去，递给我，给我拿来……"

他们很少放我到街上去，每次从街上回来，我都被外面的孩子们打得鼻青眼肿——打架成了我唯一的爱好和享受，我乐此不疲。母亲用皮带抽我，但这种惩罚更加刺激了我，下一次我和那些孩子们打得更凶，而母亲对我的惩罚也更加严厉。有一回，我警告母亲，说要是她再打我，我就咬她的手，然后跑到野外，冻死在那里——母亲吃惊地把我一把推开，在屋子里走来走去，累得上气不接下气地说：

"你这头小野兽！"

在我的心目中，那种被称为爱的绚丽多彩、沁人肺腑的感情，已经黯然失色，我对一切都充满了仇恨，心里常常爆发出一阵阵无名孽火。在这种单调乏味、死气沉沉的环境中，那种难以忍受的不满情绪和孤掌难鸣的感觉已经渐渐泯灭了。

继父对我十分严厉，他跟我母亲也很少说话。他老爱吹口哨，总是咳嗽，午饭后喜欢站在镜子面前，拿根牙签，仔细剔着他那参差不齐的牙齿，一剔就好长时间。他跟我母亲吵架的次数越来越多，总是气鼓鼓地对她用"您"称呼——他的这种称呼"您"的态度，使我大为恼火。吵架时他总是把厨房门关得紧紧

童年

的，显然是不希望我听见他的话，但我还是听见了他有些低沉的说话声。

有一次，他跺着脚，大喊大叫：

"就因为您挺着个难看的肚子，我根本没法请客人到家里来，唉，你这头母牛！"

我先是一惊，简直肺都要气炸了。我从吊床上一跳而起，脑袋狠狠地撞着了天花板，舌头都被咬出了血。

每到礼拜六，工人们成群结队地到继父这里来卖代币券，这种券在工厂开办的店铺里去领取，作为工资支付给工人们[1]，而继父花半价把这些券买下来。他在厨房里接待工人们：神气活现地坐在桌旁，眉头一皱，接过代币券说：

"一个半卢布。"

"叶夫根尼·马克西莫夫，凭天地良心……"

"一个半卢布。"

这种黑暗、愚蠢的生活没有持续多久，母亲临产前，我被送到外公家去了。这时外公已经搬到了库纳维诺镇，在沙子街一幢两层楼房里租了一个小房间，有俄式炉灶和两个朝院子的窗户。这条街沿山坡而下，一直通往纳波尔教堂墓地的围墙。

"怎么啦？"外公问道。他一看见我便尖声笑了起来，"人们常说：朋友亲不如亲妈亲，看来现在应该说：亲妈还不如外公这个老鬼亲！哎呀，你们这些人啊……"

我还没来得及仔细看看新的环境，紧跟着，外婆和母亲抱着一个婴儿便到了，原来继父因为盘剥工人被工厂开除了，但是他出去到什么地方活动一下，火车站马上便聘他当了售票员。

过了好长一段无所事事的日子，他们又把我送到母亲那里去了——她住在一幢砖房的地下室里——母亲立刻就把我送进了学校。从第一天起，学校就让我感到非常讨厌。

我上学时脚上穿的是母亲的一双旧皮鞋，大衣是用外婆的一件外套改的，里面穿一件黄衬衫，下身穿一条"散腿裤"。这身打扮马上遭到同学们的嘲笑，他们笑话我的黄衬衫，给我起个外号叫"囚犯"[2]。我和小伙伴们很快就混熟了，但老师和神甫不喜欢我。

---

[1] 资本家残酷剥削工人的一种方式，因为资本家开的这种店铺，东西都比外面商店里贵。
[2] 俄国囚犯背上的标记多用黄色。

老师是个秃头，脸色发黄，经常流鼻血，他进教室时鼻子里塞着棉花。他坐到讲桌后面，鼻音很重地开始讲课，有时一句话讲了半截突然就停住了，这时，他把棉花球从鼻孔里拔出来，左看看，右看看，一个劲儿地直摇头。他有一张很普通的脸，面色黄里透青，一副无精打采的样子，脸上皱纹里有一种类似铜锈的东西；他那双目光呆滞的眼睛，看上去完全是多余，特别是把他的整个面孔都丑化了。他一直令人讨厌地死盯着我的脸，使我总想用手掌在脸上擦一把。

有好几天我都坐在第一组头排的位置上，几乎挨着老师的讲桌——这让我简直受不了，好像除了我他谁都不看，只听见他操着浓厚的鼻音，说道个没完：

"彼斯（什）科夫，请换一件衬衣！彼斯（什）科夫，腿不要乱动！彼斯（什）科夫，你的鞋里又往外流水了！"

为此，我想出了个恶作剧，决定狠狠报复他一下：有一次，我弄来半个冰镇西瓜，挖去瓜瓤后，穿上线，连在光线阴暗的过道门的滑轮上。这样门打开的时候，西瓜就上去了，当老师随手将门带上时，西瓜便像帽子一样，直接扣在老师的秃头上。学校门卫拿着老师的条子，把我送回到家里。为了这场恶作剧，我又受了一顿皮肉之苦。

另外一次，是我往老师抽屉里撒了一些鼻烟末，害得他连连打喷嚏，上不成课，只得派他的女婿来代课。此人是一位军官，他命令全班一起唱《上帝保佑沙皇》和《自由啊，我的自由》。谁唱错了，他就用尺子敲他的脑袋，不知为什么，他敲的声音特别响，非常可笑，但是并不疼。

教神学的老师是一位神甫，人年轻，又漂亮，一头浓密蓬松的头发。他不喜欢我，是因为我没有《新旧约使徒》这本书，还因为我老模仿他说话的样子。

一进教室，他的第一件事就是问我：

"彼什科夫，书带来了没有？对，书带来了吗？"

我回答说：

"没有。没有带来。的确没带。"

"什么？——'的确没带'？"

"没带。"

"那好——你回家去吧！对，回家去。因为我不想教你了。没错，我不想教了。"

对此，我并不感到太伤心。我离开了教室，一直到下课，我都在镇上肮脏

童年

187

的街道上闲逛，仔细观察镇上热闹的生活。

神甫的相貌有点像耶稣基督，端庄文雅，仪表堂堂，有一对温柔体贴的女人般的眼睛和一双纤细的小手。这双手无论接触到什么东西，同样都使人感到温暖可爱。每样东西——无论是书、尺子，还是羽毛——他拿起它们时的动作都十分优美，好像这东西都是有生命的，非常的娇嫩，他很喜欢它们，生怕由于自己不小心而伤着了它们。他对学生们可没有这样温和，但他们还是很喜欢他。

尽管我的学习还算凑合，但没过多久，我就被告知：我被学校开除了，说我的操行不及格。我非常懊丧——这会使我面临一场巨大的灾难：母亲的脾气越来越不好，打我的次数也越来越多。

但是天无绝人之路，我的救星来了——赫利桑弗主教[1]突然来到了学校。他很像一个魔法师，记得他的背还有点驼。

主教的个子很矮小，穿一件宽大的黑衣服，头上戴一顶非常滑稽的长筒帽。他坐在讲台上，把两只手从袖筒里伸出来，说：

"喏，我的孩子们，咱们谈谈吧！"

这时教室里立刻变得十分温暖，快乐，这种愉快的氛围，以前从来没有过。

他问了许多学生，最后把我叫到讲台前，严肃地问道：

"你——多大了？才这么点儿大？小老弟，你长得可够高的了，啊？是不是经常在雨地里站来着，啊？"

他把一只手——它又干又瘦，而且留着长长的指甲——放在讲台上，另一只手捋着稀疏的胡子，慈眉善目地望着我的脸，提议说：

"这样吧，你给我讲一段《圣经》中你喜欢的故事，好吗？"

当我告诉他，说我没有书，没有学过《圣经》时，他正了正头上的长筒帽，

---

[1] "赫利桑弗是三卷本的名著《古代世界的宗教》、论文集《埃及的轮回》及评论文章《论婚姻和妇女》。这篇评论我年轻时读过，给我的印象很深。文章题目我引得好像不对。该文在70年代一家神学杂志上发表过。"以上是高尔基的注释，下面译者做一点补充。据查，赫利桑弗，即В.Н.列季夫采夫（1832—1883），俄国宗教界作家，曾经在喀山神学院任教，当过阿斯特拉罕和下诺夫戈罗德的主教。他力求在自己的著述中把哲学和历史的研究方法运用到神学研究之中。高尔基在注释中提到的几部著作的情况是：《古代世界的宗教及其对基督教的态度》（三卷本，圣彼得堡，1872—1878）；《埃及的轮回》（《正教评论》，1875年第1期）。高尔基提到的关于婚姻和妇女的文章有些不够确切。文章题目应该是：《基督教对婚姻的看法及当前关于家庭和妇女社会地位的议论》（《基督教读物》，1867年第2期）。高尔基在自己的作品中曾不止一次提到过赫利桑弗其人。在《谈技艺》一文中，高尔基就提起过А.杰连科夫的私人图书馆中就收藏有赫利桑弗关于妇女地位的文章（见《高尔基文集》，30卷集，第25卷，第332页）。

问道：

"怎么能这样呢？要知道，这是必须要学习的呀！不过，也许你知道或听别人讲过些什么？你会背圣诗？好呀！还会背祷告词？嗨，你瞧！连《使徒传》也会背？还会朗诵诗？你简直是无所不能呀。"

这时，我们那位教神学的神甫赶到了，他赶得满脸通红，上气不接下气。主教向他表示了祝福，但当神甫讲到我的时候，主教扬起手说：

"请等一下……好吧，你就讲讲圣徒阿列克谢的故事吧……"

"多好的诗篇呀，孩子，是不是？"当我忘记了某句诗，背不下去时，他说，"你别的还会背什么？……大卫王的故事呢？我很想听听！"

我看得出，他真的是在听，他很喜欢诗。他问了我很长时间，然后突然停下来，急切地向我打听：

"你学过背圣诗？谁教你的？是慈祥的外公？他很凶？真的吗？你是不是非常淘气呀？"

我犹豫起来，但我还是说了：是。老师跟神甫说了好多话，肯定了我的所思所想。主教听了他的介绍，垂下眼睛，然后叹了口气，说：

"听见都说你什么了吗？喏，你过来！"

他把手放在我的头上。我闻到一股檀香的气味。他问我：

"你为什么那么淘气？"

"学习太没意思了。"

"没意思？孩子，这话你说得可有点不对。要是你觉得学习没意思，那么你的学习成绩肯定很差，然而老师们说你的学习成绩很好。就是说，这里一定有别的原因。"

他从怀里掏出一个小本子，在上面写道：

"彼什科夫·阿列克谢。是这样。孩子，你毕竟得收敛一些，不能太淘气了！有一点淘气——是可以的，但过分淘气，人们就讨厌了！孩子们，我说得对不对？"

大家异口同声，高兴地回答说：

"没错儿！"

"你们都不太淘气吧？"

孩子们嘿嘿笑着说：

"不，也淘气着呢。非常淘气！"

童年

主教往椅子背上一靠，使劲搂住我，令人惊讶地说：

"这种事呀，我的孩子们，没什么大不了的。因为我在你们这个年龄的时候就是个大淘气包！孩子们，这到底是怎么回事呀？"

主教的这番话把大家——甚至老师和神甫——都逗乐了。

孩子们都笑了，主教向他们提出各种各样的问题，巧妙地启发大家，使他们相互展开争论，活跃现场气氛。最后他站起来说：

"好了，淘气的孩子们，非常高兴和你们在一起，不过，现在我该走了！"

他举起一只手，把袖筒一直捋到肩膀，然后挥动胳膊，为大家画了个十字，并祝福说：

"我以圣父、圣子、圣灵的名义，祝福你们，祝你们好好学习，发奋用功！再见。"

大家齐声喊道：

"再见了，大主教！请您一定再来。"

他戴着长筒帽，频频点头说：

"我一定来，一定来！给你们带书来！"

离开教室时，他对老师说：

"让他们放学回家吧！"

他拉着我的手来到过道，小声跟我说：

"你呀，应该收敛一点儿，说好了？我知道你为什么搞恶作剧！好了，再见，孩子！"

我感到非常激动，心中有一种特殊的感情，难以平静下来。老师让全班同学都放学回家了，他把我一个人留下来，跟我说，今后我应该比水还要安静，比小草还要服帖——我听的时候很上心，也很乐意。

神甫穿皮大衣的时候亲切地跟我说：

"今后你应该来听我的课！是的，应该来。但是——要老老实实地坐着听！对，老老实实。"

我在学校里的事情总算过去了——可是在家里又闹出了事端：我偷了母亲一个卢布。这是一桩没有事先预谋的罪行。

有一天晚上，母亲有事出去了，让我在家照看小孩子。我闲着没事儿，随便打开继父的一本书——大仲马的《医生札记》[1]——发现书里夹着两张票子——一张是十卢布的，一张是一卢布的。书我看不懂，便把它合上了，但我忽然一想，一个卢布不仅能够买一本《使徒传》，大概还可以买一本关于鲁滨逊的书[2]。不久前我在学校里听说有这么一本书，当时天气很冷，是课间休息的时候，我正在给同学们讲童话故事，突然有一个同学很不以为然地说：

"童话故事——净是胡说八道，那鲁滨逊才真正叫故事呢！"

有几个读过鲁滨逊故事的同学都夸这本书好，不喜欢听我外婆讲的故事，这使我非常生气，当时我就下定决心，非读读鲁滨逊不可，到时候我就可以说：鲁滨逊同样是胡说八道！

第二天，我带着《使徒传》和两本破烂不堪的安徒生[3]童话，还有三俄磅[4]白面包和一俄磅的香肠，来到了学校。弗拉基米尔教堂[5]围墙旁边有一家光线很暗的小店，那里就有关于鲁滨逊的书——书很薄，书皮是黄的，第一页上画了一个留着大胡子的人，头上戴一顶很高的皮帽子，肩上披了张兽皮——我一看就不喜欢，可是那两本童话故事，别看它们破破烂烂，光看外表就觉得非常可爱。

午间休息时我把面包与香肠和同学们分着吃了，然后我们就开始读一篇非常好听的童话《夜莺》——它一下子就抓住了大家的心。

"在中国，所有的居民都是中国人。皇帝本人也是中国人"——记得这句话使我感到既惊异，又舒畅，因为它是那样的朴实无华，像一支其乐融融的乐曲，以及某种非常美妙的东西。

由于时间原因，我未能在学校里把《夜莺》读完。回到家里，母亲正在炉灶前攥着煎锅把儿煎鸡蛋，她用一种奇怪的、压低了的声音问我：

"你拿了一个卢布吗？"

"拿了。瞧，这就是我用它买的书……"

她举起煎锅把儿就打我，而且打得相当狠，安徒生的童话也给收走了，藏

---

[1] 法国作家大仲马（1802—1870）的小说《约瑟夫·巴尔萨莫》（1846）的俄译本的名字。

[2] 指英国小说家笛福（约1660—1731）59岁时写的一举成名的小说《鲁滨逊漂流记》。

[3] 安徒生（1805—1875），丹麦作家，一生写了168篇童话故事，深受世界各国成年人和儿童们的喜爱，其中《卖火柴的小女孩》、《丑小鸭》、《皇帝的新衣》、《豌豆上的公主》、《白雪公主》等名篇，广为世人所传诵，经久不衰。

[4] 一俄磅约合409.5克。

[5] 坐落在下诺夫戈罗德市奥卡河对面的库纳维诺镇上。

到永远也找不到的地方了——这比打我一顿还让我痛苦。

有好几天我都没去学校上学，在这段时间内，大概我继父把我拿钱的事迹讲给他的同事们听了，而他的同事们又告诉了自己的孩子，其中一个孩子把这件事又传到了学校，所以我一到学校，人们便给我起了个新的绰号——小偷。简洁、明了，但是——有失公正：因为我没有隐瞒那一个卢布是我拿的。我试图对这件事进行解释，但没有人相信我，于是我回家对母亲说，我不再去上学了。

母亲又怀孕了，样子显得很憔悴。她坐在窗前正在喂弟弟萨沙吃东西，一双痛苦的眼睛绝望地看着我，像鱼一样张着嘴巴：

"你胡说，"她小声说，"谁都不知道你拿了一个卢布的事。"

"不信你可以去问。"

"是你自己说出去的吧。喏，你说，是你自己说的吧？当心我明天亲自去了解个明白，究竟是谁散布到学校去的！"

我说出一个学生的名字。母亲当即皱起眉头，显得很无奈的样子，眼泪马上就流出来了。

我回到厨房，躺在自己的床上——我的床是在炉灶后用木箱子搭起来的——边躺边听见母亲在房间里低声地哭泣：

"我的天哪，我的天哪……"

我躺在那里，实在受不了那被烤得热烘烘的抹布的油腻味，于是起来到院子里去，可是母亲喊住了我：

"你到哪儿去？去哪里？过来！……"

后来，我们坐在地板上，萨沙躺在母亲的腿上，直揪她连衣裙上的扣子，边摇晃着脑袋边说：

"扣扣。"他的意思是想说：扣子。

我坐在那里，紧紧偎依着母亲，她搂住我说：

"我们是穷苦人家，我们的每一个戈比，每一个戈比……"

后面的话，她一直没说出来，只是用那只发烫的胳膊使劲搂住我。

"这个浑蛋……王八蛋！"她忽然说出我曾经听见她说过的那个词儿。

萨沙也学着说：

"蛋，蛋！"

这小孩很怪：笨手笨脚的，脑袋特大，有一双漂亮的蓝眼睛，喜欢东张西望，经常笑眯眯的，仿佛在期待着什么。他开始学话的时间特早，从来没哭过，总是乐呵呵的。他身体很虚弱，勉强会爬，一看见我就非常高兴，挣着要我抱。他喜欢用他那柔软的、不知为什么散发出紫罗兰香味的小手指头摆弄我的耳朵。他死得很突然，因为没有得什么病。上午还好好的，和平常一样，高高兴兴，可是到了傍晚，当晚祷钟声响起的时候，他已经躺在桌子上不会动了。这事发生在第二个弟弟尼古拉刚出生不久的时候。

母亲履行了自己的诺言，我又顺利地回到了学校，但是我又一次被送回到外公的身边。

有一天喝晚茶的时候，我从院子里正要走进厨房，忽然听见母亲撕心裂肺地喊道：

"叶夫根尼，我求你了，求求你……"

"一派——胡言！"继父说。

"可我明明知道你要到她那儿去！"

"那又怎么样？"

两个人沉默片刻，母亲咳嗽一阵说：

"你这个狼心狗肺的东西……"

听见继父在打母亲，我便冲进屋内。只见母亲跪倒在地上，背和胳膊肘靠着椅子，挺着胸，仰着头，呼哧呼哧地喘不过气来，眼睛的神色非常可怕；而继父却穿得干干净净，一身新制服，飞起他那长长的腿，对准母亲的胸口就是一脚。我从桌子上抓起一把镶银的骨把刀子——它是我父亲身后留给我母亲的唯一物品，平时用来切面包——竭尽全力向继父的腰间刺去。

幸好母亲一把将马克西姆推开了，刀子从他腰旁擦边而过，把制服戳了个大窟窿，只是划破了他一点儿皮。继父"哎呀"一声，捂住腰从屋子里跑了出去，母亲一把抓住我，把我从地上提起来，大吼一声，把我摔到地板上。这时继父急忙从院子里跑回来，把我拉到一边。

晚上，已经很晚了，继父还是从家里出去了，这时母亲到炉灶后来看我，她轻手轻脚地拥抱我，吻我，哭着说：

"对不起，是我不好！可是，亲爱的，你怎么能？怎么可以动刀子呢？"

我对她说，我要杀死继父，然后我自己也自杀。我这话完全是发自内心，而且我完全明白它的含义。我想，我能够做得出来，至少我会试一试。直到现在，他那条穿着镶有鲜艳饰边裤子的该死的长腿还清楚地出现在我眼前，我亲眼看见他是如何飞起长腿，脚尖对准一个女人的胸口踢过去的。

童
年

193

一想到野蛮的俄国生活中这些令人感到压抑的种种劣迹，有时我会反问自己：这种事值得去谈吗？但每次我都满怀信心地对自己回答说：值得！因为这就是活生生的丑恶的现实，至今也还没有消亡。这种现实必须从根本上加以认识，以便把它从人们的记忆和心灵中，从我们整个痛苦与可耻的生活中连根拔除。

我之所以描写这些丑恶现象，还有另外一个更加积极的原因。尽管这种丑行令人反感，使我们倍感压抑，使许许多多心灵美好的人感到难以生活下去，但俄罗斯人的心灵毕竟还是健康和年轻的，他们正在消除，而且将来一定能够消除这种丑恶行径。

我们的生活之所以是那样的惊心动魄，发人深省，不仅是因为它有滋生各种禽兽不如的败类的肥沃土壤，而且还因为穿过这层土壤，一种光明的、健康的、富有创造性的力量，正在顺利地成长起来，人们善良的本性在增长，它唤起了我们恢复人类美好生活的永不泯灭的希望。

第十三章

我又回到了外公家。

"怎么样，淘气鬼？"外公一看见我，一只手便敲着桌子说，"喏，现在我可不能再养活你了，让你外婆养活吧！"

"我养活就我养活，"外婆说，"瞧你说的，有什么大不了的！"

"那你就养活吧！"外公甩了一句，但立刻态度便平静下来，跟我解释说：

"我和她已经完全分开过了，现在我们的一切都各是各的……"

外婆坐在窗前，很麻利地编织着花边，线轴不时发出欢快的碰击声。枕座上密密麻麻，到处别的都是铜针，在春天阳光的照耀下，闪闪发光，像一只金色的刺猬。外婆自己像铁打铜铸一般——总是这副样子，永远不变！然而外公却日见消瘦，脸上的皱纹也增多了，棕红色的头发变白了，沉着稳重的举止不见了，人变得浮躁忙乱起来，一双绿色的眼睛，看什么都觉得可疑。外婆边笑边给我讲起她和外公分家的事：外公把盆盆罐罐、锅碗瓢勺、所有的餐具都给了她，说：

"这些都归你，别的你就不要再向我要了！"

然后，他把外婆所有的旧裙子、各种用品、狐皮大衣，统统拿走，一共卖了七百卢布。他把这笔钱贷给了自己的教子——一个做水果生意的犹太人，专门吃利息。外公完全变成了一个吝啬鬼，而且到了恬不知耻的地步：他不断去找自己的老朋友，找那些曾经和他在手工业行会共过事的熟人和一些富商，一个劲地向他们哭穷，说孩子们弄得他破了产，希望他们能对他解囊相助，扶困济贫。他利用人们对他的尊重，要来了不少钱，得到大把的钞票。他拿着这些钱，在外婆的眼前摇来晃去，说大话，吹牛皮，像小孩子似的故意逗她：

"看见了吧，傻瓜！要是你去要，人家连这个数目的百分之一也不会给你！"

他把弄来的这些钱，贷给了自己的一位新朋友——此人是个毛皮匠，高个子，秃顶，镇上人叫他"鞭子"——和这位新朋友的妹妹——一家小店的女老板。此人长得人高马大，满面红光，两只棕褐色眼睛，一副懒洋洋、甜腻腻的样子，整个一堆蜜糖。

家里所有的事情都分得一清二楚：头天由外婆掏钱买东西准备午饭，第二天就由外公来买副食和面包；每逢外公负责买东西，午饭肯定比较差，因为外婆买的都是好肉，而外公买的都是下水：肝、肺、肚什么的。茶和白糖各人分别存放，但是在一个茶壶里沏茶，所以外公往往不放心地说：

"慢着，等一等——你放多少茶叶？"

他把茶叶倒在自己手上，仔细数了数，说：

"你这茶叶比我的要碎，就是说，我应该少放一些，因为我的茶叶叶片大，比较耐泡。"

他非常在意外婆给自己倒的茶和给他倒的茶，浓度是不是一样，他们俩茶杯里的茶是不是一样多。

"是不是每人只剩最后一杯了？"壶里的茶快倒完时外婆问道。

外公朝茶壶里看了一眼，说：

"哦，是啊——每人最后一杯！"

甚至连圣像前放的长明灯用的油，两人也是分开的——两个人同甘共苦生活了半个世纪，最后竟成了这个样子！

外公这一切反常行为，使我觉得既好笑，又反感，然而外婆只是觉得好笑。

"你呀，甭理他！"外婆劝我说，"喏，有什么大不了的？人老了，犯糊涂了！他已经是八十岁的人了——等你活到这个年纪你就知道了！糊涂就糊涂吧，招谁惹谁啦？你我两个——由我挣钱养活，用不着担心！"

我也开始干活挣钱了：一到节日，我早早地背起麻袋，到各家各户、大街小巷去捡拾牛骨头、破布、废纸和钉子。一普特[1]破布和废纸，卖给收破烂的，能卖二十个戈比，一普特废铁——也是这个价钱，一普特碎骨头，能卖十个或八个戈比。平日里放学后我也去捡，每到礼拜六，我把捡来的各种破烂儿一卖，也能换上三十五十戈比，运气好的话，还要多一些。外婆接到我的钱时，总是赶紧塞进裙子口袋里，低着头，夸我说：

"谢谢你啦，我的心肝宝贝！谁说我们不能自己养活自己？有什么大不了的！"

---

[1] 又译俄担，一普特约合 16.38 公斤。

有一次，我无意中发现，她把我挣的几枚五戈比的硬币放在手里，看着它们，默默地流泪，一滴混浊的眼泪悬挂在她那泡沫般的、满是微孔的鼻子上。

到奥卡河上的木材栈或彼斯基岛去盗窃木料和板材，要比捡破烂的油水更大——每逢集市，人们在这里搭起许多临时售货棚，经营铁货。集市过后，临时售货棚全都拆了，木料和板材也都整整齐齐地垛放在彼斯基岛上，几乎要等到下年春汛期来临时再启用。一块好板材，城里的房业主出价十个戈比，一天能偷出来两到三块。但这只有在天气不好的情况下才行，因为大风雪或者下雨天看守人员在外面待不住，都躲避起来了。

我们几个要好的哥们儿凑在一起：有讨饭的莫尔多瓦女人十岁的儿子桑尼卡·维亚希尔——既文静，又可爱，总是笑嘻嘻的；没爹没妈的科斯特罗马——人长得特瘦，一头卷发，眼睛黑黑大大的，十三岁那年，因为偷人家一对鸽子，进了少年犯教养院，后来上吊自杀了；鞑靼孩子哈比——十二岁，力气可大了，忠厚善良；塌鼻子雅兹的父亲是一个替人家挖墓和守墓的人，这孩子有七八岁，跟鱼一样，不声不响，是个羊痫风[1]。哥们儿中以寡妇裁缝的儿子格里什卡·丘尔卡的年龄最大，头脑清楚，办事公正，特别喜欢拳击。这些个孩子都是同一条街上的。

在镇上，偷东西不算什么，它是一种风气，几乎成了饥民们谋生的唯一手段。一个半月的集市交易[2]要养家糊口一年是不够的，所以，许多有头有脸的业主也"到河上去讨生活"——打捞发大水时冲下来的木料和板材，用小船做些小宗运输，但主要是在货船上进行盗窃活动。总之，他们在伏尔加河和奥卡河上"见机行事"，只要有空子可钻，他们便乘机捞上一把。一到节日，大人们夸耀自己成功的业绩，孩子们在一旁边听，边学习。

春天，开集前总有一段时间非常热闹，每天晚上，镇上大街小巷到处都是喝醉酒的工匠师傅、马车夫和各行各业的工人——这时候，镇上的孩子们便瞅准他们的口袋，进行扒窃。这是一种合法的营生，孩子们就在大人的眼皮底下公然行窃，根本不害怕。

---

[1] 库纳维诺的老住户M.A.卢金在自己的回忆中写道："我在读《童年》时特别注意到'雅兹'这个人物，他父亲是个替人挖墓和守墓的人，而我爷爷就是个守墓人，他的儿子雅兹是我的父亲；听父亲说，他小时候就玩过羊拐，捡过破烂，小伙伴中就有阿列克谢·彼什科夫。我爷爷1906年去世，享年86岁，我父亲雅兹1937年去世，享年63岁（见高尔基博物馆收藏的《备忘录》，1967年，第7—8册，第17页）。

[2] 下诺夫戈罗德的集贸市场一般于6月15日开市，实际上到25日才开张，批发生意做到8月25日，零售生意一直要做到10月10日。

他们偷木匠的工具，偷客运车夫们用的扳子，从货运马车夫那里盗窃枢轴和车轴上的衬铁——不过我们几个人不干这种事。丘尔卡有一次坚决表示：

"我决不偷东西，妈妈不让我偷。"

"我是因为——害怕！"哈比说。

科斯特罗马对小偷小摸极其反感，他提到"小偷"这个词时语气总是特别重，而且，只要他发现别的小孩在扒窃醉汉，他会将他们赶走，要是被他逮住了——少不了一顿猛揍。这个眼睛大大、老成持重的孩子自以为是个大人了，走路的样子非常特别，一摇一晃的，像个装卸工。他说话时竭力把嗓子压得很低，粗声大气的。一个人整天绷着脸，好像城府还挺深的。而维亚希尔则坚信盗窃是一种罪行。

但是，从彼斯基岛上顺走些板材和木料，算不上什么罪过，所以干起来我们谁都不害怕，而且，为了干起来方便和顺手，我们还想出了一整套的办法。晚上，等天黑以后，或者趁着风雪天，维亚希尔和雅兹便顺着河湾[1]，沿着潮湿的、凹凸不平的冰面向彼斯基岛出发——他们大摇大摆地走过去，尽量把巡逻人员的注意力吸引过去，而我们四个人则分别行动，神不知鬼不觉地摸了过去。巡逻人员只顾对付雅兹和维亚希尔了，一直盯住他们俩，这时我们已经在事先约好的木垛旁汇合了，各人看准自己要拿的木料，趁腿脚快的同伙们把巡逻人员逗得东奔西突，对他们紧追不舍的时候，我们几个就开始往回撤。我们每人都带一条绳子，绳子末端有一个大铁钩子。我们的钩子把木料或板材钩紧，沿着雪地和冰面一路拖去——巡逻人员几乎从未发现过我们，就是发现了，他们也追不上。卖了木料，我们把钱分成六份——每人五个戈比，有时候能分到七个戈比。

用这些钱，我们可以痛痛快快地吃一天饱饭，但维亚希尔一定要给他母亲带回去一什卡利克[2]或半瓶伏特加酒，否则回家就要挨她的打；科斯特罗马把钱都攒起来，一心想要养鸽子，丘尔卡的母亲有病，他尽量想多挣点钱；哈比也在攒钱，他想回到他出生的城市去，但他舅舅到下诺夫戈罗德后不久便被淹死了。哈比忘记他出生的城市叫什么名字了，只记得它在卡马河上，离伏尔加河很近。

不知为什么，哈比说的这个城市我们觉得非常可笑，便老是逗这个眼睛有

---

[1] 奥卡河夏季形成的一种狭小的河湾，只有靠螺旋桨推进的小型船只才能够通过，可以直达彼斯基岛的料场。

[2] 什卡利克，旧俄量酒单位，约合 0.06 升。

点斜的鞑靼小孩，我们唱道：

卡马河上有座城，
什么地方说不清！
伸出两手摸不着，
迈开双脚难成行！

起初，哈比非常生气，但有一次，维亚希尔果真像他的外号说的那样，跟鸽子叫似的对他嘀嘀咕咕地说：

"怎么啦，你？真的生哥们儿的气啦？"

小鞑靼感到很不好意思，于是自己也唱起了"卡马河上有座城"来。

和偷木料相比，我们毕竟更愿意去捡破烂。尤其是春天，特别有意思：雪已经融化，集市空空荡荡，石子路的街道被雨水冲刷得干干净净。在集市上，我们总能从排水沟里捡到许多钉子和废铁，有时还能捡到一些钱币——铜币和银币，但是为了不让市场管理人员把我们赶走，夺去我们的麻袋，还得给他们几枚两戈比的铜币，不然就总是得向他们鞠躬敬礼。总之，我们挣这点钱是很不容易的，不过我们几个人相处得很好，虽然有时也吵几句嘴，但我一次也不记得我们曾经打过架。

维亚希尔是我们的调停人，他总能够及时地跟我们说些独出心裁的话。话虽简单，但却一针见血，使我们深感自愧不如。他自己说这些话的时候也感到很惊讶。对于雅兹的种种越轨行为，他既不生气，也不担心。他认为雅兹的这些劣迹败行都是没必要的，而且，他总能够心平气和但却令人信服地加以反对。

"喏，你何必要这样呢？"他问道；这样我们也就明白了：实在没有必要！

他管自己的母亲叫"我那位莫尔多瓦妇女"，这并不使我们感到有什么好笑。

"昨儿个我那位莫尔多瓦妇女回家时又是烂醉如泥！"他兴冲冲地说，两只金黄色的圆眼睛闪闪发光。"她'咣'的一声推开门，一屁股坐在门槛上，接着便唱了起来，唱呀，唱呀，活像只老母鸡！"

爱刨根问底的丘尔卡说：

"就唱些什么？"

维亚希尔一只手轻轻地拍着膝盖，尖声尖气地学着他母亲的样子唱道：

一个牧人年纪轻轻，

手持牧杖在街上行，

看见窗户便敲几下，

哎哟哟，耳边一阵咚咚声！

大伙儿急忙往外跑，

晚霞已照得满天红，

牧人鲍尔卡的笛声起，

全村上下，一片肃静！

维亚希尔会好多这种热情奔放的歌曲，而且唱得非常娴熟。

"是啊，"他继续说，"她就这样在门槛上睡着了。屋子里冷得要命，差一点儿没把我冻僵，但是拖她我又拖不动。可今天早上我对她说：'你怎么醉得这么厉害呢？'她说：'没什么，你再忍一忍，反正我活不了多久啦！'"

丘尔卡严肃地证实说：

"她是活不久啦，全身都浮肿了。"

"你不觉得她很可怜吗？"我问道。

"哪能够呢？"维亚希尔有些惊讶，"要知道，她是我的好母亲呀……"

我们明知道这个莫尔多瓦女人动不动就打维亚希尔，可是我们仍然相信她是一位好母亲。遇到时运不佳的日子，丘尔卡总是提议说：

"大伙儿每人凑一个戈比，给维亚希尔的母亲买酒喝吧，不然他母亲会打他的！"

我们这帮人中只有两个人识字——我和丘尔卡。维亚希尔非常羡慕我们，他揪着自己尖尖的老鼠耳朵，嘟嘟哝哝地说：

"等我把自己那位莫尔多瓦妇女安葬之后，我也要去上学。我给老师跪下来，恳求他能收下我。学完后，我就去给大主教当园丁，或者去为沙皇本人效力！……"

春天，这位莫尔多瓦妇女，跟一个为修建大教堂进行募捐的老头一块儿，还有一瓶伏特加酒，被倒下来的木头垛压在下面了；人们把这个莫尔多瓦妇女送进了医院，老成持重的丘尔卡对维亚希尔说：

"住到我那里去吧，我妈会教你认字的……"

没过多久，维亚希尔仰起头，会念商店的招牌了：

"食品杂拌店……"

丘尔卡纠正他说：

"是食品杂货店，乱弹琴！"

"我看清楚了，可那些字总让人看眼花。"

"是看花眼！"

"这些字跳过来，跳过去——有人念它们，它们觉着挺高兴呢！"

他酷爱花草树木，对此，我们大伙儿觉得既好笑，又惊奇。

镇子就坐落在一片沙漠上，难得有植物生长。只是各家院落里的某些地方，孤零零地生长着几棵瘦弱的白柳和东倒西歪的一丛丛接骨木，顶多在围墙下很不起眼的地方，还羞答答地长着一些枯黄的小草。要是我们有谁想在草地上坐一下，维亚希尔便会生气地抱怨说：

"喂，为什么要践踏草地呢？坐在旁边的沙地上对你们不是一样吗？"

只要他在场，谁都不好意思去折一根白柳枝，采一朵接骨木花，或者从奥卡河岸上柳树林里折一根柳条——他一看见有人攀折花木，总是表现出很惊讶的样子：肩膀一耸，两手一摊：

"为什么你们要乱折花木呢？真是活见鬼了！"

看他那大惊小怪的样子，大家都感到很不好意思。

每到礼拜六，我们就搞一次快乐的恶作剧——这得准备一个礼拜：要满大街去收集各种破草鞋，然后将它们码放在一些偏僻的角落里。礼拜六晚上，当成群结队的鞑靼装卸工从西伯利亚码头[1]下班回家时，我们预先找一个街口，摆好阵势，开始朝这帮鞑靼人身上扔草鞋。起初，他们非常生气，一个劲儿地追我们，嘴里骂骂咧咧，但不久，他们自己也觉得这样很好玩。他们知道会遭到伏击，于是在进入战场时也用许多草鞋把自己武装了起来。不仅如此，他们事先还侦察到我们藏匿军火的地方，曾不止一次地把我们的草鞋偷个精光，对此，我们向他们抱怨说：

"哪有这种玩法！"

这时他们才把草鞋分给我们一半——然后双方才开始战斗。通常，他们在一片空地上摆好阵势，我们从四面八方将他们围起来，一面尖声喊叫，一面往

---

[1] 所谓西伯利亚码头，指的只不过是下诺夫戈罗德集贸市场的一块地方，就在伏尔加河岸边的沙滩上。轮船到达后，一般先由鞑靼装卸工把货物从船舱里搬到甲板上，然后再由俄国装卸工用小推车运送到码头的仓库里。

他们身上扔草鞋。一旦我们有人在奔跑时被他们扔过来的草鞋击中，倒在沙地上，他们同样也大喊大叫，笑得震天响。

游戏持续很长时间，有时能一直玩到天黑。有一些市民前来观看，从各个角落探头张望，颇有些怨言，说应该顾全体面。满是尘土的破草鞋像成群的乌鸦，满天飞舞，有时我们的人难免被击中，但游戏的乐趣总是大于疼痛和不快的。

鞑靼人的玩兴不亚于我们，战斗结束后，我们常常和他们一起到装卸工人同业会去，在那里，他们给我们吃甜马肉，还有一种特殊烹制的菜汤。吃过晚饭，我们就着黑桃仁甜面点，喝一种煮得很浓的砖茶。我们很喜欢这些人高马大的男子汉，他们全是挑选出来的大力士，他们身上有一种我们很熟悉的充满稚气的东西。使我感到特别惊讶的是，他们相互之间都没有恶意，一向为人厚道，彼此以诚相待，互相照应。

他们所有的人都喜欢开怀大笑，笑得上气不接下气，眼泪都能笑出来，他们中间有一个卡西莫夫市[1]的人，其人鼻子有点毛病，力大无比。有一次，一口二十七普特重的大钟，他竟然一个人从货船上一直扛到距离很远的岸上。他边笑，边喊，边叫：

"嗨哟，嗨哟！有的话——闲扯淡；有的话——赚小钱；而有的话呀——金不换！"

有一次，他把维亚希尔抱起来，举得高高的，说：

"嗨，你应该生活在那里，住在天上！"

遇到坏天气，我们都到雅兹家里去，他们家就在墓地上，他父亲有一间看墓的小屋。他父亲佝偻得很厉害，骨头都弯了。他的胳膊很长，穿得又脏又破。他的脑袋很小，脸也很黑，上面密密麻麻长了满头满脸脏兮兮的毛发。整个脑袋看上去就像是一棵干枯的牛蒡草，又长又细的脖子正好是牛蒡草的秸秆。他时常甜蜜蜜地眯起有点发黄的眼睛，急急巴巴地嘟囔着说：

"上帝保佑，可别让我失眠呀！哎哟哟！"

我们买了三佐洛特尼克[2]的茶，八分之一俄磅[3]的白糖，还有面包，自然一定还得给雅兹的父亲带上半瓶伏特加酒。丘尔卡严厉地对他吩咐说：

"没用的家伙，快把茶炊的火生起来呀！"

---

[1] 位于俄国梁赞州，奥卡河一码头城市。

[2] 俄国旧时的重量单位，一佐洛特尼克约合 4.26 克。

[3] 一俄磅约合 409.5 克。

老汉嘿嘿一笑，点着了铁皮茶炊，我们一边等着喝茶，一边商量自己的事。这时他给我们出主意说：

"这不，后天就是特鲁索夫家的四十天忌辰[1]，他们一定会大摆筵席——那里骨头肯定不少，有你们捡的！"

"特鲁索夫家的骨头都被他们家厨娘捡走了。"无所不知的丘尔卡说。

维亚希尔一直在望着窗外的墓地出神：

"很快咱们就可以到森林里去了，这太棒了！"

雅兹总是一声不吭，他目光忧郁地仔细瞧着大家，不声不响地给我们看他从垃圾堆里捡来的那些玩意儿——木头士兵、缺了腿的木马、碎铜烂铁、衣服扣子等。

他父亲将各种各样的杯子、茶碗摆放在桌子上，把茶炊端了上来——这时，科斯特罗马坐下来，给各位倒茶。雅兹的父亲喝罢自己的酒，便爬到炉炕上去，从那里伸出长长的脖子，用猫头鹰似的眼睛打量着我们，嘴里嘟哝道：

"我说呀，你们这些该死的家伙，好像也都不是小孩子了，是不是？哎哟，你们这帮窃贼，上帝保佑，可别让我失眠呀！"

维亚希尔对他说：

"我们压根儿不是窃贼！"

"好，是小偷小摸……"

要是我们对雅兹的父亲实在感到不耐烦了——丘尔卡就愤怒地呵斥他：

"少废话，没用的家伙！"

他这个人，一说起某某人家有谁生病，镇上某某人快要死了等，便津津乐道，如数家珍，毫无恻隐之心。我、维亚希尔和丘尔卡，对他这一点非常反感。他看得出我们讨厌听他说话，于是便故意地气我们，刺激我们：

"哈哈，害怕了吧，你们这些小鬼！果不其然！眼下很快就有一个胖子将要死去——哎呀，不过他的尸体得很长时间才会腐烂！"

他的话几次被打断，可是他一个劲儿地往下讲：

"要知道，你们也都会死的，在污水坑里是活不长久的！"

"喏，死就死呗，"维亚希尔说，"到时候我们都去当天使……"

"就你——们？"雅兹的父亲这一惊不打紧，连话都说不利落了，"你们——

---

[1] 旧俄风俗：人死40天为追悼亡灵的日子，民间称谓"四十天忌辰"。

童年

几个？去当天使？"

他哈哈大笑，又接着气我们，讲了些关于死人的乌七八糟的恶心人的事。

但是，有时候，这个人忽然又把声音压得很低，娓娓动听地给我们讲些莫名其妙的事情：

"听我说，孩子们，别着急呀！是这样，三天前，埋葬了一个女人，孩子们，我打听了关于这个女人的情况——她究竟是怎样一个娘儿们？"

他经常谈论女人，而且总是乌七八糟，不堪入耳，但从他的讲述中，总使人感到有一种发人深省、如怨如诉的东西，他好像是在请我们和他一起进行思考，所以我们听他讲的时候都非常认真。他不善于辞令，说话没条理，常常用一些问题把自己的话打断，但他的故事在我的脑子里总能留下一些令人忐忑不安的零星记忆：

"有人问她：'是谁放的火？'她说：

"'是我放的！'

"'怎么会呢，傻瓜？那天夜里你并不在家，你在医院里躺着呀！'

"'是我放的火！'

"她这样说，是为了什么呢？哎哟哟，上帝保佑，可别让我失眠……"

他几乎了解镇上每一个人的生平故事，因为是他亲手把他们一个个埋进这片凄凉荒芜墓地的沙土里的。他仿佛在我们面前打开了各家各户的大门，我们走进去，看看他们是怎样生活的，从而得到某种严肃的重要的感悟。看来他能够通宵达旦地讲下去，直到第二天早晨，但每当他小屋的窗户暗淡下来，夜幕即将降临的时候，丘尔卡便从桌旁站起来，说：

"我要回家了，不然妈妈会担心的。谁跟我一块儿走？"

大家伙全都要走。雅兹将我们送到围墙边，关上大门，然后把他那又黑又瘦的脸，紧贴在栅栏上，粗声粗气地说：

"再见了！"

我们也冲他喊了声：再见！每次把他一个人留在墓地里的时候，总感到心里不是滋味。有一次，科斯特罗马回头看了一眼，说：

"等明天我们一觉醒来，没准儿他已经死了。"

"雅兹的生活最苦了。"丘尔卡时常说，但维亚希尔总是反对，他说：

"我们生活得并不坏……"

照我看来，我们生活得并不算坏——我很喜欢这种流浪街头、自由自在的生活，喜欢我的伙伴们。他们能够激起我的某种远大抱负，使我无法安于现状，总想为他们做点好事。

我在学校里的日子仍然不好过，同学们都嘲笑我，叫我捡破烂的，叫花子。有一次，我跟他们吵了一架。他们向老师反映，说我身上有一股子垃圾味儿，没法跟我坐在一块儿。记得这一指责深深刺痛了我，以后我很难再来上学了。这一指责是他们恶意编造的，因为每天早上我都认真仔细地洗过澡，而且，上学时我从不穿捡破烂时穿过的衣服。

但我终于通过了三年级的考试，得到的奖品是一本福音书，一本精装的克雷洛夫寓言和一本书名有些莫名其妙的平装书——《法塔—莫尔干纳》[1]，还颁发给我一张奖状。我把这些奖品拿回家后，外公非常高兴，他动情地宣布：这些东西必须珍藏起来，还说要把书锁在自己的箱子里。外婆躺在床上，已经病倒好几天了。她手头没有钱，外公只是唉声叹气，尖声喊叫：

"你们吃我的，喝我的，现在我就剩下一把骨头了，哎呀，你们这些人呀……"

我把几本书拿到店里，卖了五十五个戈比，钱给了外婆，在奖状上我胡乱写了些字[2]，交给了外公。他像宝贝似的收藏了起来，居然没有打开看看，没发现我在上面捣的鬼。

不去上学后，我又到街上混日子去了，不过现在好过多了——正是万物复苏、大地回春的时候，我们挣的钱比以前也多了。每到礼拜天，我们大伙一早就来到野外，走进松树林，一直到很晚才回到镇上来，尽管感到有些劳累，但大家心情很愉快，彼此也更加亲密了。

但是这种日子没有持续很久——继父被解职了，他再次外出，不知去向。母亲带着小弟弟尼古拉搬到外公家去住，保姆的责任便落到了我的肩上，因为外婆到城里一个富商家，给人家绣盖圣体用的经麻布[3]去了。

母亲十分憔悴，像哑巴似的，成天不言不语，迈步都非常困难。她用一双

---

[1] 据辞书称，"法塔－莫尔干纳"至少有两个意思，一是指地中海墨西拿海峡等地可见到的一种变幻多端的蜃景；二是指传说故事中亚瑟的同胞姊妹。

[2] 1877年秋天，高尔基在库纳维诺镇开始上小学一年级，1879年升入三年级后，因学习成绩优秀而受到表彰，得了奖状，还奖给了书。如今奖状还存放在高尔基博物馆内，奖状上的确有高尔基的字迹，他将"品行端正"四个字改成了"调皮捣蛋"，在姓名"阿廖沙·彼什科夫"后面加上了"围巾帽"三个字。

[3] 织物上面绣着耶稣基督的像，覆盖在棺材里的圣体上。每年在受难周的礼拜五，将它从教堂里请出来，供信徒们拜谒。

可怕的眼睛注视着周围的一切。小弟弟患淋巴结核病，踝骨上有溃疡，身体十分虚弱，连大声哭的气力都没有，饿了只会吭吭唧唧，浑身哆嗦，吃饱了就打瞌睡，睡着时还发出一种奇怪的叹气声，像小猫似的轻声打着呼噜。

外公小心地摸了摸他，说：

"应该好好地喂养他，可是我养活不起你们所有的人……"

母亲坐在屋角的床上，声音嘶哑地叹了口气说：

"他只需吃一点点……"

"这个一点点，那个一点点，加在一起可就多了……"

他挥了一下手，对我说：

"把尼古拉抱出去，让他晒晒太阳，用沙把身子埋上……"

我用口袋背来许多清洁的干沙子，倒在窗前可以晒到太阳的地方，堆成一堆，按照外公的吩咐，我把小弟弟放在上面，然后将沙子一直埋到小弟脖子处。小家伙坐在沙子里非常高兴，他美滋滋地眯缝起眼睛，神情很不一般——没有眼白，只有浅蓝色的瞳孔，瞳孔外面有一道发亮的圆圈。

我顿时对小弟产生一种深深的依恋之情，我觉得，我和他并排躺在窗前沙堆上时的心思他全都明白。这时耳边传来外公尖细的声音：

"死——并不难，可你得想办法活下去呀！"

母亲咳嗽不止……

弟弟的两只小手从沙里抽出后，向我伸过来，小白脑袋一摇一晃的；他的头发稀稀拉拉，显得有些斑白，小脸蛋看上去有点老气，非常聪明。

一旦有鸡和猫走近我们，科利亚[1]便久久地看着它们，然后望着我，露出一丝微笑——他的笑使我颇为尴尬——是不是他觉察到了我和他在一起感到有些枯燥乏味，正想丢下他跑出去玩呢？

院子很小，院里又脏又挤。紧挨着院子大门，有一排用碎木料搭建的板棚、柴屋和地窖，然后，往里拐进去，尽头是一间浴室。房顶上堆满了破船板、各种木料、板材和湿刨花——这都是市民们在奥卡河解冻和春汛期间从河里打捞上来的东西。整个院子横七竖八地堆放着各种各样的木料，这些木料都非常湿，经太阳一晒，散发出一股发霉的气味。

旁边有一家牲口屠宰场，差不多天天早上都能够听见牛羊哞哞、咩咩的叫

---

[1] 尼古拉的小名。

声，空气中弥漫着一股浓重的血腥味，有时候我简直觉得混浊的空气中有一层透明的血的薄雾……

宰杀牲畜前，先用锤子在它们的脑门上——两个犄角之间——猛击一下，将其打昏，这时它们会发出一声惨叫——每当这个时候，科利亚便眯起眼睛，噘着嘴唇，可能是想模仿它们的叫声，但结果只是哈口气而已……

"哈……"

中午时，外公从窗口探出脑袋，喊道：

"吃午饭啦！"

他把科利亚抱在膝盖上，自己亲自喂他——将土豆和面包在嘴里嚼碎，再弯起手指，把它塞到科利亚的小嘴里，把孩子的薄嘴唇和尖下巴弄得很脏。喂了一会儿后，外公便掀开孩子的小衬衣，用手指在他鼓起的小肚子上摸了摸，估摸着说：

"吃饱了吗？要不要再吃点儿？"

从门旁黑暗的角落里传来了母亲的声音：

"您明明看见——他伸着手，还想要面包呢！"

"这小孩有点傻！他不知道自己该吃多少……"

于是，他又往科利亚嘴里塞了一口嚼过的土豆和面包。看着他这样喂科利亚，我感到又难受，又心疼，我的嗓子眼里直堵得慌，觉得恶心。

"喏，好了！"外公终于说，"给你母亲抱过去吧。"

我接过科利亚，他哼哼哝哝地还要往桌子那边挣。母亲站起身，喉咙呼哧呼哧地向我走来，她伸出骨瘦如柴的双手，修长的身材，像一棵被砍去了枝叶的云杉。

母亲变得完全不说话了，很少听见她能呼哧着说上只言片语，有时候整天都没有一句话，默默地躺在一边等死。当然，母亲将不久于人世，这一点我已经感觉到了，我知道她活不了多久，加上外公老是不厌其烦地讲到死亡，特别是到了晚上，院子里天一黑，一股暖烘烘的，像熟羊皮那样浓重的霉味从窗外飘进来的时候，他讲得就越发起劲儿。

外公的床放在前面的屋角，几乎就在圣像下面。他躺下睡觉时脑袋正好冲着圣像和窗户——他躺下后在黑暗中总要唠唠叨叨说好长时间：

"说话间——死的时候便到了。我有何脸面去见上帝呢？对他说什么呢？要知道，忙忙碌碌一辈子，也干了些事情……可结果如何呢？……"

我睡在炉灶和窗户之间的地板上，由于这地方对于我太小了，我便把两条腿伸进低下的炉膛里，有许多蟑螂在我腿上爬来爬去，弄得我直痒痒。这个狭小的角落曾经给过我不少幸灾乐祸的满足——因为外公做饭时炉叉和火钩子的把手经常撞碎窗上的玻璃。说来好笑，也让人感到奇怪，像他这样聪明的人，竟然没想到把火钩子截短一些。

有一次，他在瓦罐里熬什么东西，一下熬过头了，他一急，连忙用火钩子去钩，不料火钩子的把手撞着了窗框，震碎两块玻璃，瓦罐也被碰翻打破了。这使老人大为伤心，坐在地板上哭了起来。

"天哪，天哪……"

白天，趁他出去时，我用面包刀把火钩子的把手砍去四分之三，但外公一看见便大骂起来：

"没用的东西，应该用锯子锯才对，用锯子——锯！这样锯下来的那一截还可以当擀面杖卖钱，你呀，真是个废物！"

他挥舞着双手，急赤白脸地向过道跑去。这时母亲跟我说：

"你别管这些闲事……"

母亲是八月间死的，是个礼拜天的中午[1]。继父刚从外地回来，又在什么地方找了个差事，在火车站附近有一处干净房子，外婆和科利亚搬过去住了，过几天母亲也打算搬过去。

就在母亲去世的那天早上，她小声地对我说（不过声音比平时更清晰、更微弱）：

"你去叫一下叶夫根尼·马克西莫夫，就说我请他来一趟！"

她从床上欠起身，一只手扶着墙，坐了起来，又补充说：

"快点去！"

我觉得她好像露出了笑容，眼睛里闪现出一种异样的神情。继父当时正在做午祷；外婆让我到一个犹太女人开的小铺去买点烟来，因为没有现成的，得等老板娘现去研磨，然后再拿回来给外婆。

我回到外公家时，母亲正坐在桌旁，她穿一件淡紫色的干净连衣裙，头发梳得非常漂亮，像从前一样神气十足。

"你好点了吗？"我问道，不知为什么感到有些胆怯。

---

[1] 高尔基的母亲是 1879 年 8 月 5 日因肺病去世的，年仅 35 岁。安葬在郊外一露天墓地，即现在的高尔基儿童公园。

她令人可怕地望着我，说：

"过来！你到哪儿玩去了，啊？"

我还没来得及回答，她便一把揪住我的头发，另一只手抓起一把用锯条做的软刀，用刀的平面在我身上一连打了几下——刀子从她手里落到了地上。

"捡起来！给我……"

我捡起刀子，把它扔在桌上，母亲把我推向一边。我坐在炉灶前的小台阶上，吃惊地看着她。

她从桌边站起身，缓慢地向自己的角落一点一点移动着脚步，躺到床上后，一直在用手绢擦拭着脸上的汗水。她的手已经不听她使唤了，有两次手都从脸旁滑过，落在枕头上，手中的手绢在枕头上擦拭着。

"给我点水喝……"

我从桶里舀了一杯水，她吃力地抬起头，稍微喝了一点儿，深深地叹了一口气，用冰冷的手将我的手挡开。然后看了一眼屋角的圣像，又把目光转向我，嘴唇一动一动的，好像是在微笑，之后她那长着长睫毛的眼睛便慢慢地闭上了。她的两个胳膊肘紧挟住双肋，两只手的手指头在微微地颤动，慢慢地摸向胸口，向喉咙处移动。她脸上蒙了一层阴影，而且越来越暗，同时皮肤渐渐发黄，鼻子显得更尖了。她惊恐地张开嘴，但已经听不到她呼吸的声音了。

我站在母亲的床前，手里端着杯子，待了很长很长时间，眼看着她慢慢地变僵了，脸色发灰了。

外公走了进来，我跟他说：

"母亲死了……"

他往床上看了一眼，说：

"你胡说什么呀？"

他走到炉灶前，开始往外取馅饼，把炉门和烤盘碰得叮叮当当。我知道母亲已死。我望着他，等着他能够明白这一点。

继父来了，穿一件帆布夹克，戴一顶白色鸭舌帽。他轻手轻脚地搬了把椅子，走到母亲床前。突然，他把椅子往地上一扔，像吹喇叭一样，大声喊道：

"可她已经死了，你们瞧呀……"

外公瞪大眼睛，手里拿着炉盖，一声不吭，像瞎子似的跌跌撞撞离开了炉灶。

当人们向母亲的棺材上填埋干土时，外婆像盲人似的在墓地里东奔西走，十字架把她的脸都撞破了。雅兹的父亲将外婆领到看护墓地的小屋，让她洗洗脸，这时他小声安慰我说：

"我说，你呀——上帝保佑，可别让我失眠——你怎么啦，啊？人生不就是这么回事嘛……我说的话对不对，老奶奶？不管是富人、穷人，到时候都得进坟墓——是不是这个理儿，老奶奶？"

他向窗外看了一眼，忽然从小屋里跑了出去，但立刻同维亚希尔又转了回来，一脸高兴劲儿。

"你看呀，"他说，把一个坏了的马刺递给我看，"瞧这是什么东西！这是我和维亚希尔送给你的礼物。你看，还有小齿轮呢，啊？肯定是哥萨克人用的，后来丢失了……我打算把这东西从维亚希尔手里买过来，我出两个戈比……"

"你胡说什么啊！"维亚希尔声音不高，但却很生气地说。可是雅兹的父亲当着我的面，手舞足蹈，冲他一个劲地递眼色，并且说：

"是你维亚希尔送的，行了吧？你也太认死理了！好吧，不是我，是他送给你的，他……"

外婆洗过脸，用头巾把肿得发青的脸包好，喊我回家去——我不想回去；我知道葬完人后家里人要吃上一顿，要喝酒，说不定还要发生争吵。还在教堂的时候，米哈伊尔舅舅就唉声叹气地对雅科夫说：

"今天咱们喝他个够，怎么样？"

维亚希尔竭力想让我开心：他把马刺挂在下巴上，用舌头舔那上面的小轮子，雅兹的父亲故意放声大笑，一面大声喊道：

"快看呀，快看呀，看他在干什么！"但他见我并不感到高兴，便严肃地对我说：

"行了，行了，别难过了！将来我们大家都会死的，连小鸟也会死的。这样吧：你愿不愿意我给你母亲的坟上铺一层草皮？咱们现在就到野外去，——你、维亚希尔和我，把我的小爬犁也带上，我们铲好草皮，把坟铺起来——这样再好不过了！"

我觉得这样挺好，于是我们便到野外去了。

安葬罢母亲，几天之后，外公对我说：

"是这样，列克谢，你也不是一枚勋章，老挂在我脖子上也不是个事儿，到人间闯荡去吧……"

于是我就走进了人间。